폭풍의 언덕

일러두기

• 이 책은 Emily Brontë, 『*Wuthering Heights*』(Project Gutenberg, 1996)를 참고했습니다.

진형준 교수의 세계문학컬렉션

37

폭풍의 언덕

에밀리 브론테 지음

Wuthering Heights

살림

에밀리 브론테

에밀리 브론테의 남매이자 화가인 브랜웰 브론테(Branwell Brontë)가 그린 1833년경 작품.

「탑 위든스 Top Withens」

황야를 가득 채운 붉은 히스꽃을 따라 걷다 보면 '탑 위든스(Top Withens)'라는 돌집에 도착한다. 탑 위든스는 『폭풍의 언덕(*Wuthering Heights*)』에 나오는 집인 '폭풍의 언덕'의 모델이다. 현재는 폐허가 되어 안내문에 '에밀리가 묘사했던 집과 전혀 닮은 데가 없는 건물'이라 적혀 있지만, 에밀리는 이 돌집 주변의 언덕을 산책하며 작품의 영감을 얻었다고 한다. 에밀리는 삼십 평생 단 한 권의 소설만 남겼는데 그 소설이 『폭풍의 언덕』이며 자신의 본명을 감추고 '엘리스 벨(Ellis Bell)'이라는 필명으로 이 소설을 세상에 내놓았다. 출간 당시에는 주목을 받지 못했지만, 세월이 흘러 그 가치를 인정받았고, 영국 문학 최고 걸작 10선에 올랐다.

『곤달 시집(Gondal Poems)』의 본문

브론테 남매는 문학에 조예가 깊은 아버지의 영향을 받아 10대 초반부터 상상의 이야기를 산문과 시로 엮었다. 에밀리는 남매 중 유난히 수줍음이 많고 은둔적인 성격으로 친구가 매우 적었으며, 막냇동생인 앤 브론테(Anne Brontë)가 그녀의 가장 친한 친구였다. '곤달'은 에밀리와 앤이 함께 만든 상상 세계의 이야기로 곤달이라는 가상의 섬을 무대로 로맨스, 전쟁, 복수 등의 이야기가 펼쳐진다. 이 이야기는 오늘날 『폭풍의 언덕』의 원형으로 여겨진다. 현재 산문으로 적힌 곤달 이야기는 소실되었지만, 에밀리와 앤이 쓴 시와 서로 주고받은 일기장은 남아 있다.

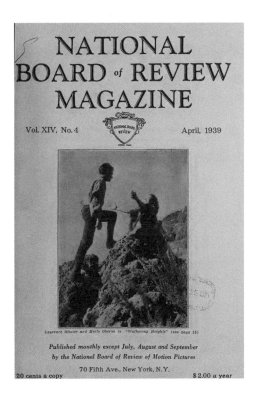

영화 〈폭풍의 언덕〉

『폭풍의 언덕』이 처음 출간되었을 때, 많은 비평가들은 이 작품이 비윤리적이라고 평가했다. 이 작품을 이해하기에 이들이 살았던 빅토리아시대는 보수적이었다. 그런데 20세기에 들어서면서 재평가되었다. 『폭풍의 언덕』은 1920년대에 영화로 만들어지기 시작해 현재까지 총 10여 편이 제작되었다. 그중 가장 원작에 충실한 작품으로 평가받은 영화는 1939년 윌리엄 와일러 감독이 연출한 작품이다. 이 영화는 원작의 후반부를 빼고 캐서린과 히스클리프의 영혼이 만나 추억의 장소인 페니스턴 절벽으로 걸어가는 장면을 마지막으로 만들어 둘의 사랑을 강조했다. 캐서린 역은 메를 오베론이, 히스클리프 역은 로런스 올리비에가 맡아 연기했다.

폭풍의 언덕 **차례**

제 1 장 · 10

제 2 장 · 17

제 3 장 · 29

제 4 장 · 42

제 5 장 · 52

제 6 장 · 56

제 7 장 · 64

제 8 장 · 74

제 9 장 · 85

제10장 · 100

제11장 · 123

제12장 · 135

제13장 · 142

제14장 · 153

제15장 · 162

제16장 • 171

제17장 • 177

제18장 • 196

제19장 • 204

제20장 • 210

제21장 • 230

제22장 • 237

제23장 • 248

제24장 • 266

제25장 • 280

『폭풍의 언덕』을 찾아서 • 293

『폭풍의 언덕』 바칼로레아 • 302

제1장

1801년. 나는 방금 내가 세를 든 집주인을 만나고 돌아왔다. 그는 이곳에서 내가 신경 써야 하는 유일한 이웃이다. 이곳은 정말 기가 막힌 곳이다. 번잡한 세상사와 이보다 더 완벽하게 격리된 곳이 영국 땅 어디에 있을 것인가! 나 같은 염세주의자들에게는 천국 그 자체였다. 이 집의 주인 히스클리프 씨와 나는 이 천국을 나누어 갖기에 딱 알맞은 사람들이다.

나는 히스클리프 씨를 보자마자 호감을 느끼고 '오, 정말 대단한 사람이야!'라고 속으로 중얼거렸다.

그를 보고 내가 예의를 갖추어 말했다.

"히스클리프 씨 되십니까? 새로 세를 든 록우드입니다. 스러시크로스 그레인지를 제게 세 주십사 너무 고집스레 청을 드려, 귀찮게 해드린 건 아닌지 염려가 됩니다. 듣자 하니 여러 가지 생각이 많으셨다고……."

그가 도중에 내 말을 끊고 말했다.

"스러시크로스 그레인지는 내 소유입니다. 맘만 먹었다면 그 누구도 나를 귀찮게 하도록 내버려두지 않았을 겁니다. 암튼 들어오십시오."

나도 그다지 상냥한 사람은 아니지만 그는 도를 지나칠 정도로 무뚝뚝했고 그 점이 더욱 나의 흥미를 끌었다. 그는 입으로는 들어오라고 말하면서도 문은 열어주지 않았다. 내가 타고 있는 말이 문틈으로 머리를 내밀자 그는 그제야 빗장을 열었다. 내가 말을 타고 마당으로 들어서자 그가 큰 소리로 외쳤다.

"조셉, 록우드 씨의 말을 데려가고, 포도주 좀 가져와!"

조셉은 나이가 들었지만 아직 건장하고 힘이 센 노인이었다. 그는 내 말을 치우면서 내내 툴툴거렸다.

'폭풍의 언덕: 워더링 하이츠'는 히스클리프 씨가 사는 집의 이름이다. 그의 집이 언제나 시원하면서 강한 바람이 불어오는 장소에 있기에 그렇게 불리고 있었다. 이곳의 바람이 얼마나 심한지는 뜰 한구석에 심어놓은 몇 그루 안 되는 전나무들이

제1장

11

한옆으로 심하게 쏠려 있는 것만 보아도 알 수 있다.

현관 문지방을 넘으면서 나는 잠시 걸음을 멈추었다. 건물 정면에 새겨져 있는 야릇한 조각상들이 눈길이 끌었기 때문이다. 그 조각상들 위편에서 1500년이라는 연도와 헤어턴 언쇼라는 이름을 발견할 수 있었다.

현관을 지나자 복도나 응접실을 거치지 않고 곧바로 거실로 들어설 수 있었다. 이 고장에서 특히 이런 구조의 거실을 '큰 방'이라고 부르는데, 일반적으로는 주방과 응접실을 겸하고 있는 방을 말한다. 하지만 이곳 '폭풍의 언덕'에는 큰 방 옆에 주방이 별도로 있었다. 벽난로 위에는 낡은 장총과 기병용 권총이 두어 자루 걸려 있었다. 벽난로 선반 위에는 아무 장식도 없었으며, 차를 담은 요란한 색깔의 상자들이 몇 개 놓여 있을 뿐이었다. 방 안에는 반원형으로 된 찬장이 있었으며 그 아래 포인터종인 듯 보이는 검붉은 색의 큰 암캐 한 마리가 강아지들에 둘러싸여 누워 있었고, 방 구석구석에 또 다른 개들이 웅크리고 있었다.

이 집 안의 분위기와 히스클리프 씨는 묘한 대조를 이루고 있었다. 그의 약간 검은 피부와 생김새는 분명 집시 분위기를 풍겼지만 그의 옷차림이나 행동은 신사다웠다.

나는 벽난로 가까이 앉은 주인과 다른 쪽에 자리를 잡고 앉았다. 그사이 새끼들에게 둘러싸여 있던 어미 개가 새끼들을 떠나 내가 있는 쪽으로 왔다. 개는 입을 벌린 채 침을 흘리고 있었다. 나는 방 전체에 흐르는 침묵이 어색해서 개를 쓰다듬어주었다. 그러자 개가 심하게 으르렁거렸다. 히스클리프 씨는 개를 발로 걷어차더니 내게 말했다. 마치 개처럼 으르렁거리는 목소리였다.

"개를 조용히 내버려두시는 게 좋을 거요. 귀여움을 받는 데 익숙하지 않은 개요. 그 개는 애완용이 아니오."

그러더니 그는 옆쪽에 있는 문으로 가서 "조셉!"이라고 큰 소리로 외쳤다. 그러자 조셉이 지하실에서 뭐라고 중얼거렸다. 하지만 곧 올라오겠다는 말이 없자, 히스클리프 씨가 직접 지하실로 내려갔다. 나는 그 사나운 암캐와 험상궂은 털북숭이 양치기 개 두 마리와 마주하고 있는 신세가 되었다. 개들은 하나같이 내 몸짓을 유심히 지켜보았다.

그런데 그만 내가 사고를 치고 말았다. 말없이 놀리는 정도야 어쩌랴 싶어 개를 향해 눈을 찡긋하고 얼굴을 찌푸렸다. 그러자 그 문제의 암캐가 풀쩍 내 무릎 위로 뛰어올랐다. 나는 깜짝 놀라 개를 밀어내며 급히 탁자 뒤편으로 물러났다. 그런데 그것이 마치 벌집을 쑤신 꼴이 되었다. 여기저기 웅크리고 있던 크고 작은 개 5~6마리가 일제히 컹컹 짖으며 내 주변을 둘러쌌다. 개들은 내 발뒤꿈치와 옷자락을 물고 늘어졌다. 나는 부지깽이를 집어 들고 이들을 물리치며 큰 소리로 도움을 외쳤다.

내 외침을 들은 히스클리프 씨와 조셉이 지하실 계단을 올라왔다. 나는 그들이 황급히 계단을 올라왔다고 말하고 싶은 생각이 간절하다. 하지만 그들이 평소보다 단 1초라도 빨리 움직였다고는 도저히 말할 수 없다. 물어뜯고 짖어대고 그야말로 폭풍 같은 소동이 벌어지고 있는데도 그들은 정말로 침착하기 이를 데 없었다!

다행히 주방에서 지원군이 먼저 도착했다. 얼굴이 벌겋게 달아오른 건장한 여자가 앞치마를 들어 올리고 소매를 걷어붙인 채 프라이팬을 휘두르며 나와 개들 사이로 뛰어든 것이다. 그러자 마치 마술이라도 부린 듯 소동이 딱 멈추었다. 집주인이 느긋한 모습으로 사건 현장에 나타났을 때 그녀의 육중한 몸통만이 마치 폭풍이 지나간 바다처럼 출렁이고 있었다. 그녀는 이 집 하녀인 질라였다.

히스클리프 씨가 나를 쏘아보며 물었다.

"도대체 웬 소동이오?"

나는 이런 식의 푸대접을 도저히 참아내기 어려워서 되쏘아 붙였다.

"웬 소동이라뇨? 손님을 이런 호랑이 같은 놈들과 함께 놓아두다니!"

그는 탁자를 제대로 놓은 다음 내 앞에 포도주 잔을 놓으며 말했다.

"먼저 건드리지만 않으면 얌전한 놈들이오. 포도주 한잔하시겠소?"

"싫소이다."

"어디 물리지는 않았소?"

"만일 물렸다면 내가 저놈들을 가만 놔뒀겠소?"

그러자 그가 잔에 포도주를 따르더니 씩 웃으며 말했다.

"나도 그렇고 저 개들도 그렇고 이곳을 찾아오는 손님이 없어서 제대로 손님을 맞는 법을 모릅니다. 자, 당신의 건강을 위하여 건배!"

나는 마지못해 건배했다. 개들이 저지른 짓을 두고 계속 화를 내는 것도 쑥스러운 일이라 생각되었고 내가 화를 낼수록 그가 즐거워하리라는 생각에 마음을 가라앉히려 애를 썼다. 그는 내 화를 누그러뜨리려는 듯 내가 관심을 가질 만한 화제를 꺼냈다. 나처럼 바람직한 세입자를 불쾌하게 만들어서 좋을 게 없다고 생각했는지 말투도 전보다는 훨씬 부드러웠다. 그는 내가 사는 집의 장단점에 대해 이야기했다.

마음이 풀린 나는 그에게 내일 다시 찾아오겠다고 용기를 내어 말했다. 이방인이 자기 집을 또다시 침입하는 것에 대해 그가 꺼리는 기색이 역력했지만 나는 개의치 않았다. 나는 내일 다시 그를 찾아갈 것이다. 나는 절대로 사교적인 사람이 아니지만 그와 비교한다면 훨씬 사교적이라고 장담할 수 있다.

제2장

　　　　　어제는 오후부터 안개가 끼고 날도 추
웠다. 날씨 때문에 '폭풍의 언덕'을 찾아가지 않고 집에서 책이
나 볼 생각이었지만 하녀가 난롯불을 꺼뜨리는 바람에 나는 모
자를 집어 들고 집을 나섰다. 나는 잡목이 우거진 진창을 헤치
며 4마일을 걸어 '폭풍의 언덕'에 도착했다. 내가 그곳 문 앞에
도착했을 때 눈송이가 흩날리고 바람이 휘몰아치기 시작했다.
언덕 위 검은 흙들은 서리에 덮인 채 얼어붙어 있었고 나는 휘
몰아치는 바람에 사지가 떨려왔다.

　대문에는 사슬이 걸려 있었다. 내 힘으로 도무지 대문을 열
방법이 없어 나는 대문을 뛰어넘어 현관문을 맹렬히 두드렸다.
하지만 안에서 아무런 대답이 들리지 않았고 개들만 사납게 짖

어댔다.

"이런 망할 사람들!"이라고 툴툴대고 있는데 조셉이 얼굴을 잔뜩 찌푸린 채 헛간 창문으로 머리를 내밀고 고함을 질렀다.

"뭔 일이요? 주인 양반은 양 축사에 계시오. 볼일이 있으면 그리로 가보시든가. 집 안에는 여주인밖에 없소이다. 문을 안 열어줄 거요."

나는 좀 기가 막혔다. 눈은 점차 세차게 퍼붓기 시작했다. 나는 다시 한 번 문을 두드리려고 문고리를 잡았다. 그때 청년 한 명이 셔츠 바람에 쇠스랑을 어깨에 멘 채 마당에 나타났다. 그가 내게 따라오라고 손짓했다. 그를 따라 빨래터와 비둘기장을 지나자 전에 왔던 널찍한 안채로 들어갈 수 있었다. 방 안은 벽난로에 불이 지펴져 있어 아늑하고 따뜻했다. 그리고 음식이 푸짐하게 차려진 저녁상 앞에 한 여인이 앉아 있었다. 조셉이 말한 여주인임이 틀림없었다.

그녀를 보자 반가워 인사를 건넸으나 그녀는 내게 차갑고 무심한 눈길을 던졌을 뿐이었다. 이윽고 그녀가 입을 열었다.

"이런 날씨엔 그냥 댁에 계셨어야지요."

그 말과 함께 자리에서 일어난 그녀는 벽난로 위에 놓인 차 상자를 내렸다. 그녀가 자리에서 일어나자 비로소 그녀를 자세

히 볼 수 있었다. 감탄이 절로 나올 만한 몸매였으며 그런 얼굴
은 생전 처음 본다고 할 정도로 아름다운 얼굴이었다. 흰 살결
에 이목구비가 또렷했으며 아름다운 금발이 목덜미까지 늘어
뜨려져 있었다. 찻숟가락을 챙기며 그녀가 내게 물었다.

"차 드시러 오라는 초대를 받으신 건가요?"

"주시면 기꺼이 마시겠습니다."

"초대를 받으셨나고요?"라고 그녀가 재차 물었다.

나는 어정쩡한 미소를 띠고 대답했다.

"그건 아닙니다. 하지만 당신이 지금 바로 초대를 해주신다
면……."

그러자 그녀는 차 상자를 제자리에 놓고 찻숟가락까지 치워
버린 다음 냉랭한 표정으로 다시 의자에 앉았다. 아름다운 눈
과는 전혀 어울리지 않는 표정이었다.

낡아빠진 옷을 걸친 청년은 나를 안내해준 뒤 나가지 않고
벽난로 앞에 서서 나를 바라보고 있었다. 마치 철천지원수를
바라보는 눈길이었다. 나는 속으로 생각했다.

'이 집과는 어울리지 않는 사람이로군. 좀 거칠어. 하인 같기
도 하고 아닌 것 같기도 하고…….'

그의 숱이 많은 갈색 머리는 아무렇게나 헝클어져 있었고 손

제2장

19

은 잡역부의 손처럼 거칠었다. 하지만 몸가짐은 어디에 매인 데 없이 거만하게 보여서 도무지 주인을 섬기는 하인처럼 보이지 않았다.

어쨌든 모든 것이 어색했다. 다행히 5분도 지나지 않아 히스클리프 씨가 들어온 덕분에 불편한 상황에서 벗어날 수 있었다. 그를 보자 나는 반가운 마음에 말했다.

"자, 말씀드린 대로 이렇게 찾아왔습니다. 그런데 날씨가 이러니 부득이 반 시간 정도는 폐를 끼친 후 돌아가야겠습니다."

"반 시간이요?"

그는 옷에 쌓인 눈송이를 털어내며 비웃듯 반문했다.

"아니, 어찌 하필이면 이런 날을 골라서 돌아다니는 겁니까? 자칫하면 늪에 빠질 수도 있다는 생각은 안 하셨소? 게다가 이게 어디 반 시간 내로 그칠 눈이오?"

"이 댁에서 혹시 나를 좀 바래다줄 젊은이라도 없을까요?"

"그런 사람 없소."

"그래요? 그렇다면 제힘으로 길을 찾아가는 수밖에요."

그때 나를 사나운 눈길로 바라보던 젊은이가 여주인에게 말했다.

"차를 끓일 거요?"

그러자 그녀가 나를 눈짓으로 가리키며 히스클리프 씨에게
물었다.

"저분 것도 끓여야 해요?"

"잔말 말고 준비나 해!"

그녀를 향한 히스클리프 씨의 대답이 어찌나 거칠고 난폭하
던지 나는 나도 모르게 몸을 떨었다. 그가 얼마나 못된 성격을
타고난 사람인지를 저절로 알게 해주는 말투였다. 나는 히스클
리프 씨를 대단한 사람이라고 부르고픈 마음이 싹 가셔버렸다.

이윽고 차가 준비되었다. 히스클리프 씨는 내게 식탁 가까
이 의자를 당겨 앉으라고 말했다. 분위기는 어색하기 그지없었
다. 나는 이 어색한 분위기가 오로지 나 때문이라고 생각했다.
평소에도 이렇게 말 한마디 없이 서로 원수지간인 것처럼 지내
지는 않을 것 아닌가? 나는 내가 만든 어색한 분위기를 바꾸는
게 내 의무라 생각하고 히스클리프 씨에게 말을 건넸다.

"우리의 습관이 우리의 취미나 생각을 결정짓는다는 건 참
이상한 일이지요? 사람들은 당신처럼 이렇게 남들과 담을 쌓
고 지내면 행복할 수 없다고 습관적으로 생각하겠지요? 하지
만 이렇게 가족끼리 오순도순 지내고 더욱이 당신의 다정한 부
인이 가정을 지켜주고 마음을 쓰시고 있으니……."

그러자 그가 마치 악마와도 같은 냉소를 얼굴에 띤 채 내 말을 가로막았다.

"나의 다정한 부인이라고! 그런 사람이 어디 있단 말이오?"

아차, 하는 생각이 들었다. 이들이 부부이기에는 나이 차가 너무 난다는 것을 진작 깨달았어야 했다. 히스클리프 씨는 마흔이 넘은 사내였고 여자는 기껏해야 열일곱 정도 되어 보이는데 부부로 착각하다니!

히스클리프 씨가 내 생각을 읽은 듯이 말했다.

"저 여자는 내 며느리요."

그는 그 말을 하면서 일종의 증오감이라 할 만한 이상한 시선으로 여자를 바라보았다. 그의 말을 듣고 나는 '아하, 저 촌놈 같은 젊은이가 그녀의 남편이로군. 그렇다면 저 청년이 그의 아들이군'이라고 생각했다. 나는 청년을 돌아보며 말했다.

"아하, 이제 알겠습니다. 당신이 이 아름다운 선녀를 차지하는 행운을 거머쥔 사람이군요."

그러자 상황은 더욱 악화되었다. 얼굴이 시뻘게진 청년은 마치 나를 한 대 칠 기세인 양 주먹을 움켜쥐었다.

히스클리프 씨가 내게 말했다.

"미안하지만 선생의 억측이 대단하시군요. 우리 둘 다, 당신이 선녀라고 말한 여자를 차지할 행운을 갖지 못했소. 그녀 남편은 죽었소. 내 며느리라고 말했으니, 그 죽은 남편이 내 자식이오."

"그렇다면 이 청년은?"

"내 아들이 아니오."

그러자 당사자가 으르렁거리듯이 말했다.

"내 이름은 헤어턴 언쇼요. 존중해야 할 가문인 줄 아시오!"

그는 오랫동안 나를 노려보았다.

나는 내가 이 가족 분위기에는 전혀 어울리지 않는 사람이라는 것을 점점 더 분명하게 느끼기 시작했다. 그리고 이 집 안에 세 번째로 발을 들여놓는 일에 대해 신중하게 고려하기로 마음먹었다.

식사 도중에도, 식사가 끝났을 때도 아무도 입을 여는 사람이 없었다. 나는 날씨가 어떤지 살펴보려고 창가로 갔다. 창밖을 내다보니 정말 난감했다. 여느 때보다 일찍 어두워져 사방이 컴컴한데다 온 천지에 바람이 불고 눈보라가 휘날리고 있었다. 나는 나도 모르게 소리를 지를 수밖에 없었다.

"이걸 어쩌지! 길을 안내해주는 사람 없이는 돌아갈 수 없겠네. 눈이 쌓여 길은 없어졌을 테고 설사 길이 있어도 보이지 않을 테니!"

하지만 아무도 내 말에 대답하지 않았다. 주위를 둘러보니 조셉이 개 밥통을 들고 들어오는 것이 보였고 벽난로 옆에 부인이 서 있었다. 히스클리프 씨와 헤어턴은 어디론가 사라지고 없었다. 방으로 들어온 조셉은 휘휘 한번 둘러보더니 쉰 목소리로 말했다.

"원, 다들 바삐 일하는 마당에 이렇게 안에서 빈둥거리고 있다니! 하긴 저런 버러지 같은 것한테 말해본들 그런 버르장머리 고치겠나? 그저 제 어미 따라 퍼뜩 뒈져버리는 게 낫지."

나를 향해 욕지거리를 퍼붓는 게 분명했다. 나는 화가 치솟아 그에게 주먹이라도 한 방 날리겠다는 심산으로 그에게 다가갔다. 그런 나를 부인의 목소리가 제지했다.

"아니, 이 고약한 늙은이가, 누구보고 뒈지라는 거야! 그러다가 자기가 먼저 뒈질 걸 모르고! 나를 건드리지 않는 게 좋을걸. 귀신이 영감을 잡아가라고 내가 기도할 거야!"

그러더니 그녀는 검은 책을 한 권 집어 들었다.

"내가 얼마나 마법에 통달해 있는지 모르지? 조셉, 당신 신경통이 어떻게 해서 생긴 건지 모르겠어?"

그러자 조셉은 공포에 질린 눈을 하더니 "주님!"을 연발하며 밖으로 나가버렸다. 이제 방 안에는 부인과 나 단둘이 남게 되었다. 나는 그녀에게 말했다.

"히스클리프 부인, 성가시게 해서 정말 죄송합니다만, 제집까지 가는데 뭔가 도움이 될 만한 게 있으면 제발 가르쳐주십시오."

그녀가 의자에 앉더니 등을 기대면서 대답했다.

"오셨던 길로 가면 되잖아요. 저도 아무것도 아는 게 없어요."

"그러지 마시고 히스클리프 씨께 길잡이라도 한 명 대주라고 말씀해주시면 안 되겠습니까?"

"여긴 언쇼, 질라, 조셉과 저뿐인데 도대체 누가 길잡이를 해줄 수 있다는 거지요?"

"그럼 부인께서는 눈구덩이에서 시체가 된 저를 발견하더라도 놀라거나 양심의 가책을 안 느끼실 거란 말인가요? 누구 다른 사람 없습니까?"

"없어요. 우리뿐이에요."

"그렇다면 여기서 하루 묵어갈 수밖에 없겠군요."

"그거야 내가 모르는 일이지요. 이 집 주인과 한번 의논해보시든지."

그때였다. 내가 하는 말을 들었는지 히스클리프 씨의 호통이

제2장

25

주방으로 통하는 문에서 들려왔다.

"이 집에 손님이 묵을 방은 없소이다. 헤어턴이나 조셉의 침대에서 함께 자는 수밖에 없소."

"이 방의 의자에서라도 하루 지내면 안 되겠습니까?"

그러자 히스클리프 씨가 말했다.

"그럴 수는 없지! 부자건 가난뱅이건 남은 엄연히 남이지. 내가 잠든 사이에 아무나 내 집 안을 맘 놓고 돌아다니게 둘 수는 없지."

정말로 무례하기 짝이 없는 말이었다. 이런 모욕을 받고는 더 이상 참을 수가 없었다. 나는 화가 난 표정으로 히스클리프 씨를 밀치고 밖으로 뛰쳐나갔다. 나는 서두르다가 헤어턴 언쇼와 부딪쳤다. 그러자 그가 히스클리프 씨에게 말했다.

"제가 저 양반을 농원 입구까지 모셔다드리지요."

그의 말을 듣고 히스클리프 씨가 대답했다.

"아무렴, 아예 지옥까지 데려다주지그래. 다 좋은데 그러고 나면 말은 누가 돌볼 거야?"

나는 기가 탁 막혔다. 정말로 화가 치솟아 마당으로 나갔다. 그런데 가까운 곳에서 조셉이 호롱불을 바닥에 내려놓고 소젖을 짜고 있었다. 나는 내일 돌려주겠다고 외치며 호롱불을 집어 들고는 가까운 뒷문을 향해 잰걸음을 옮겼다. 그러자 노인네가 나를 쫓아오며 소리쳤다.

"얼씨구! 주인 양반! 저놈이 호롱불을 훔쳐 가네요!"

그러더니 그는 개들을 불렀다.

"멍멍아! 내셔야! 울프야! 저놈 잡아라!"

그러자 두 마리의 양치기 개가 달려오더니 내 목덜미로 덤벼들었다. 나는 그 자리에서 쓰러졌고 그 바람에 호롱불도 꺼져버렸다. 등 뒤로 히스클리프 씨와 헤어턴의 웃음소리가 들려왔다. 내 분노와 모욕감은 극에 달했다. 하지만 어쩔 수가 없었다. 개들이 나를 주도면밀하게 감시하고 있기 때문이었다. 한 가지 다행인 것은 개들이 내 몸을 찢어놓는 대신, 나를 노려보며 하품을 하고 있다는 사실이었다. 어쨌든 저 심술궂은 주인들이 와서 구출해주기 전에는, 그냥 이 차가운 땅바닥에 쓰러진 채로 있을 수밖에 없었다.

만일 그때 그들보다 훨씬 착한 품성을 지닌 사람이 가까운 곳에 없었다면 과연 나는 어떻게 되었을까? 그 사람은 바로 질라였다. 그녀는 이 소동에 도대체 무슨 일인가 하고 밖으로 나왔다가 내 꼬락서니를 보게 되었다. 그녀는 주인 히스클리프 씨에게는 감히 뭐라고 하지 못하고 젊은 친구에게만 소리를 질렀다.

"이보세요, 언쇼 도련님! 도대체 어쩌자고? 우리 집 안에서
살인을 치르려는 거예요? 내가 얼른 이놈의 집구석에서 나가
든가 해야지. 저런 가엾어라! 젊은 양반이 숨이 다 넘어가겠네.
자, 진정해요."

그녀는 내 목덜미에 얼음물을 한 바가지 끼얹었더니 나를 주방
으로 데리고 갔다. 히스클리프 씨도 뒤따랐다. 조금 전의 유쾌
하던 표정은 어디로 가버렸는지 그는 다시 평소의 침울한 표정
을 하고 있었다.

나는 어질어질 현기증이 났고 기운도 없었다. 이제 이 집에
서 하룻밤 신세를 지는 수밖에 없었다. 히스클리프 씨는 내게
브랜디를 한 잔 갖다주라고 질라에게 말한 후 안으로 들어가버
렸다. 그녀는 지시대로 내게 브랜디를 한 잔 먹인 다음 내가 어
느 정도 정신을 차리자 나를 잠자리로 안내했다.

제3장

질라는 나를 2층으로 데려가면서 손
가락을 입에 대고 '쉿' 소리를 냈다. 그녀는 나를 데려다주려는
방에 대해 주인이 뭔가 이상한 생각을 품고 있어서 아무도 그
방에서 재우려 하지 않는다고 속삭였다. 내가 그녀에게 그 이
유를 묻자 자기는 모른다고 대답했다. 이 집에 산 지 한두 해밖
에 안 되었는데 그사이에 하도 이상한 일이 많이 일어나서 그
것까지 궁금해할 겨를이 없었다는 것이다.

그녀가 안내해준 방에 들어서자 나는 방문을 잠그고 침대를
찾았다. 가구라고는 하나씩 있는 의자와 옷장뿐이었고 방 한
가운데 떡갈나무로 만든 아주 커다란 장이 놓여 있었다. 나는
그 커다란 장 ─ 장이라기보다는 차라리 건조물이라고 할 만한

것 – 을 향해 다가갔다. 장 위쪽에는 마치 창문처럼 네모난 문이 있었다. 나는 그 안을 들여다보았다. 그러자 그 장이 아주 특이한 모양의 구식 간이침대라는 걸 알 수 있었다. 장 안은 아주 작은 방을 이루었고 창틀 주변에 선반 같은 것이 책상 구실을 하고 있었다.

나는 널빤지를 민 후 촛불을 들고 안으로 들어가 다시 문을 닫았다. 그러자 비로소 히스클리프 씨를 비롯해 모든 사람의 감시에서 벗어나게 된 기분에 안도감이 들었다. 나는 창틀 옆 선반에 촛불을 내려놓았다. 촛불 옆에 곰팡이가 핀 책들이 몇 권 쌓여 있는 게 보였고 선반은 수없이 낙서로 덮여 있었다. 그런데 자세히 보니 그 낙서는 모두 똑같은 사람의 이름이었다. 크고 작은 다른 글씨체로 된 그 이름은 캐서린 언쇼에서 캐서린 히스클리프로, 이어서 캐서린 린턴으로 성만 바뀌었다.

나는 멍한 기분으로 창문에 머리를 기대고 캐서린 언쇼, 캐서린 히스클리프, 캐서린 린턴이라는 이름을 계속 중얼거렸다. 나는 눈을 감았다. 그런데 이상하게도 그 글자들이 마치 유령처럼 생생하게 되살아나는 것 같았고 온 방 안이 캐서린이라는 글자로 우글거리는 것만 같았다. 나는 그 이름을 쫓아내기 위해 몸을 일으키고 고개를 흔들었다.

다시 정신을 차리고 주변을 살펴보니 기울어진 촛대 옆에 낡은 책들이 눈에 띄었다. 나는 그중 한 권을 집어 들었다. 『신약성서』였다. 심한 곰팡이 냄새가 나는 그 책을 펼쳐보았다. 안에는 '캐서린 언쇼의 책'이라는 서명과 날짜가 적혀 있었다. 대략 25년 전의 날짜였다. 나는 책을 덮고 다른 책들을 하나하나 펼쳐보았다. 캐서린의 장서는 엄선된 것이었으며 책들의 상태로 보아 그냥 장식용은 아니었음이 틀림없었다. 게다가 책 여백마다 읽은 이가 적어놓은 논평들로 채워져 있었다. 단편적인 언급이 있는가 하면 거의 일기라고 할 만큼 길게 써놓은 것도 있었다.

나는 캐서린이라는 그 알 수 없는 인물에 대해 갑자기 호기심이 일었다. 나는 그녀가 남긴 글, 일종의 상형문자와도 같은 그 글을 해독하기 시작했다.

끔찍한 일요일! 아버지가 다시 살아 돌아오실 수 있다면! 아빠 행세를 하는 힌들리 오빠가 미워죽겠다. 히스클리프에게 얼마나 지독하게 구는 건지! H와 나는 반항할 거다. 오늘 저녁 반항의 첫걸음을 떼었다.

이후 어떻게 반항할 것인지 그녀의 계획들이 적혀 있었다. 그다음에는 다른 내용이 적혀 있었던 것으로 보아 아마 그녀는 그 계획을 실천한 모양이었다.

아, 힌들리 오빠가 나를 그렇게 심하게 울리다니! 나는 가만히 눕지도 못할 정도로 머리가 아프다. 그렇지만 물러설 생각은 추호도 없다. 불쌍한 히스클리프! 힌들리 오빠는 그를 떠돌이 취급하고 우리 옆에 앉지도 못하게 하고 함께 밥도 못 먹게 한다. 힌들리 오빠는 아버지가 H에게 너무 잘해주셨다고 아버지를 비난한다(감히!). 그뿐이 아니다. 오빠는 히스클리프가 자기 분수를 알게 하겠다고 맹세하듯 말한다. 오오, 가엾은 히스클리프! 정말 못된 오빠!

나는 책을 펼쳐놓은 채 꾸벅꾸벅 졸기 시작했다. 내 눈이 여백에 쓴 글에서 인쇄된 글로 옮겨왔다. 그러자 붉은 글씨로 된 제목이 눈에 들어왔다. 『일흔 번씩 일곱 번. 그리고 일흔한 번째의 첫 번째』라는 제목과 함께 「기머던 서프 교회에서 행한 야베스 브랜더햄 목사의 설교」라는 부제가 붙어 있는 설교집이었다.

'일흔 번씩 일곱 번이라······「마태복음」에서 예수님이 베드로에게 하신 말씀이로군. 형제가 죄를 범하면 일곱 번 정도가 아니라 그것의 일흔 배라도 용서하라고 하신 말씀인데······ 브랜더햄 목사가 그 제목으로 무슨 설교를 했는지 궁금하군.'

나는 정신이 가물가물한 가운데 이런 생각을 하면서 침대에 누워 잠에 빠져들었고 꿈을 꾸기 시작했다. 완전히 황당한 꿈이었다기보다는 내가 지금 어떤 처지에 놓였는지를 의식한 상태에서 꾼 꿈이라고 보는 게 옳을 것이다.

아침인 것처럼 느껴졌다. 조셉이 안내자가 되어 나는 길을 떠났다. 하지만 우리는 나의 집을 향해 가는 것이 아니었다. 우리는 야베스 브랜더햄 목사의 '일흔 번씩 일곱 번'이라는 설교를 들으려고 기머턴 교회로 찾아가는 길이었다.

우리는 교회에 도착했다. 내가 현실 속에서 실제로 몇 번 지나친 적이 있던 교회였다. 교회 안은 신도들로 가득 차 있었다. 세상에 아무리 꿈이라지만 어떻게 그런 설교가! 설교는 490부로 나뉘어 있었다. 각각이 보통의 설교 길이였는데 그게 490개나 되었던 것이었으니! 그런 죄를 다 어디서 찾아냈는지 모르겠지만 목사는 성경 구절을 열심히 해석하며 그 죄를 모두 나열했다. 정말 희한한 죄들이었으며 이전에는 죄라고 생각해보지도 않은 것들이었다. 마침내 일흔한 번째의 첫 번째 죄에 대한 설교가 시작되었다.

순간 목사가 나를 가리키며 소리쳤다.

"네가 바로 그 죄인이다! 형제들아, 이제까지의 죄는 모두 용서했다. 이제 우리 앞에 일흔한 번째의 첫 번째 죄가 나타났다. 저자에게 기록된 대로 심판을 행하라! 그 영광이 모든 주의 성도들에게 있게 되리라!"

그 말이 끝나기 무섭게 교회 안에 있던 모든 사람이 순례자 지팡이를 들고 내게 달려들었다. 나를 공격하는 무리 중 조셉이 맨 앞에 있었다. 내 머리를 겨냥했던 몽둥이가 엉뚱한 사람을 때리자 그들 사이에도 난투극이 벌어졌고 교회 안은 삽시간에 아수라장이 되었다. 브랜더햄 목사는 신나게 단상을 내리치며 싸움을 독려하고 있었다. 그 소리가 얼마나 우렁찼던지 나는 꿈에서 깨어났다.

악몽이었지만 어쨌든 꿈이었으니 다행이었다. 꿈속에서 단상을 내리치는 요란한 소리로 들렸던 것은 울부짖듯 윙윙대며 불어오는 바람 때문에 전나무 가지들과 솔방울들이 창문에 부딪히며 내는 소리였다.

잠시 잠에서 깨어난 나는 돌아서서 다시 설핏 잠이 들었다. 그리고 다시 꿈을 꾸었다. 조금 전의 꿈보다 더 기분 나쁜 꿈이었다.

이번 꿈에서 나는 내가 떡갈나무로 만든 침대에 누워 있는 것을 분명히 의식하고 있었다. 바람이 심하게 불고 눈보라가 몰아치는 소리가 들렸으며 전나무 가지가 창문을 두드리는 소리도 분명히 들렸다. 나는 창문을 때리는 소리가 너무 짜증이 나서 자리에서 일어나 창문을 열려고 했다. 하지만 걸쇠가 조금도 움직이지 않아 유리창을 깨뜨린 후 팔을 밖으로 내밀었다. 창문을 때리는 가지를 잘라버리기 위해서였다. 그런데 내 손에 잡힌 것은 나뭇가지가 아니었다. 마치 얼음처럼 차가운 작은 손이 잡히는 것이 아닌가! 악몽 속에서 공포가 나를 사로잡았다. 나는 팔을 잡아 빼려 했다. 하지만 그 작은 손이 내 팔에 매달려 떨어지지 않으려 애썼고 애절하게 흐느꼈다.

"들어가게 해주세요. 제발 들어가게 해주세요."

나는 잡힌 팔을 빼내기 위해 안간힘을 쓰면서 물었다.

"너는 누구니?"

그러자 떨리는 목소리가 대답했다.

"캐서린 린턴이에요. 제가 집으로 돌아왔어요. 들판에서 길을 잃고 헤맸던 거예요."

그 말과 함께 창문을 통해 여자아이의 얼굴이 희미하게 보였다. 공포심에 사로잡히면 잔인해지는 모양이다. 아이의 손을 뿌리치기 힘들다는 생각에 나는 아이의 손목을 잡아당겨 부서진 유리창에 문질렀다. 곧 아이의 손목에서 피가 흘러내렸고 침대보가 피에 흠뻑 젖었다. 그런데도 아이는 계속 "들어가게 해주세요"라고 울먹이며 악착같이 내 팔에 매달렸다. 나는 두려움에 미칠 것만 같았다.

아이의 목소리가 계속 울먹였다.

"20년이에요. 나는 20년 동안 떠돌았어요."

나는 공포에 휩싸여 비명을 질렀다. 혼란스러운 가운데 나는 내가 실제로 비명을 지르고 있음을 알아챘고 그 순간 나는 꿈에서 깨어났다.

내가 꿈에서 깨어난 순간 방문 쪽을 향해 급히 달려오는 발소리가 들렸다. 곧이어 누군가 억센 손으로 문을 열어젖혔다.

그리고 침실로 쓰이는 상자 위 창문으로 어른어른 불빛이 비쳤다. 나는 떨리는 마음을 추스르며 일어나 앉아 식은땀을 닦았다. 이어서 목소리가 들렸다.

"여기 누구 있소?"

나는 정체를 드러내는 것이 옳겠다고 생각하고 침실의 미닫이문을 열었다. 미닫이 판자와 별로 떨어지지 않은 곳에 히스클리프 씨가 놀란 모습으로 서 있었다. 얼굴이 하얗게 질린 채 몸은 부들부들 떨고 있었다.

"저올시다. 무서운 악몽을 꾸었는지 잠결에 소리를 지르게 된 모양입니다. 소란을 피워 죄송합니다."

"이런 젠장, 록우드 씨로군! 도대체 누가 당신을 이 방으로 데려온 거요?"

그 말을 하면서 그는 주먹을 그러쥐었고 이를 악물었다. 나는 황급히 침대에서 내려와 옷을 입으면서 말했다.

"댁네 하녀인 질라입니다. 이 방에서 귀신이 나오는지 아닌지 확인하려고 나를 이용하다니! 그래요, 유령이 나오는 거 맞습니다. 유령들이 득실거려요. 야베스 브랜더햄 목사는 당신 친척이겠군요. 캐서린 린턴인지 언쇼인지, 암튼 그 무서운 꼬마유령! 20년이나 지상을 떠돌았다니! 엄청난 죄를 지었으니 그런 벌을 받는 게 틀림없어요!"

그러자 히스클리프 씨가 흥분해서 소리쳤다.

"당신이 뭔데 감히 그런 소리를! 암튼 어서 이 방에서 나가시오!"

나는 밖으로 나갔다. 하지만 복도가 어디로 통하는지 몰라서 그냥 방문 앞에 서 있었다. 그러다 본의 아니게 주인의 이상한 행동을 보게 되었다. 평소의 침착하고 분별력 있는 모습과는 거리가 먼 태도였다. 그는 침대로 올라가 걸쇠를 비틀어 풀었다. 그러고는 덧창을 열면서 격렬하게 흐느끼며 말했다.

"들어와! 들어오라니까! 오, 캐시 제발 들어와! 오, 내 사랑! 캐서린, 제발 이번에는 내 말을 들어줘!"

하지만 유령은 유령답게 평소처럼 변덕을 보여줄 뿐이었다. 자신이 존재한다는 신호를 전혀 보내지 않은 채 그저 내가 들고 있는 촛불만 꺼버린 것이다.

아직 새벽 3시 정도여서 밖으로 나갈 수도 없었고 다시 유령이 나오는 그 방으로 들어갈 수도 없었다. 나는 조심조심 계단을 내려갔다. 그러자 주방이 나타났다. 나는 잿더미 속에서 불씨를 찾아 다시 촛대에 불을 붙였다. 잿빛 고양이 한 마리가 잿더미 틈에서 기어 나와 나를 향해 이빨을 드러내며 야옹 소리를 낸 것 외에는 아무런 움직임도 없었다.

벽난로 앞에는 둥글고 긴 의자가 두 개 있었다. 나와 고양이는 의자를 각각 하나씩 차지하고 몸을 눕혔다. 고양이와 비슷한 처지에서 얼마간 꾸벅꾸벅 졸고 있을 때였다. 누군가 계단을 내려오는 소리가 들렸다. 조셉이었다. 그는 나를 보고도 알은체를 하지 않았다. 그는 고양이를 쫓아내고 의자에 앉아 파이프를 맛있게 피우더니 내게는 눈길도 주지 않고 밖으로 나갔다. 나는 다시 잠을 청했다.

얼마 지나지 않아 이번에는 헤어턴 언쇼가 들어왔다. 쌓인 눈을 치울 삽을 찾으러 들어온 것이었다. 그 역시 내게 눈길조차 주지 않았다. 어쨌든 그가 일과를 시작하려는 것을 보고 나는 이제 집에 돌아갈 때가 되었다고 생각했다. 내가 언쇼의 뒤를 따라가니 그가 내게 안쪽 문을 손가락으로 가리키며 뭐라고 웅얼거렸다. 무슨 말인지 알아들을 수는 없었지만 주방에서 나가려면 그리로 가라는 뜻인 것 같았다.

그가 가리킨 문을 열고 나가니 내가 이미 지나쳐 왔던 큰 방이 나왔다. 질라가 벽난로에 불을 붙이려고 풀무질을 하고 히스클리프 부인은 그 옆에 앉아 책을 읽고 있었다. 그리고 그곳에는 히스클리프 씨도 있었다.

제3장

39

히스클리프 씨는 질라에게 욕설을 한바탕 퍼붓고 그 상대를 며느리로 바꾼 참이었다. 정말 상스럽기 짝이 없는 욕이었다.

"이런 아무짝에도 쓸모없는 개 같은 년! 또 그런 쓸데없는 짓이나 하는 거야? 다들 제 밥벌이를 하는 판에! 그런 쓰레기는 치워버리고 좀 쓸모 있는 짓을 찾으란 말이다!"

그러자 젊은 부인은 책을 의자 위로 던지면서 대꾸했다.

"그래요. 치우라면 치우지요. 내가 싫다고 해도 억지로라도 그러실 테니. 하지만 아무리 혀가 닳도록 욕을 해도 내가 하고 싶지 않은 일은 안 해요."

순간 히스클리프 씨가 주먹을 쳐들었고 부인은 재빨리 자리를 피했다. 나는 그런 식의 개와 고양이 싸움을 지켜볼 생각이 없었기에 헛기침을 하며 안으로 들어섰다. 다행히 그들에게는 내 앞에서 싸움을 그칠 정도의 예의는 있었다.

나는 그 방에 잠시 머물다가 집으로 가겠다며 밖으로 나왔다. 공기는 차가웠지만 신선했다. 내가 정원 끝까지 왔을 때였다. 히스클리프 씨가 나를 불러 세우더니 들판을 지날 때까지 나와 동행하겠다고 말했다. 어쨌든 고마운 일이었다. 온통 흰색으로 물결치는 바다여서 길을 분간할 수 없었고 어디가 움푹 들어가고 나온 곳인지도 분간할 수 없었다.

길을 걷는 동안 우리는 거의 말을 나누지 않았다. 그는 스러시크로스 농원 입구까지 나를 데려다주었다. 그는 이제부터는 길을 잃을 염려가 없다고 내게 말해주었다. 나는 그와 작별한 후 스러시크로스 그레인지까지 약 2마일을 혼자 걸어갔다. 하지만 나는 숲속에서 길을 헤매기도 하고 목까지 차는 눈구덩이에 빠지기도 하면서 족히 4마일은 걸었던 것 같다. 내가 집에 들어섰을 때는 시계가 12시를 알리고 있었다.

내가 집에 들어서자 하녀장과 하인들이 호들갑을 떨며 뛰어나왔다. 모두 내가 간밤에 죽은 줄 알았다며 찾으러 나서려던 중이라고 말했다. 나는 마른 옷으로 갈아입은 후 내 서재로 들어갔다. 하도 기진맥진해서 하인이 따뜻하게 피워놓은 불과 김이 모락모락 나는 커피조차 즐길 기운이 없었다.

제4장

　　인간이란 얼마나 변덕스러운 존재인
가! 세상과 교제를 모두 끊고 살겠다고 결심한 나였는데, 하녀
장인 딘 부인이 밤참을 가져오자, 그것을 먹는 동안 제발 곁에
좀 앉아 있으라고 간청을 했으니! 내가 방금 하루를 지내고 온
집안의 내력이 궁금해서 견딜 수 없었던 것이다.

　　"이곳에서 지낸 지 오래되었지요? 16년이나 17년 되었다고
하지 않았나요?"

　　"18년이랍니다. 마님이 시집오실 때 함께 왔으니까요. 마님
이 세상을 떠나신 후로는 주인님께서 살림을 맡아보라고 해서
계속 있었고요."

　　나는 딘 부인에게 히스클리프 씨가 왜 이곳을 세놓고 이곳보

다 위치도 나쁘고 살기도 불편한 '폭풍의 언덕'을 택하게 되었
는지 궁금해서 물었다.

"이 집을 꾸려나갈 만한 돈이 없어서인가요?"

"돈이요? 주인님은 엄청난 부자예요. 재산이 얼마인지 아무
도 알 수 없을 정도예요. 게다가 해마다 재산이 불어난답니다.
하지만 정말 구두쇠예요. 이 집을 원하는 분이 나섰으니 몇백
파운드라도 더 벌겠다는 욕심에 여기를 세놓은 거지요. 홀몸이
면서 그렇게 욕심이 많다니 정말 이상해요."

"아들이 하나 있었던 모양이지요?"

"네, 있긴 있었지만 죽었어요."

"히스클리프 부인은 그 사람 며느리고?"

"맞아요. 돌아가신 제 주인어른의 따님이기도 하고요. 처녀
때 이름이 캐서린 린턴이었어요. 어릴 때부터 제가 직접 안아
서 키웠답니다."

나는 그 이름을 듣고 깜짝 놀라 물었다. 내가 하룻밤을 지낸
방에서 보았던 낙서에 쓰인 이름이었던 것이다.

"그렇다면 이 집 옛 주인의 성(姓)이 린턴이었단 말이군요."

"맞아요."

"그렇다면 그 언쇼라는 청년은 도대체 누구예요? 헤어턴 언

쇼, 히스클리프 씨와 함께 살고 있는 청년 말이오. 둘이 친척 간인가?"

"아니에요. 그는 돌아가신 린턴 부인의 친정 조카예요. 린턴 부인의 친정이 언쇼가(家)였지요."

"그렇다면 헤어턴 언쇼와 히스클리프 부인은 고종사촌 간이겠네. 헤어턴 언쇼의 아버지와 부인의 어머니가 형제간이니."

"맞아요. 아가씨는 죽은 남편과도 사촌 간이었어요. 아가씨의 아버님이 죽은 남편의 어머니와 형제간이었거든요. 히스클리프 씨가 아가씨의 아버님인 에드거 린턴 씨의 여동생과 결혼한 거예요."

나는 조금 머리가 아파왔지만 흥미가 돋지 않을 수 없었다.

"그렇다면 언쇼가가 '폭풍의 언덕'에 살고 있었나요? 출입문 위쪽에서 '언쇼'라는 이름이 새겨져 있는 걸 보았거든."

"그래요. 아주 유서 깊은 가문이지요. 헤어턴이 그 언쇼 가문의 마지막 후손인 셈이에요. 캐시 아가씨는 린턴 가문의 마지막 후손이고요. 참, 캐시 아가씨는 잘 지내고 있나요?"

"캐시 아가씨? 아, 히스클리프 부인을 말하는 거로군. 그렇게 행복해 보이지 않던데."

"아이고, 그럴 줄 알았어. 그런데 그 집 주인은 어떠셨어요?"

"좀 거칠어 보이던데요."

"맞아요. 톱날처럼 거칠고 돌덩이처럼 딱딱한 사람이지요."

"자, 딘 부인. 선심 쓰는 셈 치고 이웃에 사는 그 사람들 이야기 좀 해주지 않겠소? 좀처럼 잠이 올 것 같지가 않아요. 한 시간 정도면 될 것 아닌가요?"

"물론 해드리지요. 일단 바느질거리와 요깃거리 좀 가져올게요. 잠시만 기다려주세요."

그녀는 밖으로 나가더니 김이 모락모락 나는 죽사발과 바느질거리를 가지고 돌아왔다. 그녀는 무뚝뚝해 보이던 내가 이렇게 사교적이라는 것을 알고 대단히 만족스러운 표정을 지었다. 그녀는 의자를 당기고 이야기를 시작했다.

제가 이곳 스러시크로스 그레인지에 와서 살기 전에 저는 죽 '폭풍의 언덕'에서 지냈어요. 제 어머니가 헤어턴의 아버지인 힌들리 언쇼의 유모였고 저는 그 집 아이들과 함께 놀면서 자랐거든요.

어느 맑은 여름날 아침, 언쇼 어르신께서 여행 채비를 하고 내려오시더니 조셉에게 그날 해야 할 일을 당부하셨어요. 그리고 우리, 힌들리 도련님과 캐시 아가씨 그리고 저를 향해 몸을 돌리시더니 힌들리 도련님에게 말씀하셨어요.

"우리 아들, 오늘 내가 리버풀에 다녀올 일이 생겼다. 갔다 오는 길에 뭘 사다 주랴?"

힌들리 도련님은 바이올린을 원한다고 했어요. 이어서 캐시 아가씨에게 묻자 캐시 아가씨는 말채찍을 사달라고 했어요. 캐시 아가씨는 여섯 살이었지만 이미 마구간에서 못 타는 말이 없었거든요.

나리가 안 계신 사흘이 정말 길게 느껴졌어요. 특히 캐시 아가씨는 아버지가 언제 오시느냐고 틈만 나면 묻곤 했어요. 나리께서 떠나신 지 사흘째 되는 날 밤 11시쯤 문빗장이 조용히 열리더니 나리께서 들어오셨어요. 나리께서는 소파에 털썩 주저앉으시더니, 얼굴에는 미소를 띠고 계셨지만 입으로는 끙 하는 신음을 내셨어요. 그러고는 둘둘 말아서 양팔로 안고 있던 외투 자락을 펼치시며 말씀하셨어요.

"어휴, 정말로 죽을 지경이군. 여보, 이걸 보구려. 내 평생 이렇게 힘든 적은 없었는데 다 이놈 때문이라오. 피부가 까무잡잡한 게 좀 걸리긴 하지만 하나님께서 우리에게 주신 선물로 생각하고 받아주시구려."

저는 캐시 아가씨 뒤에 서서 나리가 내려놓은 아이를 바라보았어요. 아이는 검은 머리카락을 하고 온통 찢어진 더러운 옷을 입고 있었어요. 얼굴을 보니 캐시 아가씨보다 한두 살 나이가 더 들어 보였어요. 아이는 주위를 둘러보며 알아듣지도 못할 말만 중얼거리고 있었어요.

마님은 펄쩍 뛰었지요. 우리 아이들도 있는데 어쩌자고 이런 집시 아이를 집으로 데려왔느냐, 도대체 정신이 어떻게 된 게 아니냐며 아이를 당장 밖으로 내던질 기세였어요. 주인 나리는 피곤했음에도 불구하고 차근차근 설명하며 마님을 달래려고 애썼어요.

나리는 리버풀 거리에서 길을 잃은 채 굶주리고 있는 아이를 발견하고 그 아이 부모를 찾으려 애를 쓰셨답니다. 그런데 부모가 누구인지 아무도 아는 이가 없자 불쌍해서 데려오셨다는 거예요.

마님은 입으로는 계속 툴툴거리셨지만 마음을 어느 정도 가라앉히셨어요. 그러자 언쇼 나리께서 제게 그 아이를 씻긴 다음 깨끗한 옷으로 갈아입히고 아이들과 함께 재우라고 말씀하셨어요.

그때까지 그냥 소동을 지켜보고만 있었던 힌들리 도련님과 캐시 아가씨는 그제야 아버지 외투 주머니를 뒤지기 시작했어

제4장

47

요. 약속한 선물을 사오셨는지 보려고 한 거지요. 그런데 힌들리 도련님이 발견한 건 깨져서 산산조각이 난 바이올린이었답니다. 도련님은 열네 살인데도 큰 소리로 징징댔답니다. 게다가 캐시 아가씨를 위해 사오시겠다던 말채찍도 없었어요. 팔에 안고 있는 아이에게 신경 쓰다 그만 잃어버린 거지요.

이렇게 해서 그 아이, 히스클리프는 이 집에 살게 되었답니다. 물론 히스클리프란 이름은 주인어른이 붙여주신 거지요. 그 이름은 죽은 아들의 이름이었어요. 이후로 히스클리프는 그 애의 이름이자 동시에 성(姓)이 되었어요. 처음에는 그 애를 미워하던 캐시 아가씨는 그 애와 금방 친해졌지만 힌들리 도련님은 여전히 그 애를 몹시 미워했어요. 솔직히 말씀드리자면 저도 그 애를 미워했답니다. 우리는 그 아이를 괴롭히는 장난도 많이 했고요.

그 아이는 늘 우울한 표정이었고 참을성도 강했어요. 우리의 푸대접 덕분에 더 단련된 것 같기도 하고요. 힌들리 도련님이 때려도 눈 하나 깜짝 안 했고 눈물도 흘리지 않았어요. 히스클리프가 그 모든 걸 참아내고 있다는 걸 알게 된 나리는 힌들리 도련님이 그 애를 못살게 굴 때마다 노발대발하셨어요. 참 이상한 일이지요? 언쇼 나리는 히스클리프를 아주 좋아하셨어요. 게다가 그의 말이라면 뭐든지 믿으셨어요. 말수가 워낙 적은데다, 거짓말한 적도 없었으니 어찌 보면 당연한 일이었지요. 심지어 주인어른은 캐시 아가씨보다도 히스클리프를 훨씬 더 귀여워하셨어요. 사실 캐시 아가씨는 말괄량이인데다 말썽도 많이 부렸고 부모님 말씀도 잘 안 들었거든요.

어쨌든 히스클리프가 이 집에 들어온 후 집안에는 불화가 생기게 된 셈이지요. 2년 후 언쇼 부인이 세상을 떠나자 힌들리 도련님은 아버지를 폭군으로 여기게 되었고, 히스클리프를 아버지의 사랑과 자신의 특권을 빼앗아간 놈이라고 생각하게 되었답니다.

저도 처음에는 히스클리프가 싫었지만 그가 조용하고 참을성이 많다는 걸 알자 그를 향한 마음이 바뀌었어요. 힌들리 도련님은 유일한 동지를 잃은 거지요. 그렇다고 제가 그에게 푹 빠진 건 아니었어요. 저는 그렇게 감사할 줄도 모르는 아이를 주인어른께서 왜 그렇게 애지중지하시는지 의아했거든요. 사실이에요. 히스클리프는 주인어른께서 그렇게 사랑으로 보살펴주시는데도 그저 뚱하게 있을 뿐 고마움을 표시해본 적이 없었거든요. 그렇다고 그 애가 은인에게 무례하게 굴었다는 건 아니에요.

제가 보기에 한 가지는 확실했어요. 그는 자기가 나리의 마음을 사로잡았다는 걸 분명히 알고 있었다는 거예요. 또한 자기 말 한마디로 집안 전체를 좌지우지할 수 있다는 것 또한 분명히 알고 있었다는 거지요.

지금도 또렷이 기억나는 좋은 예가 있어요. 어느 날인가 언쇼 나리께서 망아지를 한 쌍 사오셨어요. 그리고 두 사내아이에게 한 마리씩 가지라고 하셨지요. 건장하고 좋은 쪽을 히스클리프가 차지했어요. 그런데 얼마 안 가보니 그 망아지가 절름발이였던 거예요. 그 사실을 알자 히스클리프가 힌들리 도련님에게 말했어요.

"망아지 바꿔줘. 순순히 그러는 게 좋을걸. 안 그러면 네가 이번 주에 나를 세 번이나 때렸다고 네 아버지께 이를 거야. 여기 멍든 것도 보여드릴 거야."

히스클리프는 일곱 살이나 위인 힌들리 도련님에게도 막말을 했어요. 그러자 화가 난 힌들리 도련님이 소리를 질렀어요.

"이 집시 악당 놈아! 내 망아지를 갖건 말건 맘대로 해! 그걸 타다 말 위에서 떨어져 모가지나 부러져라, 이 거지 도둑놈아! 어서 가져가, 그리고 말발굽에 치여 대가리나 박살 나라, 이 악마 같은 놈아!"

그 말이 끝나기도 전에 히스클리프는 이미 힌들리 도련님의 망아지를 자기 마방에 넣고 있었습니다. 히스클리프가 말 뒤로 돌아가는 순간 힌들리 도련님이 히스클리프를 걷어찼어요. 자기 말대로 말발굽에 치이라고 한 짓이었어요. 그런 후 힌들리 도련님은 바로 줄행랑을 놓았어요.

저는 히스클리프의 다음 행동을 보고 깜짝 놀랐어요. 얼마나 냉정한 아이인지, 마치 아무 일도 없었다는 듯 툭툭 털고 일어나더니 하던 일을 묵묵히 계속하는 거예요. 그러고는 마음의 상처를 달래려는 듯 건초 더미 위에 잠깐 앉아 있다가 집 안으로 들어가더군요. 그런 일을 당하고도 아무 불평 없는 그 애를 보고 저는 정말 참을성이 많은 아이라고 생각했어요. 하지만 제가 잘못 본 거지요. 그 속에 앙심을 품고 있다는 걸 볼 줄 몰랐던 거예요.

제5장

　　이제 언쇼 어르신이 돌아가실 때 이야
기를 간단하게 해드리겠어요. 세월이 지나감에 따라 언쇼 어르
신의 건강이 점차 나빠졌어요. 그토록 건강하고 활동적인 분이
셨는데 갑자기 쇠약해져서 벽난로 신세만 지시게 된 거예요.
그러자 사소한 일에도 화를 내시게 되었어요. 특히 모두 히스
클리프를 미워한다고 생각하고 각별히 히스클리프에게 신경을
쓰셨지요.

　　그런데 두세 번인가, 나리가 계신 앞에서 힌들리 도련님이
히스클리프에게 심하게 욕설을 했어요. 나리는 불같이 화를 냈
고요. 그러자 당시 우리 집에서 아이들을 가르치고 계시던 교
구 목사님이 힌들리 도련님을 대학에 보내는 게 어떻겠냐고 충

고해주셨어요. 나리는 별로 내키지는 않았지만 동의하셨어요. 이런 말씀까지 하셨으니 큰 기대를 하지 않으신 게 분명해요.

"저런 쓸모없는 녀석이 어디 간들 제대로 된 사람이 될 리가 없어."

그렇게 돼서 힌들리 도련님은 집에서 떠나게 되었지요. 그래도 집안이 별로 조용해지지는 않았어요. 언제나 혼자만 잘난 체하면서 성경 구절을 빗대어 남들 비난만 일삼고, 이간질만 하는 조셉 ─ 아마 '폭풍의 언덕'에서 이미 보셨을 거예요 ─ 때문이기도 했고 캐시 아가씨 때문이기도 했어요.

캐시 아가씨는 사실 정말로 문제였답니다. 그렇게 별난 아이도 보기 힘들 거예요. 캐시 아가씨는 적어도 하루에 50번 이상은 집안 식구들 부아를 돋우었답니다. 언제나 들떠 있었고, 수다를 그친 적도 없었어요. 노래를 부르다가 갑자기 웃고, 자기를 따라 웃지 않으면 괴롭히고…… 정말 길들이기 어려운 천방지축 말괄량이였어요. 하지만 마을에서 가장 날씬한 몸매를 하고 있었으며 아름다운 눈과 사랑스러운 미소를 지녔던 것도 사실이에요. 게다가 이제 와 생각하니 아가씨에게는 별로 악의가 없었던 것 같아요. 아이를 울린 다음에는 그 아이 옆에서 함께 울었고 나중에는 그 아이가 울음을 그쳐도 오히려 캐시 아가씨

제5장

를 달래주어야만 했으니까요.

어쨌든 힌들리 도련님을 멀리 보내고 나서도 나리의 근심 걱정은 끝이 없었답니다. 그런데 드디어 언쇼 어르신이 이 세상 시름을 놓을 날이 왔습니다. 10월 어느 날 저녁 나리는 벽난로 앞에 놓인 의자에 앉은 채 조용히 세상을 떴습니다. 집 주위로 거센 바람이 휘몰아치고 있었고 우리는 모두 모여 있었어요. 캐시 아가씨는 얌전히 아버지 무릎에 머리를 기대고 히스클리프는 그녀의 무릎을 베개 삼아 바닥에 누워 있었어요.

지금도 그때 모습이 눈에 선해요. 언쇼 어르신은 혼수상태에 빠지기 직전에 딸의 머리를 쓰다듬으며 말씀하셨어요. 딸이 얌전한 모습을 보일 때가 드물었으니 그런 모습을 보고 흐뭇하셨던 거지요.

"캐시야, 네가 늘 이렇게 얌전한 아이라면 얼마나 좋겠니?"

그러자 아가씨는 아버지 얼굴을 쳐다보고 깔깔 웃으며 대답했어요.

"아버지, 아버지께서 언제나 이렇게 다정하시면 얼마나 좋겠어요?"

다시 화를 내는 아버지를 보자마자 아가씨는 아버지 손에 입을 맞춘 다음 자장가를 불러드리겠다고 한 후 나지막한 목소리로 노래를 부르기 시작했습니다. 얼마 후 아가씨의 손을 잡고 있던 나리의 손이 밑으로 툭 떨어졌고 머리가 가슴 쪽으로 수그러졌어요.

아가씨는 소리를 질렀어요.

"아아, 돌아가셨어! 히스클리프, 아버지가 돌아가셨어!"

두 아이는 가슴이 찢어지는 듯 서럽게 울기 시작했습니다.

제6장

　　힌들리 도련님은 장례식 날짜에 맞춰 돌아왔습니다. 그런데 우리 모두 깜짝 놀라고 말았어요. 도련님이 아내를 데려온 거예요. 힌들리 도련님은 그 여자가 어떤 여자인지 일절 말이 없었습니다. 별로 내세울 게 없는 집안 출신인 게 분명했어요. 그렇지 않다면 아버지께 결혼한 사실을 숨겼을 리가 없지요.

　게다가 좀 모자라는 여자가 아닌가 하는 생각도 들었어요. 글쎄, 장례식 때 이런저런 일로 눈코 뜰 새 없이 바쁜 저를 자기 방으로 부르더라고요. 방으로 들어가니 바들바들 떨면서 "사람들 아직 있어?"라고 묻는 게 아니겠어요? 자기는 검은색을 보면 너무 떨린다며 훌쩍훌쩍 울기까지 했어요. 제가 왜 그러느냐고 물었더니 죽을까봐 너무 무섭다고 하더군요.

도련님, 아니 이제부터 언쇼 주인님이라고 불러야겠지요. 주인님은 3년간 집을 떠나 있으면서 정말 많이 변했어요. 전보다 훨씬 여윈데다 혈색도 나빠졌으며 말투와 옷차림까지 완전히 달라진 거예요. 게다가 전보다 훨씬 성격이 거칠어졌어요. 특히 히스클리프를 아주 모질게 대했어요. 히스클리프를 향한 옛 원한을 잊지 않고 있었던 거지요. 부인이 히스클리프가 싫다고 부채질까지 하자 주인님은 히스클리프를 하인들 거처로 내쫓았답니다. 교구 목사에게 배우던 공부도 그만두게 한 것은 물론이지요. 그러고 하인들 부리듯 마구 부려먹었지요.

히스클리프는 이런 신분의 추락을 처음에는 잘 견뎌냈어요. 캐시 아가씨 덕분이었어요. 아가씨는 자기가 배운 걸 히스클리프에게 가르쳐주고 늘 그와 함께 들판에서 일도 하고 놀아주기도 했거든요. 그들을 그대로 두었다가는 제멋대로 자라서 야만인이 될 것 같았어요. 하지만 주인님은 그들이 눈에 띄지만 않으면 무슨 짓을 하건 개의치 않았어요. 조셉이나 교구 목사가 그들이 교회에도 빠졌다는 것을 주인님께 일러바치면 그제야 주인님은 히스클리프에게 매질하고 아가씨에게는 저녁을 굶기는 벌을 주곤 했어요. 하지만 그때뿐, 둘은 다시 어울렸어요. 제 생각에는 둘이 무슨 복수 계획 같은 것도 세웠던 것 같아요.

그러던 어느 일요일이었어요. 그날도 둘은 뭔가 잘못을 저질러서 집에서 쫓겨났어요. 그런데 식사 시간이 되어도 둘 다 보이지 않는 게 아니겠어요? 모두 나서서 온 집 안을 샅샅이 뒤졌지만 찾을 수 없었어요. 화가 난 주인님은 대문을 걸어 잠그고 아무도 열어주지 말라고 엄하게 명령을 내렸어요.

밤이 되고 온 집안사람이 다 잠이 들었는데 아무도 돌아오지 않았어요. 저는 잠을 이루지 못하고 창을 열어 고개를 밖으로 내밀고 있었어요. 아무리 주인님이 엄중한 명을 내렸어도, 그 애들이 온다면 문을 열어주겠다고 생각하고 있었지요.

얼마나 지났을까, 문밖 길에서 발소리가 들리더니 호롱불 빛이 대문 앞에서 어른거리는 게 아니겠어요? 저는 숄을 뒤집어 쓰고 황급히 밖으로 뛰쳐나갔어요. 그들이 문을 두드려 주인님을 깨우기 전에 문을 열어주려 한 거지요.

그런데 대문을 연 저는 깜짝 놀랐어요. 히스클리프 혼자 문앞에 서 있었던 거예요. 저는 다급해서 소리쳤어요.

"캐서린 아가씨는 어디 있어? 무슨 사고라도 난 거 아냐?"

"스러시크로스 그레인지에 있어. 나도 있으려고 했는데 놈들이 함께 있으라고 하지 않았어. 예의 없는 녀석들!"

"아니, 뭐 하려고 거기까지 쏘다닌 거야?"

저는 주인님에게 들킬까봐 촛불을 껐고 그는 옷을 갈아입으면서 이야기했습니다.

"캐시하고 무작정 어디론가 돌아다녀보려고 빨래터 쪽을 통해 빠져나갔어. 한참 걷다 보니 그레인지의 불빛이 보이기에 한번 가서 들여다보기로 한 거지. 린턴 집안사람들은 일요일 저녁을 어떻게 보내는지 궁금했어. 거기에서도 부모는 불가에서 음식을 먹으며 즐겁게 웃고 떠드는데, 애들은 한쪽 구석에서 벌을 받으며 떨고 있는지 궁금했던 거야."

히스클리프의 말을 듣고 제가 금방 대답했습니다.

"그럴 리 없지. 그 집 애들은 착하니까, 너희처럼 못된 짓을 하고 벌 받을 리가 없어."

"넬리, 제발 설교 따위는 집어치워! 헛소리 그만하라고! 자, 들어봐. 우리는 울타리 구멍으로 기어들어가 응접실 창문 아래 화단까지 갔어. 둘이서 창틀에 매달려 안을 들여다보았지. 굉장했어. 정말 으리으리한 방에 진홍빛 카펫이 깔려 있었어. 의자랑 탁자 커버도 똑같은 색이었고…… 천장 한복판에는 은사슬에 매달린 촛대가 있었고…… 그런데 린턴 노인 부부는 그 방에 없었어. 에드거 린턴과 누이동생 이사벨라만 있었지. 이사벨라는 캐시보다 한 살 아래이니까 열한 살일 거야. 그런데 네가 착하다고 한 그 애들이 뭘 하고 있었는지 알아? 이사벨라는 방 한구석에 벌러덩 누워서 고래고래 악을 쓰고 있더라고. 시뻘겋게 달궈진 바늘로 마녀가 몸을 쿡쿡 쑤셔대는 것 같았다니까. 에드거는 벽난로 옆에 서서 소리 없이 울고 있었고. 탁자 위에는 강아지 한 마리가 앉아서 앞발을 흔들며 낑낑대고 있었어. 둘이 서로에게 해대는 소리를 듣자니 서로 개를 차지하겠다고 개의 발을 하나씩 잡고 잡아당긴 모양이야. 어휴, 병신들! 무슨 그런 걸 하면서 놀아! 그깟 살아 있는 털 뭉치 하나 갖겠다고 싸우다가 실컷 싸운 다음에는 서로 안 갖겠다고 울고불고하다니! 우리는 그런 응석꾸러기들을 보고 실컷 비웃다가 깔깔 웃음을 터뜨렸지."

제가 히스클리프의 말을 가로막았어요.

"그래, 알았어. 그만하고 왜 아가씨는 놔두고 혼자 왔는지나 말해."

"우리가 웃는 소리를 그 애들이 들은 거야. 애들이 놀랐는지 '으악' 소리를 지르더니 '엄마, 아빠, 이리 와봐요!'라고 소리치며 문가로 달려갔어. 나는 캐시 손을 잡고 빨리 도망치려 했어. 그런데 캐시가 갑자기 넘어지면서 '히스클리프, 어서 도망가, 어서. 불도그를 풀어놓았나봐. 나 물렸어'라고 말했어. 정말 악마 같은 불도그 놈이 캐시의 발목을 물고 있었던 거야. 하지만 캐시는 소리를 지르지 않았어. 나는 돌멩이를 집어 들고 그 놈 입에 처넣으려고 애를 썼어. 그때 하인 한 놈이 호롱불을 들고나오면서 '스컬크, 물어라, 꽉 물어!'라고 소리를 치더라고. 아마 도둑이 든 줄 알았나봐. 그런데 그 하인 놈이 스컬크가 물고 있는 캐시를 보았어. 그는 금방 캐시에게서 개를 떼어놓더니 캐시를 번쩍 들어 올렸어. 캐시 얼굴은 하얗게 질려 있었어. 무서워서 그런 게 아냐. 아파서 그랬던 거지. 하인이 캐시를 안으로 옮겼어. 나도 이를 갈며 뒤를 따라갔어. 하인을 보자 문 앞에서 기다리고 있던 린턴 씨가 '그래, 스컬크가 뭘 잡았나?'라고 물었어. 그러자 하인이 '나리, 어린 계집아이입니다. 사내놈도 하나 있고요. 아무래도 도둑놈들 끄나풀 같습니다요. 우리가 잠든 사이에 창문으로 집어넣고 문을 열게 하려던 거 같아요. 나리, 총 가지고 계시지요?' 하고 대답했어. 그 린턴 나리가 나를 손가락으로 가리키며 '염려 마, 로버트. 존, 거기 사슬에 묶어두도록 해. 감히 치안판사 집으로 쳐들어오다니! 여보, 메리! 무서워할 것 없어. 어린놈이로군. 저놈 인상 쓰는 것 좀 보라지. 영 범죄자 상판이로군' 하고 말하더군. 하인들이 나를 이리저리 뜯어보는 사이에 캐시가 정신을 차렸어. 잠시 기절했던 거야. 그러자 어머니 옆에 있던 에드거가 캐시 얼굴을 알아보았어. 아마 교회에서 봤겠지. 그러곤 자기 어머니에게 '저건 언쇼 양이야'라고 속삭였어. 그 소리를 들은 린턴 씨가 '언쇼 양이라고! 아니, 그런데 왜 이 시간에 이렇게 싸돌아다니는 거야. 다제 오라비 잘못이지. 듣자하니 동생을 돌보지 않아서 제멋대로라더니, 그 말이 맞군' 하고 소리치더니 나를 보고 '그럼, 저놈은 누구야? 옳거니, 돌아가신 그 집 어른이 리버풀에 갔다 오는 길에 이상한 놈을 하나 주워왔다더니 바로 이놈이로군' 하고 말을 이었어. 그 뒤에 어떻게 되었느냐고? 나는 안 가겠다고 버티며 고래고래 소리를 질렀고 그런 나를 하인 놈들이 밖으로 쫓아냈어. 나는 할 수 없이 이렇게 혼자 돌아온 거야."

히스클리프 이야기가 끝나자 제가 그 애에게 말했어요.

"너 정말 큰 사고 친 거다. 주인님께서 경을 치실걸. 각오하고 있어야 해."

제 말은 사실이었습니다. 사정을 알게 된 언쇼 주인님은 노발대발했지요. 더욱이 다음 날 아침 린턴 씨가 찾아와서 젊은 나리에게 집안은 그렇게 다스리는 게 아니라며 한바탕 설교를 늘어놓고 돌아가자 주인님의 분노는 절정에 달했습니다. 그리고 집안을 이제와는 다른 방식으로 다스리겠다고 다짐했지요. 캐시 아가씨는 몸이 불편해서 그 집에 머물고 있었고요.

하지만 언쇼 주인님은 히스클리프를 매질하지 않았습니다. 대신 앞으로 캐시 아가씨와 단 한 마디라도 말을 나누면 집에서 당장 쫓아내겠다고 경고했지요. 한편 아가씨가 돌아오는 대로 아가씨를 단속하는 책임은 언쇼 부인이 맡았습니다. 하지만 강압적으로 단속할 것이 아니라 슬슬 구슬리기로 했답니다. 아가씨의 성격을 잘 알고 있었기 때문이었지요. 아가씨는 억지로 단속하고 강요한다고 순순히 길이 들 사람이 아니었거든요.

제6장

제7장

　　캐시 아가씨는 스러시크로스 그레인지에 크리스마스 때까지 5주나 머물러 있었답니다. 캐시 아가씨가 돌아오던 날, 아가씨 모습을 보고 우리는 모두 놀라고 말았답니다. 아가씨가 너무 변한 거예요. 우리는 아가씨가 전처럼 선머슴 모습으로 나타나 우리를 숨이 막히도록 껴안을 줄 알았어요. 그런데 깃털 달린 수달피 모자 아래 긴 머리를 찰랑거리며 멋진 승마복을 입은 채 말에서 내리더니, 양손으로 치맛단을 걷어 올린 채 아주 기품 있게 걸어 들어오는 게 아니겠어요? 몇 주 만에 숙녀가 다 된 거지요. 나중에 알았지만 그동안 린턴가의 안주인이 아가씨를 자주 찾아가 행실을 바로잡아 주었대요. 물론 억지로 그런 게 아니었어요. 아가씨의 몸매와 얼굴, 옷맵시를 칭찬하면서 아가씨 자존심을 살려준 거지요. 맞아요. 아가씨는 자존심이 정말 강했으니 그걸 건드려서는 될 일이 하나도 없었지요.

아가씨 모습을 본 힌들리 주인님은 흐뭇하게 말했어요.

"야, 캐시, 너 제법 미인이로구나! 못 알아볼 정도로 숙녀티가 나. 여보, 프랜시스, 그렇지 않소? 이사벨라 린턴과는 비교도 되지 않아."

그 말에 언쇼 부인이 화답했어요.

"그럼요, 이사벨라는 타고난 바탕이 아가씨와는 상대가 안 되지요. 하지만 아가씨도 이제부터는 전처럼 아무렇게나 지내시면 안 돼요."

아가씨는 장갑을 벗으며 고개를 두리번거리더니 말했어요.

"그런데 히스클리프는 어디 있어. 안 보이네."

그러자 주인님이 큰 소리로 외쳤어요.

"히스클리프, 어서 썩 나오지 못해! 다른 하인들처럼 빨리 아가씨에게 인사해야지."

의자 뒤에 숨어 있던 히스클리프가 쭈뼛쭈뼛 나타나자 아가씨는 그에게 달려들어 단숨에 예닐곱 번 입을 맞추더니 한 발 뒤로 물러서며 웃음을 터뜨렸어요. 그러고는 그에게 말했어요.

제7장

"어머 어쩜 그렇게 얼굴이 새까만 거야? 게다가 왜 그렇게 뾰로통해 있어? 정말 우습고 심술궂어 보이네. 하긴 내가 에드거나 이사벨라하고만 지내서 네가 그렇게 보이는 걸 거야."

그 모습을 본 언쇼 주인님이 선심 쓰듯 말했어요.

"히스클리프, 악수해도 된다. 한 번쯤은 허락해주마."

그러자 히스클리프가 단호하게 말했어요.

"싫습니다. 나를 비웃는 건 참을 수 없어요."

히스클리프가 말을 마치고 방에서 나가려는 걸 아가씨가 다시 붙잡고 말했어요.

"비웃은 게 아냐. 그냥 나도 모르게 웃음이 나온 거야. 너도 세수하고 빗질하면 멋지게 될 거야. 그렇지만 너 정말 너무 더럽다."

아가씨는 자기가 잡고 있는 그의 더러운 손을 걱정스러운 표정으로 바라보고 있었어요. 그것을 보고 히스클리프는 황급히 손을 빼며 말했어요.

"안 만지면 될 거 아냐! 나는 더러운 게 좋아. 앞으로도 계속 더럽게 살 거야."

그는 밖으로 나가버렸어요. 그 모습을 보고 주인 내외가 재미있다는 듯 웃고 있었고요.

그날로 주인님은 린턴가의 아이들을 크리스마스 파티에 초대했어요. 캐시 아가씨를 잘 대해준 보답이었지요. 그들은 초대를 받아들였어요. 다만 한 가지 조건이 있었지요. 린턴 부인이 그 입버릇 사나운 사내 녀석은 자기 아이들과 자리를 함께하지 않게 해달라는 거였어요. 물론 히스클리프를 말한 거지요.

저는 그들을 맞이할 준비를 하느라 눈코 뜰 새 없이 바빴어요. 크리스마스도 겹쳤으니 더욱 할 일이 많았지요. 음식 준비하랴, 온갖 장식도 하랴, 마루도 반짝반짝 윤을 내랴 정신이 없었어요. 갑자기 돌아가신 언쇼 어르신이 생각났어요. 제가 그렇게 청소를 하고 나면 제 머리를 쓰다듬으시면서 "정말 수고했다. 너는 정말 귀여운 애야"라고 말씀하시고는 제 손에 1실링을 쥐여주시곤 하셨거든요. 언쇼 어르신이 히스클리프를 얼마나 아끼셨는지도 생각났어요. 그러자 그 애의 딱한 처지가 떠올라 눈물이 났지요. 저는 얼른 일어나 밖으로 나갔어요. 다행히 히스클리프는 그다지 멀리 가지 않았어요. 여느 때처럼 마구간에서 말에게 여물을 먹이고 털을 빗겨주고 있었어요. 그 애를 보고 말했어요.

"서둘러, 히스클리프! 캐시 아가씨가 내려오기 전에 너를 근사하게 만들어줄게."

제7장

67

하지만 그는 아무 대답도 없었어요. 저는 그에게 기다리겠다고 말한 후 다시 안으로 들어갔어요. 하지만 그 애는 제게 오지 않았어요. 늦은 시각까지 일하다가 그냥 자기 방으로 가버린 거지요.

다음 날 아침, 휴일이라 식구들이 모두 교회로 간 다음에 그 애가 슬그머니 제게 얼굴을 보였어요. 일찍 일어났지만 혼자 늪지대를 거닐다가 돌아온 거예요. 그 애는 한껏 용기를 내어 제게 소리치듯 말했어요.

"넬리, 나 좀 깨끗하게 해줘. 이제부터 착한 애가 될 거야."

"정말 잘 생각했어. 너는 아가씨를 속상하게 한 거야. 밥도 안 먹고 자러 가면 어떻게 하니? 그렇게 심술이나 부리고…… 오늘 아침에 네가 밥도 안 먹고 나갔다니까 아가씨가 울더라."

"나도 얼마나 울었다고. 울 이유는 내가 더 많지."

"암튼 심술부린 거 미안하면 아가씨가 돌아오자마자 가서 만나. 미안하다고 말하고 껴안아주고…… 당장 식사를 준비해야 하지만 그 전에 짬을 내서 너를 근사하게 만들어줄게. 에드거 따위는 네 옆에 서면 진짜 인형같이 보이게 만들어줄게."

한순간 히스클리프의 얼굴이 밝아졌어요. 하지만 곧 어두운 표정을 짓더니 한숨을 내쉬며 말했어요.

"아아, 나도 금발에 하얀 피부라면 얼마나 좋을까. 나도 그렇게 좋은 옷을 입고 행동도 의젓할 수 있다면…… 나도 나중에 그 애처럼 부자가 된다면 얼마나 좋을까!"

제가 그 애를 달래주었지요.

"그래서? 내내 제 엄마 치마꼬리만 잡고 있는 애? 촌뜨기가 주먹만 쳐들어도 벌벌 떠는 애? 그런 소리 하지 마. 그런 똥개 같은 표정하지 마. 자기가 얻어맞을 만한 짓을 한 걸 아는 개처럼 보이잖아. 그러면서 온 세상 사람을 다 미워하는 얼굴이나 하고 있고. 마음을 곱게 먹어야 얼굴도 고와진답니다. 자, 어때? 머리도 감고 빗질도 하니까 너도 꽤 잘생긴 것 같지 않아? 왕자가 변장한 거라고 해도 믿겠다."

저는 그런 식으로 계속 수다를 떨었어요. 히스클리프도 기분이 풀려 얼굴이 환해졌고요. 그때 대문 밖에서 마차 소리가 났고 우리의 대화는 중단되었어요. 언쇼 가문의 사람들과 함께 린턴가 아이들이 도착한 거지요. 린턴가 아이들은 외투와 모피로 숨이 막힐 만큼 몸을 휘감은 채 자기네 집 마차에서 내렸고 언쇼가 사람들은 타고 있던 말에서 내렸어요. 캐서린 아가씨는 두 남매의 손을 한쪽씩 잡고는 집으로 데리고 들어가더니 난로 옆에 앉혔어요.

제7장

69

저는 히스클리프에게 어서 가서 의젓한 모습을 보여주라고 재촉했어요. 그 애는 순순히 제 말을 받아들였지요. 그런데 하필이면! 히스클리프가 주방에서 큰 방으로 통하는 문을 여는 순간, 힌들리 주인님이 반대쪽에 있던 문을 열고 들어서고 있던 거예요. 둘이 딱 마주친 거지요. 힌들리 주인님은 히스클리프가 깨끗하게 단장한데다 명랑한 얼굴인 것을 보고 속이 뒤틀린 모양이에요. 그 애를 보자마자 호통을 쳤어요.

"이놈을 얼른 내보내지 못해! 식사를 마칠 때까지 다락방에 가둬둬! 안 그러면 주방 음식을 다 훔쳐 먹을 놈이니."

제가 히스클리프는 그런 애가 아니라고 변명하자 주인님은 더 화가 치민 것 같았어요. 계속 호통을 쳤지요.

"어서 꺼지지 못해! 날 저물 때까지 내 눈에 띄면 주먹맛을 보여줄 테다. 얼씨구, 꼴에 멋을 내? 어디 그 꼬불꼬불한 머리 좀 만져보자. 얼마나 길게 늘어지는지 한번 잡아당겨보자."

문지방에 서 있다가 그 모습을 보게 된 에드거 도련님이 한마디했어요.

"그렇지 않아도 너무 긴 걸요. 머리카락이 저렇게 눈을 덮으면 두통이 생기는데."

그냥 무심코 입에서 나온 소리였어요. 천성이 착한 사람이니 무슨 악의 같은 게 있을 리 없었지요. 하지만 이미 연적으로 생각하고 있던 애에게서 그런 소리가 나왔으니 그렇지 않아도 격한 성격의 히스클리프가 얌전히 있을 리 없었어요. 히스클리프는 손에 잡히는 대로 사과 소스 그릇을 집더니 상대방 얼굴과 목덜미에 끼얹어버렸어요. 에드거 도련님은 금세 훌쩍거렸고 여동생과 캐서린 아가씨가 달려왔어요. 언쇼 주인님은 당장 자기 방으로 범죄자를 끌고 갔어요. 잠시 후 얼굴이 벌겋게 된 채 숨을 헐떡이며 다시 돌아온 것으로 보아 모진 매로 다스린 후 다락방에 가두어둔 게 틀림없었어요. 그사이 캐서린 아가씨가 에드거 도련님을 책망하고 있었어요.

"그 애에게 말을 건 게 잘못이야. 네가 다 망쳐버린 거야. 너 때문에 그 애는 매를 맞은 거야. 난 그 애가 매 맞는 거 싫단 말이야."

하지만 모든 소란은 맛있는 음식이 나오자 그치고 즐거운 저녁이 시작되었어요. 사람들은 저녁 내내 춤을 추고 노래를 불렀어요. 저도 춤을 추었지요. 언쇼 부인은 음악을 좋아했고 캐서린 아가씨도 좋아했어요. 그런데 아가씨가 갑자기 계단 위 어두운 곳으로 올라가더니 슬그머니 밖으로 나갔어요. 모두 즐겁게 노느라 아가씨가 없어진 것도 몰랐어요. 저는 아가씨가

제7장

71

어디로 가나 궁금해서 뒤를 따라갔어요.

캐서린 아가씨는 히스클리프가 갇혀 있는 다락방으로 통하는 사다리를 오르더니 잠시 후 둘이 함께 다락방에서 나왔답니다. 저를 본 아가씨는 히스클리프를 주방으로 데려가라고 했어요. 저는 주인을 속이는 짓을 하기 싫었지만 히스클리프가 어제부터 쫄쫄 굶은 것을 알기에 그를 몰래 주방으로 데려갔어요. 그리고 그의 앞에 맛있는 음식을 잔뜩 차려주었어요.

하지만 그는 음식에는 별로 손도 대지 않고, 두 손으로 턱을 괸 채 앉아서 말없이 생각에 잠겨 있었어요. 제가 무슨 생각을 하느냐고 물었더니 그가 자못 심각하게 대답했어요.

"어떻게 하면 힌들리에게 복수할 수 있을까 생각하고 있어. 복수만 할 수 있다면 아무리 오랜 세월이라도 기다릴 거야. 설마 내가 복수하기 전에 죽지는 않겠지. 나 좀 내버려둬. 복수 계획을 세울 거야. 그 생각만 하면 배고픈 것도 모르겠고 아픈 것도 모르겠어."

"어머, 록우드 씨, 제가 너무 늦게까지 수다를 떨고 있었네요. 졸고 계신 것도 모르고. 주무셔야지요."

딘 부인은 그 말을 하면서 바느질거리를 챙겼다. 하지만 졸다니, 천만의 말씀! 나는 황급히 말했다.

"가지 말아요. 나는 원래 늦게 잠자리에 드는 사람이오. 자, 조금 더 이야기해줘요."

"정 그러시다면 이야기를 계속해드릴게요. 3년 정도는 건너뛰고 이야기해드리지요."

"아니, 그러지 말아요. 좀 더 상세하게 들려줘요."

"그러면 다음 해 여름 이야기부터 해드릴게요. 1778년 여름이니까 지금으로부터 거의 23년 전 이야기네요."

제7장

제8장

 화창한 6월 어느 날 아침에 유서 깊은 언쇼 가문의 마지막 아기가 태어났답니다. 제가 키우게 될 아기였지요.

저는 집에서 멀리 떨어진 곳에서 건초 일을 하고 있었어요. 그때 아침밥 나르는 일을 하던 하녀 애가 들판을 가로질러 뛰어오며 소리를 질렀어요.

"어쩜 그렇게 큰 아기가! 정말 너무 귀여워. 그렇게 귀여운 아기는 본 적이 없어! 정말이야."

그녀는 숨을 좀 가라앉히더니 덧붙였어요.

"그런데 마님이 얼마 못 살 거라고 의사 선생님이 말했대. 벌써 여러 달 전부터 폐병을 앓고 있었다는 거야."

저는 황급히 집을 향해 달려갔어요. 아기를 얼른 보고 싶어서였어요. 그렇지만 주인님을 생각하면 마음이 아팠어요. 그의 마음속에는 두 명의 우상밖에는 없었으니까요. 바로 자기 자신과 부인, 둘뿐이었지요. 그가 이 세상에서 사랑한 사람은 그 둘밖에 없었어요. 게다가 부인을 거의 숭배하다시피 했는데, 만일 그녀가 죽는다면 주인님이 어떻게 견뎌낼 수 있을지 상상하기도 어려웠어요.

'폭풍의 언덕'에 도착하자 주인님이 현관 앞에 서 있는 게 보였어요. 저는 안으로 들어가면서 아기는 어떠냐고 물었어요. 주인님이 웃으면서 대답했어요.

"넬리, 지금이라도 일어나서 달려갈 기세야."

저는 다시 마님의 안부를 물었지요.

"마님은요? 의사 말로는……."

주인님이 제 말을 끊고 말했어요.

"그 망할 놈의 의사! 프랜시스는 멀쩡해. 하도 수다를 떠는 바람에 내가 밖으로 나온 거야. 안정을 취해야 하는데 말이야. 안으로 들어가거든 제발 입을 다물어야 내가 다시 들어간다고 말해줘."

안으로 들어가서 저는 마님께 주인님 말씀을 전했어요. 그러자 프랜시스 마님이 웃으며 말했어요. 마치 너무 좋은 나머지 제정신이 아닌 것 같았어요.

"내가 별로 말도 하지 않았는데…… 그냥, 저 혼자 울다가 뛰쳐나가고서는. 그래 아무 말도 않겠다고 약속할게. 하지만 그이 꼴을 보면 웃음이 나오는 걸 어쩔 수 없어. 웃지 않겠다는 약속은 못 하겠어."

가엾은 마님! 마님은 세상을 떠나기 일주일 전까지 내내 그렇게 명랑한 모습을 보였답니다. 주인님은 아내의 건강이 날마다 좋아진다고 고집스레 우겼고 거의 난폭할 정도였답니다. 하지만 어느 날 밤, 마님은 남편의 어깨에 기대고 내일이면 일어날 것 같다고 말하면서 가볍게 기침을 하더니 그 길로 그만 세상을 떠났답니다.

마님이 세상을 떴으니 새로 태어난 헤어턴 도련님을 키우는 건 전적으로 제 몫이 되었지요. 주인님은 아기의 건강한 모습을 보면서 만족하고 기뻐했습니다. 하지만 아기에 관해서만 그랬다는 것이지 다른 일에 대해서는 아니었어요. 무엇보다 자포자기 상태에 빠진 거예요.

주인님은 울지도 않았고 기도하지도 않았어요. 그 대신 사람이건 하나님이건 저주했고 걸핏하면 분노했어요. 그리고 방탕

한 생활에 빠져들었어요.

주인님의 횡포를 견디다 못한 하인들은 저와 조셉만 빼놓고는 모두 줄행랑을 놓고 말았어요. 저는 차마 제가 맡은 아이를 놔둔 채 떠날 수 없었기에 남았어요. 조셉은 소작인들과 막일꾼들 앞에서 거들먹거리는 게 신이 나서 남아 있었던 거고요. 게다가 그는 그런 환경을 더 좋아했어요. 남들의 잘못을 꾸짖고 비난하는 걸 천직으로 알고 있었으니까요. 그는 천당보다는 지옥을 더 좋아할 만한 사람이었어요. 거기에서는 호통치며 야단칠 대상이 천지에 널려 있을 테니까요.

주인님이 그런 식으로 생활하니 캐서린 아가씨와 히스클리프에게도 나쁜 영향을 미칠 수밖에 없었지요. 특히 주인님이 히스클리프를 얼마나 학대했는지, 설사 성자라 하더라도 그런 학대를 받으면 악마로 변할 정도로 심했어요. 실제로 그 애는 그 당시 정말로 악마에 사로잡힌 것 같았어요. 힌들리 주인님이 도무지 구원받지 못할 상황에 빠져드는 것을 보면서 오히려 희희낙락했고 그 스스로도 점점 안하무인이 되어갔답니다. 게다가 늘 시무룩했고 점점 더 성격이 거칠어졌고요.

그때 우리가 살던 집은 정말 지옥이었답니다. 에드거 린턴 도련님이 가끔 캐시 아가씨를 찾아오는 것 외에는 목사님을 비롯해 모든 사람의 그림자조차 얼씬거리지 않았으니까요.

당시 캐시 아가씨는 열다섯 살이었어요. 이 일대에서는 정말 여왕이었어요. 그렇게 아름다울 수가 없었지요. 그래서 그런지 점점 오만해진 게 문제이긴 했지만……. 하지만 아가씨는 한번 좋아한 사람은 끝까지 좋아했어요. 사실 저는 아가씨를 별로 좋아하지 않았는데 아가씨는 단 한 번도 제게 싫은 내색을 하지 않았으니까요. 게다가 히스클리프에 대한 애정이 한결같았던 것을 봐도 알 수 있지요. 에드거 도련님이 모든 면에서 히스클리프보다는 한 수 위였지만 아가씨 마음을 차지하기 어려웠던 것도 아가씨의 그런 성격 때문이었을 거예요.

어느 날 오후 주인님이 외출했어요. 히스클리프는 그 기회를 틈타 하루 놀아버리기로 작정했어요. 당시 히스클리프는 열여섯 살이었어요. 그 애는 그렇게 못생긴 것도 아니고 미련해 보이지도 않으면서 외모로나 정신적으로나 사람들에게 혐오감을 풍기면서 돌아다녔어요. 지금의 히스클리프를 보면 그때 모습은 조금도 남아 있지 않아요.

우선 당시의 히스클리프에게는 어렸을 때 받은 교육의 효과가 전혀 남아 있지 않았어요. 하루 종일 중노동에 시달리다보니 배우고 싶은 욕망도 사라지고 없었고요. 한때 언쇼 어르신의 굄(유난히 귀엽게 여겨 사랑함)을 받으며 우월감을 가졌던 적도 있었지만 그때는 그런 것도 온데간데없이 사라져버렸답니다.

그는 위로 올라가려는 노력을 모두 포기했어요. 한번 포기하고 나니 정말 철저했어요. 아예 위는 쳐다보지도 않는 것 같았어요. 정신적으로 그렇게 피폐해지니 용모도 그에 따라 추해졌어요. 걸음걸이도 구부정했고 표정도 멍청했으며 타고난 내성적인 성격이 정도를 지나쳐 거의 천치처럼 뚱한 사람이 되었지요. 그 애는 아는 사람들에게서 존중을 받는 것보다는 업신여김을 당하는 걸 더 즐기는 것 같았어요. 하긴 아는 사람이랬자 몇 명 되지도 않았지만요.

물론 히스클리프가 일을 마치고 쉴 때면 캐서린 아가씨가 항상 그 옆에 있긴 했어요. 하지만 언제부터인가 히스클리프는 캐서린 아가씨에게 애정 표현을 전혀 하지 않았어요. 아가씨가 천진난만하게 몸을 껴안아도 화를 내며 몸을 빼냈고요.

주인님이 출타한 틈을 타 히스클리프가 농땡이를 부리기로 작정했을 때는 바로 그런 상황이었어요. 히스클리프는 캐서린 아가씨에게 그날 하루 일 안 하고 놀아버리겠다고 선언하기 위해 큰 방으로 들어섰어요. 그때 나는 아가씨 옷매무새를 만져주고 있었지요. 에드거 도련님이 집에 찾아올 예정이었던 거예

제8장

79

요. 캐시 아가씨가 오빠가 집에 없다고 에드거 도련님에게 전갈을 넣은 거예요. 그녀는 히스클리프가 일할 줄 알았지 농땡이를 부리며 자기에게 오리라고는 꿈에도 생각하지 못했던 거지요.

옷을 차려입는 아가씨를 보고 히스클리프가 물었어요.

"오후에 볼일 있어? 어디 갈 데가 있는 거야?"

"아니. 비가 오잖아."

"그런데 왜 비단 원피스를 입은 거야? 누가 오기로 했어?"

히스클리프는 그 말을 하더니 벽난로 옆 의자에 앉았습니다. 그러자 잠시 머뭇거리던 아가씨가 말했어요.

"이사벨라랑 에드거가 오늘 오후 오겠다고 했어."

"그럼 사람 보내서 바쁘다고 전해. 그런 한심하고 바보 같은 애들 때문에 나를 밖으로 쫓아낼 건 아니지?"

그 말에 아가씨가 발끈했어요.

"그럼 나는 매일 저녁 너하고만 있어야 되니? 내가 얻는 게 뭐 있어? 네가 할 줄 아는 게 뭐야? 말도 제대로 못 하고 하는 짓도 어린애 같은데 무슨 재미가 있어?"

히스클리프는 자리에서 벌떡 일어났어요. 하지만 그가 자기의 기분을 미처 밖으로 내보이기도 전에 마당에서 말발굽 소리가 들렸습니다. 그러더니 금방 에드거 도련님이 안으로 들어왔어요. 순간 히스클리프는 밖으로 나갔고요.

캐서린 아가씨는 나간 사람과 들어온 사람 간의 차이를 너무나 또렷이 알 수 있었을 거예요. 험하기 그지없는 탄광촌을 바라보다가 나무가 우거진 아름다운 골짜기를 보는 기분과 비슷했을 테니까요.

방으로 들어온 에드거 도련님은 저를 슬쩍 쳐다보면서 "내가 너무 일찍 온 건가?"라고 말했어요. 저는 그냥 무안해서 바닥에 무릎을 꿇은 채 접시에 마른행주질을 하고 그릇을 정리했어요.

아가씨가 제게 말했어요.

"넬리, 거기서 뭘 하고 있는 거야?"

"일하고 있어요, 아가씨."

아가씨는 히스클리프 때문에 심사가 뒤틀려 있었어요. 저는 사실 주인님께 에드거 도련님이 와서 아가씨를 만나면 곁을 떠나지 말고 감시하라는 분부를 받았어요. 제가 머뭇거리면서 그대로 있자 아가씨가 제 곁으로 오더니 귓속말을 했어요.

"손님이 왔을 때는 자리를 비켜줘. 손님이 왔는데 청소를 하는 법이 어디 있어?"

제8장

"주인님이 안 계실 때라서 그릇을 정돈하기 좋은 기회예요. 그 어른 계실 때 이런 걸 만지작거리면 싫어하시거든요."

그러면서 저는 하던 일을 계속했답니다. 아가씨는 에드거 도련님이 보지 못하는 사이에 제 팔을 아주 사납게 꼬집었어요. 저는 벌떡 일어나며 비명을 질렀어요.

"아니, 아가씨, 이게 무슨 짓이에요!"

그러자 그녀는 발을 구르면서 제 뺨을 세게 후려쳤어요. 어찌나 세게 맞았던지 눈물이 핑 돌 정도였답니다. 그 모습을 보고 에드거 도련님은 너무 놀랐어요. 자기가 사랑하는 여자가 그렇게 난폭한 짓을 하다니!

그때였어요. 설상가상으로 제 옆에 앉아 있던 헤어턴 도련님이 제가 우는 것을 보고 따라 울기 시작했어요. 그러자 이번에는 아가씨가 아이에게 화풀이했어요. 아이의 두 어깨를 잡고 사납게 흔들어댄 거죠. 아이가 점점 사납게 울어대자 에드거 도련님이 아가씨를 말리려고 아가씨 두 손을 잡았어요.

그 순간 깜짝 놀랄 일이 벌어지고 말았지요. 아가씨가 그의 뺨을 세차게 내려친 거예요. 에드거 도련님은 뺨을 만지며 뒤로 물러났어요. 저는 그사이 아기를 안고 주방으로 빠져나갔어요. 앞으로 벌어질 일이 궁금해서 문은 열어놓았지요.

모욕을 당한 손님은 모자를 집어 들었어요. 아가씨가 문 쪽으로 가면서 물었어요.

"어디 가려고?"

손님은 그녀를 피해 문밖으로 나가려고 했지요.

아가씨가 말했어요.

"가지 말아요."

"가야 해. 안 갈 수 없어. 이렇게 얻어맞고야 어떻게 그대로 있을 수 있어?"

아가씨는 아무 대답도 하지 못했어요. 에드거 도련님이 계속 말했어요.

"나는 이제 네가 무서워졌어. 그리고 네가 부끄러워졌고."

아가씨의 아름다운 두 눈에 눈물이 맺히더니 눈꺼풀이 깜빡이기 시작했어요. 아가씨가 말했지요.

"그래, 갈 테면 가. 나는 이제 울어버릴 거야. 울다가 병이 나버릴 거야."

아가씨는 의자 곁에 쓰러지더니 엉엉 울기 시작했어요. 에드거 도련님은 마당으로 나설 때까지만 해도 마음이 흔들리지 않는 것 같았어요. 주방에 있던 제가 얼른 마당으로 나가며 소리쳤어요.

제8장

"도련님, 아가씨 고집은 아무도 못 꺾어요. 지독해요. 정말 버릇도 없어요. 얼른 말에 오르세요."

하지만 그 마음 약한 도련님은 망설였어요. 그러고는 곁눈으로 창문을 흘낏 바라보았어요. 마치 고양이가 반쯤 죽여놓은 생쥐나 반쯤 먹다 만 새를 두고 떠나지 못하듯 망설였던 거지요. 저는 속으로 생각했어요.

'그래, 당신은 이제 망한 거야. 섶을 지고 불에 뛰어들 운명이로구나!'

제 생각이 맞았어요. 에드거 도련님은 몸을 돌리더니 안으로 급히 들어갔어요. 그러고는 문을 닫더군요.

잠시 후 주인님이 술에 떡이 된 채 돌아왔어요. 저는 그들에게 주인님이 오셨다는 걸 알리려고 방으로 들어갔어요. 그런데 둘이 더 친해져 있더군요. 싸움 끝에 더 가까워진 거예요. 싸우다 보니 겉을 싸고 있던 수줍음이 사라졌고 우정이 사랑으로 변한 거랍니다.

힌들리 주인님이 돌아왔다는 소리를 듣고 에드거 도련님은 허겁지겁 말에 올라탔고 아가씨는 자기 방으로 갔어요.

제9장

에드거 도련님이 떠나자마자 주인님은 차마 입에 담을 수 없는 욕설을 퍼부으며 집 안으로 들어섰어요. 저는 우선 급한 김에 헤어턴 도련님을 주방 찬장에 숨긴 참이었지요. 술김에 무슨 패악을 부릴지 몰랐으니까요.

그런데 주인님이 그걸 본 거예요. 주인님은 마치 개 목덜미를 잡아채듯 제 목을 뒤로 제치며 말했어요.

"이제야 잡았다. 네년 목구멍에 칼을 쑤셔 박아주마!"

그러더니 그는 식칼을 손에 들고 칼끝을 제 이 사이에 쑤셔 넣으려 했어요. 하지만 저는 평소에도 주인님의 그런 패악을 별로 두려워하지 않았어요. 저는 칼 맛이 형편없다며 침을 탁 뱉었어요. 그러자 그는 저를 놓아주며 계속 소리를 질렀어요.

"그러고 보니 저 새끼는 헤어턴이 아니야. 저놈이 헤어턴이라면 살가죽을 벗겨놔야지. 애비를 보고도 달려와 인사를 안하다니! 애비를 보고도 울기만 하다니! 안 그칠 거야? 자 그만 울고 아빠에게 뽀뽀! 뭐야, 안 할 거야? 이 괴물 같으니! 모가지를 확 분질러버리겠다!"

주인님은 아이를 안고 계단을 올라가기 시작했어요. 아이는 발버둥을 치며 울어댔지요. 저도 아이를 구하기 위해 계단을 따라 올라갔어요. 그런데 아래층에서 누군가 계단을 올라오는 소리가 들렸어요. 주인님께도 그 소리가 들린 모양이지요. 그는 "도대체 누구야?"라고 외치며 난간 위로 몸을 숙이고 아래를 내려다보았어요.

그 순간, 발버둥 치던 아이가 아버지 품에서 빠져나와 아래로 떨어지고 만 거예요. 정말 아찔했어요. 그런데 아이는 무사했어요. 마침 그 위기의 순간 난간 바로 아래 있던 사람이 떨어지는 아이를 자기도 모르게 받아 들고 바닥에 내려놓은 거예요. 히스클리프였어요. 그는 이런 사고를 저지른 자가 도대체 누구인지 확인하려는 듯 위를 쳐다보았어요. 주인님의 얼굴을 알아보는 순간 그의 표정이 묘하게 일그러지더군요. 어찌 보면 허망한 표정이었어요. 자기 스스로 복수할 기회를 날려버렸다는 원통한 마음이 그대로 드러나 있었지요. 만일 집 안이 어두 웠다면 히스클리프는 헤어턴의 머리를 자기 손으로 박살을 냈 을지도 몰라요. 저는 황급히 뛰어내려가 아이를 꼭 품에 안았 어요.

그 소동에 힌들리 주인님은 술이 좀 깬 것 같았어요. 약간은 겸연쩍은 표정으로 계단을 내려오더군요. 그는 아이를 자기 눈 에 띄지 않는 곳에 놓지 않은 제가 잘못했다고 저를 야단치더 니 아이를 쓰다듬으려 했어요. 그러자 제 품에서 겨우 울음을 그쳤던 아이는 다시 자지러지게 울기 시작했어요.

제가 주인님께 말했어요.

"가만 좀 내버려두세요. 아이는 주인님을 싫어해요. 모든 사 람이 주인님을 미워해요. 참 화목한 가정이군요! 주인님 꼴도 참으로 가관이고요."

그러자 이 정신 나간 인간이 다시 평소의 냉혹한 표정을 되 찾고 말했어요.

"내 꼴이 어때서? 훨씬 더 좋아질걸. 어쨌든 애를 데리고 나 가. 그리고 히스클리프, 너도 내 손이 닿지 않는 데로 꺼져버려. 오늘 밤에는 너를 죽일 생각 없다."

그는 말을 마치자 브랜디 병을 들더니 벌컥벌컥 들이켰어요.

제9장

87

또 무슨 행패를 부릴지 몰라서 저는 얼른 주방으로 들어갔어요. 히스클리프도 따라 들어왔고요.

저는 주방에서 아이를 재우기 위해 자장가를 불러주었어요. 히스클리프는 마구간에 갔으려니 하고 신경도 쓰지 않았어요. 하지만 나중에 알고 보니 그는 벽난로에 붙어 있는 소파에 몸을 파묻고 있었기에 아무에게도 보이지 않았던 거예요.

그때였어요. 소동이 벌어지는 동안 방 안에 가만히 있던 아가씨가 좀 조용해지자 주방 문틈으로 머리를 내밀더니 난로 곁으로 왔어요. 제게 무슨 할 말이 있는 것 같았는데 정작 한숨부터 내쉬더군요. 그러고는 제게 물었어요.

"히스클리프 어디 있어?"

"마구간에서 일하나봐요."

히스클리프는 조용히 있었어요. 깜빡 졸고 있었나봐요

꽤 오랫동안 아가씨는 아무 말이 없었어요. 그런데 얼마 후 그녀의 눈에 눈물방울이 맺히더니 바닥에 떨어지는 게 아니겠어요? 저는 생각했어요.

'내게 못되게 군 게 미안해서 그러나? 참 별일이네. 한 번도 그런 적이 없었는데…….'

하지만 결국 그런 별일이 일어난 게 아니었어요. 그녀는 자기 일 말고는 결코 신경 쓰지 않던 사람이었고 이번에도 결국 그랬던 거예요. 이윽고 아가씨가 입을 열었어요.

"아, 넬리 어떻게 하지? 너무 힘들어. 정말 어떻게 해야 할지 모르겠어. 넬리, 비밀 지켜줄 수 있어? 꼭 지켜야 돼."

저는 좀 심술이 나서 말했어요.

"꼭 지켜야 해요?"

"그래, 꼭 지켜야 해. 넬리를 믿고 말해줄게. 오늘 에드거 린턴이 내게 청혼했어. 그리고 나는 받아들였어. 넬리, 내가 잘못한 거야?"

"그럼요. 그런 추태를 부린 여자에게 청혼하다니, 정신 나간 사람 아니에요? 그런 사람 청혼을 어떻게 받아들여요?"

그랬더니 그녀가 얼굴을 잔뜩 찌푸리며 말했어요.

"넬리, 자꾸 그럴 거야? 나 지금 정말 진지하단 말이야. 빨리 내가 잘한 건지 아닌지 똑바로 말하란 말이야!"

"생각할 게 한두 가지가 아니지요. 우선, 아가씨, 그 남자를 사랑해요?"

"당연히 사랑하지."

"하지만 왜 그를 사랑하지요? 그가 미남이고 젊고 명랑한 데다 부자라서 사랑하나요? 그분이 아가씨를 사랑하니까 사랑

하나요? 하지만 이 세상에는 그보다 잘생기고 부자인 젊은이가 수두룩해요. 게다가 언제까지나 젊을 수도 없고 언제까지나 부자이리라는 보장도 없잖아요. 그런데 왜 하필 그를 사랑하는 거지요?"

"지금 내 주변에는 그런 사람이 그이밖에 없잖아. 그리고 지금 잘생겼고 부자면 됐지, 뭐가 어쨌다는 거야? 그런 정신 나간 소리는 제발 그만해."

"그럼 됐네요. 린턴 씨랑 그냥 결혼하세요."

"넬리가 해라 말라 할 문제가 아니야. 이미 결혼하기로 했다니까. 그러니 잘했는지 못했는지 그것만 말해달라는 거야."

"잘한 일이지요. 아가씨는 이 엉망인 집을 떠나 돈 많고 화목한 집에서 살게 될 텐데요. 아가씨는 지체 높은 가문에 들어가게 되는 건데요. 게다가 에드거 린턴 씨는 아가씨를 사랑하고 아가씨는 그분을 사랑하는데 문제 될 게 뭐 있어요?"

아가씨가 한 손으로는 이마를, 다른 한 손으로는 가슴을 치면서 대답했어요.

"여기, 여기! 이게 문제란 말이야! 내 영혼이 있는 곳! 내 영혼인지, 내 심장인지, 이게 내가 잘못하는 거라고 말하고 있단 말이야!"

아가씨는 점점 더 슬프고 심각한 표정을 짓더니 모은 손을 바들바들 떨기 시작하더군요. 아가씨가 다시 말했어요.

"넬리, 만일 내가 천국에 가더라도 나는 비참할 것 같아."

"천국에 들어갈 자격이 없으니 당연하지요. 죄인들이 천국에서 살면 불행할 건 당연하잖아요."

그녀가 웃기 시작했어요.

"내가 전에 천국에 사는 꿈을 꾼 적이 있어. 웃기지? 그런데 거긴 정말 내가 있을 곳이 아닌 것 같더라. 그래서 제발 세상으로 돌려보내달라고 애절하게 빌면서 울었어. 그랬더니 화가 난 천사들이 나를 '폭풍의 언덕' 꼭대기 히스 풀밭으로 집어 던졌어. 나는 너무 기뻐서 엉엉 울다가 잠에서 깬 거야. 맞아. 나는 천국에서는 살 수 없는 사람이야. 마찬가지로 에드거 린턴의 집에도 들어갈 수 없는 사람이야. 만일 우리 집의 저 고약한 인간이 히스클리프를 저 꼴로만 만들어놓지 않았다면 이런 생각은 꿈에서도 안 했을 거야. 내가 지금 히스클리프와 결혼한다면 나도 똑같이 천해지는 거야. 그런 일은 있을 수 없어. 그러니 넬리, 히스클리프는 내가 자기를 사랑한다는 걸 알면 절대로 안 돼. 넬리, 내가 그를 사랑하는 건 그가 잘생겨서가 아니야. 그는 나 이상으로 나 자신이기 때문이야. 우리들의 영혼이 무엇으로 빚어진 건지는 잘 모르겠지만 그의 영혼과 내 영혼은 너무 비슷해. 에드거의 영혼은 마치 달빛이 번개와 다르고, 서리와 불길이 서로 다른 것처럼 우리의 영혼과는 달라."

그녀의 이야기가 끝나기 전에 저는 히스클리프가 주방 안에 있다는 걸 알아차렸어요. 무슨 움직임 비슷한 게 느껴지기에 슬쩍 고개를 돌려보니 소파에 앉아 있던 히스클리프가 슬며시 방에서 나가는 거예요. 그는 히스클리프와 결혼하면 자기도 천해지는 거라는 아가씨 말씀을 듣고 그 뒷이야기는 듣지 않은 채 밖으로 나간 거지요. 캐서린 아가씨는 바닥에 앉아 있었기에 그가 나가는 걸 알아채지 못했어요.

아가씨가 제게 말했어요.

"히스클리프는 아무것도 모르겠지? 사랑한다는 게 어떤 건지도 모를 거야. 그렇지 않아?"

"아니, 아가씨가 아는 걸 그가 왜 몰라요? 그가 아가씨를 사랑한다면 아가씨와 린턴 씨와 결혼하는 날 그는 모든 걸 잃게 되는 셈이에요. 우정도, 사랑도! 아가씨는 그와 헤어진다는 걸 감당할 수 있을지 생각해봤어요? 이 세상에 완전히 홀로 남아버려진 신세가 된다는 걸 그가 어떻게 감당할 수 있을지 생각해봤어요?"

아가씨가 화난 듯 말했어요.

"아니야, 절대로 그럴 리 없어! 그와 나는 헤어지지 않아! 린턴 성을 가진 사람들을 몽땅 이 세상에서 사라지게 하더라도 그를 저버릴 수는 없어! 그렇게는 못 해! 그렇게는 안 할 거야! 그와 헤어져야만 한다면 린턴 부인 노릇도 안 할 거야. 그는 앞으로도 이제까지처럼 여전히 내게는 소중할 거야. 에드거가 그를 싫어하지 않게 만들 거야. 만일 싫다고 해도 그를 받아들이게 할 거야. 넬리, 네가 나를 정말 이기적이라고 생각하리란 걸 나도 다 알아. 하지만 생각해봐. 내가 히스클리프랑 결혼하면 둘 다 거지꼴이 될 거야. 하지만 내가 린턴 부인이 되면 히스클리프가 잘되도록 에드거가 도와줄 수 있어. 그리고 오빠 손에서 벗어나 살게 해줄 수도 있어."

"아가씨 남편 돈으로요? 아가씨가 린턴 씨와 결혼하려는 이유 중 가장 최악이로군요."

"그렇지 않아. 이게 최선이야! 다른 이유는 모두 에드거나 나를 위한 거였지만 이건 히스클리프를 위한 거야. 히스클리프가 고통을 겪게 되는 것, 그게 내게 가장 큰 고통이야. 내가 살아가야 할 가장 큰 이유는 바로 그 사람이야. 에드거를 향한 내 사랑은 나뭇잎 같은 거야. 계절 따라 바뀌듯이 그를 향한 내 사랑도 바뀌리라는 걸 나는 잘 알고 있어. 하지만 히스클리프를 향한 내 사랑은 땅에 굳건히 박혀 있는 바위 같은 거야. 눈에 보이는 기쁨을 주지 않지만 없어서는 안 되는 그런 거. 넬리, 내가 바로 히스클리프야! 그 사람은 언제고, 언제고 내 영혼 속에 있어. 기쁨으로 존재하는 게 아니야. 바로 나 자신으로 존재하는 거야. 그러니 그와 헤어진다는 건 도저히 있을 수 없어."

그녀는 말을 다 맺지 못하고 제 옷자락에 얼굴을 묻었습니다. 하지만 저는 그녀를 밀쳐냈습니다. 이런 미친 짓을 더 이상 참아낼 수가 없었기 때문이에요.

"아가씨의 말도 안 되는 소리를 듣자 하니, 이런 생각밖에는 안 드네요. 아가씨는 결혼에 따르는 의무가 어떤 건지 전혀 모르는 여자거나, 아니면 기본적으로 품행이 단정치 못하고 방종한 여자라는 것. 암튼 더 이상 비밀을 지켜준다는 약속은 못 하겠어요."

저는 매몰차게 쏘아준 후 저녁을 준비하겠다며 아가씨 곁을 떠났어요. 그사이 그녀가 헤어턴을 돌봐주었지요.

이윽고 저녁 식사 시간이 되었어요. 히스클리프의 모습이 보이지 않았어요. 제가 캐서린 아가씨 귀에 대고 슬쩍 히스클리프가 우리 이야기를 엿들은 것 같다고 말해주니까 그녀는 펄쩍 뛰더니 안절부절못했어요. 아가씨는 조셉과 저에게 그를 찾으라고 난리법석이었어요. 하지만 어디에서도 그의 모습을 찾을 수 없었지요. 조셉이 너무 어두워 찾을 수 없다며, 그놈이 제 발로 기어들어올 때까지 기다리는 수밖에 없다고 말했어요. 아닌 게 아니라 여름밤치고는 너무 어두워서 더 이상 찾으러 나설 수도 없었어요. 곧 천둥이 칠 것 같은 날씨였어요.

우리는 자정 무렵까지 히스클리프가 돌아오길 기다리며 깨어 있었어요. 그 무렵부터 폭풍우가 '폭풍의 언덕'을 강타했지요. 벼락을 맞아서인지 아니면 바람 때문인지 집 밖 모퉁이에 있던 커다란 나무 한 그루가 쓰러지면서 굴뚝 한 부분이 무너져 내렸어요. 정말로 천벌이 내린 것 같았답니다. 남들의 불행을 봐야 기운이 나는 조셉은 성경 구절을 되뇌며 회개하라고 외쳐댔고요.

우리는 모두 무서워 집 안에 꼼짝도 못 하고 있었지만 캐서린 아가씨는 숄도 걸치지 않은 채 휘몰아치는 폭풍우를 맞으며 그대로 밖에 서 있었어요. 우리는 버티는 아가씨를 억지로 안으로 끌고 들어왔어요. 저는 온몸이 흠뻑 젖은 아가씨에게 옷을 갈아입으라고 했지만 그녀는 막무가내였어요. 할 수 없이 저는 그녀를 내버려둔 채 꼬마 헤어턴을 데리고 잠자리로 갈

제9장

95

수밖에 없었어요.

다음 날 아침, 평소보다 조금 늦게 주방으로 내려가니 캐서린 아가씨가 벽난로 앞에 앉아 있는 게 보였어요. 어제부터 한숨도 자지 않은 채 꼼짝 않고 있었던 거예요. 그때 힌들리 주인님이 주방으로 들어서며 하루 사이에 초췌해진 동생의 모습을 보고 말했어요.

"꼴이 그게 뭐냐? 꼭 물에 빠진 생쥐 모양을 하고서……."

우리는 히스클리프가 사라졌다는 말을 하고 싶지 않아 그냥 아무 말도 없이 있었어요. 힌들리 주인님은 아가씨 손목을 잡더니 소리쳤어요.

"이런 병이 난 게로군. 어쩌자고 이렇게 비를 맞은 거야?"

그러자 옆에 있던 조셉이 거들었어요.

"사내놈 꽁무니를 쫓아 나간 모양이지요. 그런 게 어디 하루 이틀인가요? 나리, 나리만 없다 하면 린턴 그 고양이 자식이 슬금슬금 내려온다 이겁니다. 그러는가 하면 그 히스클리프 녀석이랑 밭두렁을 싸돌아다니기도 하고."

캐서린 아가씨가 소리를 질렀어요.

"입 닥치지 못해! 감히 누구한테! 오빠, 어제 에드거 린턴이 왔던 건 사실이야. 오빠가 취했기에 그냥 가라고 했어."

그러자 이번에는 힌들리 주인님이 소리쳤어요.

"누굴 바보로 알고 그따위 거짓말을 둘러대는 거냐! 그건 그렇고 어젯밤에 히스클리프 녀석하고 비 맞으며 돌아다닌 거지? 생각 같아서는 당장 모가지를 꺾어놓고 싶지만 어제 놈에게 신세를 졌으니 당장 내쫓는 걸로 그치겠다."

아가씨가 흐느끼며 말했어요.

"오빠, 나는 어젯밤에 그 애를 보지도 못했어. 그 애를 쫓아내면 나도 이 집을 나가버릴 거야. 하지만 오빠는 그 애를 쫓아내지 못할걸. 벌써 집을 나가버렸단 말이야."

캐서린 아가씨가 울음을 터뜨리더니 뭐라고 몇 마디 더 했지만 무슨 소리인지 알아들을 수가 없었어요. 힌들리 주인님는 몇 마디 위협적인 말을 던지더니 "당장 내 눈앞에서 꺼져버려!"라고 고함을 쳤어요.

저는 억지로 캐서린 아가씨를 방으로 데리고 올라갔어요. 그런데 방에 들어서자마자 아가씨가 보여준 행동은 정말 평생 잊지 못할 정도로 무시무시했어요. 아가씨가 미친 게 아닌지 의심이 들 정도였어요. 마구 소리를 지르고 아무 거나 집어 던지고…… 저는 조셉에게 의사를 불러달라고 했어요.

한걸음에 달려온 의사는 그게 정신착란의 시초라고 진단을

제9장

내렸어요. 의사는 혼자 두면 창문에서 뛰어내릴 위험이 있으니 단단히 감시하라고 이르고 돌아갔어요. 게다가 전염성이 심한 열병에 걸렸으니 주위 사람들도 조심하라고 했어요.

제가 정성 들여 간호했다고 할 수는 없겠지만 어쨌든 아가씨 병세는 조금씩 호전되었어요. 그사이 린턴 부인이 가끔 방문해서 이런저런 지시도 하면서 아가씨 병세를 살펴보았지요. 아가씨가 회복기에 접어들자 부인은 그녀를 스러시크로스 그레인지로 데려가 돌보겠다고 했어요. 짐을 던 우리로서야 정말 다행이었지만 한쪽의 행운은 다른 쪽에서는 불행으로 나타나기 마련인가봐요. 딱하게도 부인은 그렇게 호의를 베푼 것을 후회할 수밖에 없게 된 거예요. 글쎄, 린턴 부부에게 아가씨의 열병이 옮아서 두 분 모두 세상을 떠나게 되었으니까요.

얼마 후 아가씨가 집으로 돌아왔어요. 그런데 전보다 더 건방지고 신경질적이 되어 돌아왔답니다. 시간도 늦었으니 아주 간단하게 그 뒤의 일을 이야기해드리겠어요.

그 뒤로 히스클리프 소식은 전혀 들을 수 없었답니다. 완전히 태도가 바뀐 캐서린 아가씨는 이제 저와 조셉을 완전히 하인 대하듯 했지요. 힌들리 주인님은 은근히 그걸 즐기는 것 같았어요. 겉으로는 아직 완쾌되지 않은 캐서린 아가씨의 비위를 맞춰준다는 명분을 내세우고 있었지만 하인 신분인 우리와 무람없이 지내는 게 거슬리기도 했던 거지요. 게다가 그는 캐서린 아가씨 덕분에 자기 가문이 린턴 가문과 맺어지는 영광이 있기를 간절히 바라고 있었답니다.

그리고 드디어 그의 바람은 결실을 보았어요. 사랑에 눈이 먼 에드거 도련님 덕분이지요. 그가 얼마나 사랑에 눈이 멀었던 사람인가 하면, 물론 사랑에 눈이 멀면 다들 그렇겠지만요, 결혼식을 치르려고 캐서린 아가씨를 기머턴 교회로 데려가는 날, 자기가 이 세상에서 제일 행복한 사람이라고 생각했답니다. 저는 아가씨를 따라 이곳 스러시크로스 그레인지로 거처를 옮길 수밖에 없었어요. 정이 들 대로 든 다섯 살 난 헤어턴 곁을 떠나는 게 죽기보다 싫었지만 어쩔 수 없었어요. 그날 이후 헤어턴 도련님과는 생판 남이 되어버렸답니다.

어느새 시곗바늘이 새벽 1시 반을 가리키고 있었다. 딘 부인은 이야기를 더 해달라는 나를 남겨두고 자기 방으로 갔다. 나도 고단했기에 나머지 이야기는 나중에 듣기로 하고 잠자리에 들었다. 머리도 아프고 사지가 쑤셨지만 겨우겨우 자리에 누워 잠들 수 있었다.

제9장

99

제10장

　　속세를 버리고 숨어 지내겠다고 하더니, 참으로 멋진 서곡이 열린 셈이로구나! 참기 어려운 육체적 고통, 심리적 동요에 병까지 얻어 4주를 지내다니! 게다가 의사는 봄이 오기 전까지는 외출을 말라는 선고를 내렸으니 진정 수도자의 자세가 갖추어졌도다!

　　내게는 책을 읽을 기운은 없었지만 재미있는 이야기를 들을 정도의 기운은 있었다. 어찌 딘 부인을 불러 이야기를 마저 해 달라고 하지 않을쏘냐?

　　약병을 들고 와서 약을 잘 챙겨 먹으라고 잔소리하는 딘 부인에게 내가 말했다.

　　"알았어요, 알았어. 자, 그 약병일랑 좀 놔두고 이리 와서 앉아요. 어서 뜨개질감이나 주머니에서 꺼내요. 옳지! 자, 어서 히스클리프 씨 이야기나 계속해줘요. 궁금해 죽겠소."

"고단하시지 않겠어요? 오늘 몸은 좀 어떠세요?"

"많이 좋아졌소."

"다행이네요. 그렇다면 심심풀이 삼아 이야기해드리겠어요."

그녀는 이야기를 계속했다.

제가 캐서린 아가씨와 함께 스러시크로스 그레인지로 옮겼다는 말씀은 이미 드렸지요? 그런데 저는 캐서린 아가씨, 아참, 이제는 캐서린 마님이라고 해야겠네요, 캐서린 마님에게 기분 좋은 실망감을 느꼈어요. 제가 생각했던 것보다는 행동거지가 훨씬 조신했던 거예요. 그녀는 남편을 지나칠 정도로 사랑하는 것 같았고 시누이에게도 정말 잘해주었답니다. 이들도 그녀를 편하게 해주려고 세심하게 마음을 썼고요. 에드거 주인님은 마님의 성질을 건드리는 것을 두려워하는 것 같았어요. 하인들이 마님에게 뭔가 불만이 있어 싫은 낯이라도 하면 금세 미간을 찌푸리며 언짢아하셨어요. 제가 마님에게 건방지게 구는 모습을 보고도 여러 번 꾸중하셨고요. 친절하고 마음씨 좋은 나리를 속상하게 만들기 싫어서 저도 조심하게 되었답니다.

가끔 마님은 한없이 우울해질 때가 있었답니다. 그러면 나리가 말없이 조심스럽게 그녀를 배려해주었어요. 그 몹쓸병으로 인해 생긴 후유증으로 생각한 거지요. 제가 '이들은 앞으로 언제까지나 그렇게 행복하게 지내겠구나'라고 생각할 정도로 평온한 나날이 흘러갔어요.

하지만 이런 행복은 곧 깨지고 말았답니다.

9월 어느 조용한 저녁 무렵이었어요. 저는 과수원에서 딴 사과를 바구니에 담아 돌아오던 중이었지요. 날은 이미 어두웠고 달빛을 받아 건물 윤곽만이 희미하게 보였어요. 바구니가 제법 무거워서 주방 계단에 내려놓고 막 허리를 펴려 했을 때였어요. 제 등 뒤에서 누군가 저를 부르는 소리가 들렸어요.

"거기, 넬리 아냐? 맞지, 넬리지?"

뒤를 돌아보니 현관에서 무언가 움직이는 게 보였습니다. 제가 앞으로 조금 걸어가서 보니 키가 큰 남자라는 걸 알아볼 수 있었습니다.

그가 제게 말했어요.

"나를 못 알아보겠어? 여기서 한 시간이나 기다렸어."

달빛에 그의 얼굴이 드러났어요. 해쓱한 뺨에 검은 구레나룻이 얼굴의 반을 덮고 쑥 들어간 눈이 빛나고 있었어요. 저는 그 눈을 또렷이 기억하고 있었지요.

제가 소리쳤어요.

"어머나, 히스클리프! 정말 너 맞아? 정말 돌아온 거야?"

"그래, 히스클리프야. 내가 돌아왔어."

그 말을 하면서 그는 창문 쪽으로 시선을 옮겼어요. 안에서 불빛은 새어 나오지 않았어요.

그가 다시 말했어요.

"다들 집 안에 있나? 그녀는 어디 있어? 여기 없어? 말해봐. 그녀에게 할 말이 있어서그래. 네 여주인 말이야. 어서 가서 전해. 기머턴에서 누군가 그녀를 보러 왔다고."

"마님이 어떻게 받아들일까? 놀라서 미쳐버릴 거야. 그런데 너 정말 히스클리프 맞아? 너무 많이 변했어!"

"가서 내 말이나 전해줘."

히스클리프가 조바심이 난 듯 제 말을 잘랐습니다. 저는 떠밀리듯 엉겁결에 안으로 들어갔어요. 방으로 들어가니 부부는 창가에 조용히 앉아서 창문을 통해 저 멀리 기머턴 골짜기를 바라보고 있었답니다. 저도 눈길을 그리로 돌렸어요. '폭풍의 언덕'은 그 골짜기 위에 높이 솟아 있었습니다.

그들이나 그들이 바라보고 있는 풍경이나 너무나 평화롭게 보였어요. 저는 제가 떠맡은 일을 한다는 게 너무 싫어졌어요. 그 평화를 깨기가 싫었던 거지요. 그냥 촛불이 어떻다는 둥 몇 마디 핑곗거리 말을 하고 그냥 나와야겠다고 생각했어요. 그런데 무슨 바보 같은 생각에서였는지 그만 그들 앞으로 가서 우물우물 말을 하고 말았어요.

"저, 기머턴에서 오신 분이 마님을 뵙자고 해요."

그러자 마님이 물었어요.

"누군데? 무슨 일인데?"

"왜 그러는지는 물어보지 않았어요."

캐서린 마님이 자리에서 일어나며 말했어요.

"알았어. 넬리, 커튼 좀 쳐줄래? 그리고 차 좀 갖다줘. 금방 돌아올게."

그녀가 방을 나가자 에드거 주인님이 누가 왔느냐고 별생각 없이 제게 물었어요.

"마님이 전혀 생각지도 못했던 사람일 거예요. 히스클리프 씨입니다."

주인 나리가 자리에서 벌떡 일어나며 말했어요.

"뭐야! 그 집시 일꾼! 왜 캐서린에게 사실대로 말하지 않은 거야!"

그러더니 주인님은 마당이 내려다보이는 창가로 갔어요. 그는 창문을 열고 바깥을 향해 몸을 기울였어요. 그가 밖을 향해 큰 소리로 말한 걸로 보아 바로 밑에 히스클리프와 마님이 있었던 것 같아요.

"여보, 캐서린! 안으로 들어와요. 귀한 손님이면 함께 모시고 들어와요."

얼마 지나지 않아 빗장 여는 소리가 들리더니 캐서린 마님이 방으로 뛰어들어왔어요. 숨을 헐떡이고 너무 흥분해 있어서, 기뻐한다기보다는 무슨 큰 변고라도 당한 사람 같았어요. 방으로 들어온 그녀가 두 팔로 남편의 목을 끌어안으며 소리쳤어요.

"오, 에드거, 에드거! 히스클리프가 돌아왔어요. 정말로 그가 돌아왔단 말이에요!"

그녀의 남편이 불쾌한 투로 말했어요.

"자, 자, 좀 진정해. 내가 목이 졸려 죽겠군! 그 사람이 뭐 그리 대단하다고! 이렇게 미친 것처럼 날뛸 필요는 없잖아."

캐서린 마님은 기쁨을 억누르려고 애쓰며 말했습니다.

"당신이 히스클리프를 좋아하지 않는다는 건 알아요. 하지만 저를 생각해서라도 좀 친절하게 대해주세요. 그에게 올라오라고 할까요?"

"어디로? 여기 응접실로? 여긴 그에게 어울리지 않아요. 주방이라면 모를까."

캐서린 마님은 남편을 묘한 표정으로 바라보았어요. 반쯤은 화가 난 것 같았고 반쯤은 남편의 그런 과민 반응을 비웃는 것 같았어요.

캐서린 마님은 잠시 말없이 있더니 입을 열었어요.

"안 돼요. 그 사람을 주방에서 맞을 수는 없어요. 넬리, 여기 응접실에 테이블을 두 개 마련해줄래? 하나는 네 주인님과 이사벨라가 앉을 거고 다른 하나는 나나 히스클리프처럼 천한 것들이 앉아야 하니까. 여보, 그러면 되겠지요?"

말을 마친 그녀는 급히 응접실에서 나가려 했어요. 그러자 나리가 그녀를 막았어요. 그러고는 제게 말했어요.

"넬리, 내려가서 손님을 모시고 와. 그리고 여보, 기뻐하는 건 좋지만 너무 지나치지는 말아요. 도망갔던 머슴을 마치 오빠처럼 반기는 모습을 온 집안에 다 보일 필요는 없지 않소."

내가 아래로 내려가자 히스클리프는 현관 앞에서 초조하게 기다리고 있었습니다. 그는 말없이 제 뒤를 따라 주인님과 마님이 계신 응접실로 들어왔습니다. 그가 들어서자 마님은 그에게 달려와 두 손을 잡더니 에드거 주인님 쪽으로 끌고 갔습니다. 그러고는 별로 내켜하지 않는 주인님 손을 잡고 억지로 악수를 시켰어요.

램프 불빛이 환하게 밝히는 방으로 들어오니 히스클리프의 모습이 똑똑히 보였어요. 달빛 아래서는 잘 알아보지 못했는데 그는 정말 놀랄 정도로 변해 있었어요. 그는 건장한데다 운동으로 다져진 몸매에 키도 컸습니다. 그에 비하면 주인님은 훨씬 가냘프고 앳돼 보였지요. 생김새나 표정도 주인님보다는 훨씬 성숙해 보였고, 과거의 무지했던 흔적은 어디론가 사라지고 아주 총명해 보였어요. 그 우울해 보이는 눈썹과 눈동자에는 이전의 야만적이고 난폭한 흔적이 남아 있는 것 같기도 했지만 전처럼 노골적으로 드러나는 않았어요. 태도는 여전히 뻣뻣했지만 천박하다기보다는 오히려 위엄이 엿보일 정도였어요.

그의 모습을 보고 주인님은 저보다도 더 놀란 것 같았어요. 조금 전에 집시 일꾼이라 불렀던 그를 어떻게 불러야 할지 몰라서 망설이는 모습이 역력했으니까요. 주인님이 마침내 그에게 앉으라고 정중하게 말할 때까지 히스클리프는 그를 차갑게 바라보고만 있었습니다.

주인님이 다시 말했어요.

"아내가 옛정을 생각해서 당신을 정중하게 맞이하라더군요.

제10장

107

아내를 즐겁게 하는 일이라면 나도 기쁘게 받아들입니다."

"저도 마찬가지입니다. 특히 제가 일조를 할 수 있는 일이라면 두말할 필요가 없겠지요. 그럼, 한두 시간 폐를 끼치도록 하겠습니다."

그 말과 함께 그는 마님의 맞은편 자리에 앉았습니다. 캐서린 마님은 마치 다른 곳을 바라보면 그가 사라지기라도 할 듯 그를 뚫어져라 바라보았지만 그는 마님을 가끔 흘낏 쳐다볼 뿐이었습니다.

하지만 그렇게 가끔 마주치는 눈길만으로도 충분했습니다. 그는 마님의 시선에서 더할 수 없는 기쁨의 표시를 읽었습니다. 그리고 그의 눈길은 점점 더 대담해졌습니다. 그는 마님의 시선에서 뿜어져 나오는 기쁨을 한껏 빨아들이고는 은밀하게 그 기쁨을 자신의 눈에 담아 되돌려 보냈습니다. 하지만 은밀한 것도 잠깐, 두 사람은 행복감에 도취한 나머지 아무런 거리낌 없이 기쁨을 나누게 되었습니다.

반면에 에드거 주인님은 불쾌감으로 얼굴이 점점 더 창백해졌습니다. 마님이 일어나서 히스클리프에게 다가가 그의 손을 잡으며 정신 나간 듯이 웃어대자 주인님의 불쾌감은 절정에 달했습니다.

마님이 웃으면서 말했어요.

"내일이면, 오늘 일이 다 꿈만 같을 거야. 하지만 잔인한 히스클리프! 당신은 이렇게 환영받을 자격이 없어. 3년 동안 살아 있다는 소식도 전하지 않은 채, 내 생각도 안 한 채 지내다니!"

그러자 히스클리프가 속삭였어요.

"당신이 나를 생각한 것 이상으로 내가 당신을 생각했을걸. 당신이 결혼했다는 것도 얼마 전에야 알게 된걸. 사실 좀 전에 마당에서 기다리고 있을 때도 당신이 이렇게까지 반겨주리라고는 생각하지 못했어. 그냥 잠깐 당신 얼굴이나 보고 가려던 거였는데. 그런 후 힌들리에게 진 빚을 갚아주려 했지. 그런데 당신이 이렇게 반가워해주니 생각이 바뀌었어."

그날 밤, 그 예기치 않던 손님은 채 한 시간도 머물지 않고 자리에서 일어났어요. 저는 그를 배웅하면서 기머턴으로 갈 것이냐고 물었어요. 그가 대답했어요.

"아니. '폭풍의 언덕'으로 갈 거야. 내가 오늘 아침 힌들리를 방문했을 때 그가 나를 초대했어."

언쇼 주인님이 그를 초대하다니! 저는 그가 떠난 후 그가 남긴 말을 불안감에 젖어 곱씹어보았습니다. 그리고 그가 돌아오지 않는 게 나았을 것이라는 예감에 몸을 떨었습니다.

제10장

109

그날 밤, 제가 막 잠이 들려던 순간이었어요. 캐서린 마님이 살그머니 제 방으로 들어오더니 제 머리카락을 잡아당겨 저를 깨우는 바람에 풋잠에서 깨어나고 말았어요. 마님은 잠에서 깨어 일어난 저를 보고 미안하다는 말 대신 이렇게 말했어요.

"넬리, 잠이 오지 않아. 에드거는 너무 불평이 많아. 내가 히스클리프 칭찬 좀 했다고 훌쩍거리지 않겠어? 말로는 머리가 아파서 그렇다나. 그래서 자리에서 일어나 나와버렸어."

"아니, 주인님께 히스클리프 칭찬을 왜 한 거예요? 두 분은 어릴 때부터 서로 싫어하던 사이 아니었어요? 공연히 문제 일으키지 않으려면 다시는 나리 앞에서 히스클리프 이야길랑 하지 말아요."

"상관없어. 에드거가 나를 얼마나 사랑하는데! 설사 내가 그를 죽이려 한다 해도 내게 복수할 생각조차 안 할걸."

저는 캐서린 마님에게, 주인님이 마님을 그토록 사랑하시니 그만큼 더 주인님을 생각해드려야 하지 않겠냐고 충고했어요. 그러자 그녀가 말하더군요.

"내가 안 그런 거 같아? 나 그렇게 하면서 살고 있어. 에드거가 별일도 아닌 거 가지고 질질 짜잖아! 너무 어린애 같지 않아? 히스클리프에게도 그이를 싫어할 만한 충분한 이유가 많

아. 그런데 그는 얼마나 점잖게 처신했어?"

저는 화제를 돌렸어요.

"그런데 히스클리프가 '폭풍의 언덕'으로는 왜 간 거예요? 개과천선한 건가요? 독실한 신자처럼 원수에게 화해의 손길을 내민 건가요?"

"내가 그 이유를 알아. 그가 얘기해주었어. 그가 처음 거기를 찾아간 건 넬리를 만나기 위해서였대. 네가 아직 거기 있는 줄 안 거지. 너를 만나서 내 소식을 들으려 한 거래. 거기서 그는 조셉을 만났대. 조셉이 안에 들어가서 자기가 왔다는 이야기를 전하니까, 오빠가 나오더래. 오빠는 그동안 어떻게 지냈느냐고 묻더니 글쎄 안으로 들어오라고 했다는 거야. 히스클리프가 오빠를 따라 안으로 들어갔더니 몇 사람들이 둘러앉아서 노름을 하고 있었다는 거야. 히스클리프도 그 판에 끼어서 노름했대. 그런데 오빠가 돈을 잃고 그가 딴 거야. 그리고 그의 주머니가 두둑한 것을 보고는 오늘 저녁에 또 오라고 했다는 거야. 사실 힌들리 오빠는 사람들을 너무 가리지 않고 막 사귀는 게 문제야. 자기가 이전에 누군가에게 못된 짓을 했다면 자기가 그 사람과 가까이 지내야 하는지 아닌지 좀 생각해보는 게 정상이잖아? 그런데 오빠는 그걸 못 해. 귀찮아서야. 히스클리프가, 자기를 그토록 못살게 굴던 사람과 다시 가깝게 지내려고 하는 데는 이유가 있어. 내게 다 솔직히 말해주었어. 그레인지에서 걸어다닐 만큼 가까운 곳에 있으면서 나를 자주 보고 싶어서래. 기머턴에 살면 내가 자주 가볼 수 없으니까 '폭풍의 언덕'에 방을 하나 얻기 위해서라는 거야. 히스클리프가 방세는 얼마든지 줄 작정이라니까 욕심쟁이 힌들리 오빠는 받아들일 거야."

저는 걱정이 돼서 말했어요.

"아니, 혈기 왕성한 젊은 청년이 그런 데서 살다니! 캐서린 마님, 둘 사이에 무슨 일이 벌어질지 앞일이 걱정되지도 않으세요?"

"히스클리프 처지에서야 걱정할 게 없을 거야. 똑똑한 사람이니 얼마든지 위험을 피할 수 있겠지. 사실 오빠는 좀 걱정이야. 하지만 정신적으로 오빠는 더 망가질 게 없이 갈 데까지 간 사람이야. 그리고 내가 있는데 설마하니 오빠 몸에 무슨 해를 가하겠어? 어쨌든 오늘 있었던 일 때문에 나는 하나님과도, 사람들과도 화해하게 됐어. 옛날에는 하나님 원망을 참 많이 했는데…… 아아, 넬리, 사실 그동안 난 많이 괴로웠어. 저이는 그걸 몰라. 그러니까 저렇게 아무것도 아닌 일로 심통을 부리는 거지. 하지만 다 지나간 일이야. 앞으로는 무슨 일이라도 참아 낼 수 있어. 그 증거로 지금 당장 에드거에게 가서 화해할 수 있어. 잘 자!"

캐서린 마님은 그렇게 기분 좋게 확신하면서 제 방을 나갔어 요. 그리고 다음 날 보니 그녀가 성공한 것을 알 수 있었지요. 에드거 주인님 얼굴에서 침울한 표정은 싹 사라져버렸고, 심지 어 캐서린 마님이 이사벨라 아가씨와 함께 '폭풍의 언덕'에 다 녀오겠다고 했는데도 아무 반대도 안 하시는 거예요. 캐서린 마님은 그 보답으로 주인 나리에게 감미롭고 애정에 찬 여름날 을 보낼 수 있게 해주었고 덕분에 며칠 동안 집안은 평화롭기 그지없는 천국이 되었답니다.

히스클리프는 처음부터 마음 놓고 스러시크로스 그레인지에 드나들지는 않았어요. 무척 신중했지요. 자기가 그곳에 손님 자 격으로 방문하는 것을 주인이 어느 정도 선에서 받아들일지 서 서히 가늠해보기 위해서였습니다. 캐서린 마님도 그가 왔을 때, 자신의 기쁨을 겉으로 함부로 드러내지 않았어요. 시간이 어느 정도 흐르자 그는 스러시크로스 그레인지에 스스럼없이 드나 들 수 있는 손님 자격을 획득했어요. 에드거 주인님의 불안도 가라앉는 것 같았어요. 그런데 이번에는 다른 쪽에서 나리를

제10장

113

걱정스럽게 만드는 일이 터지고 말았어요. 정말 예기치도 못했던 걱정거리였어요.

그건 바로 나리의 여동생 이사벨라 아가씨 때문에 생긴 거였지요. 그만 그녀가 갑자기 히스클리프를 열렬하게 사랑하게 된 거예요. 그때 그 매혹적인 아가씨의 나이가 열여덟이었어요. 누이동생을 극진히 사랑하던 에드거 주인님은 이런 어이없는 일이 벌어진 데 대해 경악할 수밖에 없었지요. 도무지 상상할 수도 없는 일이었거든요.

정말 어처구니가 없었어요. 동생이 태생도 모르는 남자와 결혼해서 가문의 명예가 떨어지는 것도 문제였어요. 또한 주인 나리에게 아들이 생기지 않으면 그 뿌리 없는 자가 상속자가 될 수도 있었어요. 하지만 그런 건 다 넘길 수 있는 문제였답니다. 에드거 주인님은 히스클리프란 인간이 어떤 기질을 지닌 사람인지 다 간파하고 있었던 거예요. 외모는 그럴듯해졌는지 몰라도 그 마음속 바탕은 바뀔 수 없으며 바뀌지도 않았다는 것을 알고 있었지요. 그에게는 히스클리프의 본바탕이 두렵기도 했고 역겹기도 했어요.

그런데 이 사랑이 이사벨라 아가씨의 일방적인 짝사랑으로 시작되었다는 걸 주인님이 알았다면 주인님의 혐오감은 훨씬 더 심했겠지요. 주인님은 이사벨라 아가씨가 히스클리프를 사랑한다는 것을 처음 알게 되었을 때, 그건 모두 그가 미리 꾸미고 저지른 범죄라고 생각했거든요.

우리는 언제부터인가 이사벨라 아가씨가 매사에 불평을 늘어놓고 심술을 부린다는 걸 알고 있었어요. 우리는 어딘가 몸이 아파서 그런가보다고 생각했지요. 실제로 그녀는 눈에 띄게 수척해갔어요.

그러던 어느 날 그녀가 아침도 안 먹겠다며 그녀의 오빠와 새언니, 하인들에 대해 온갖 불평을 다 늘어놓았어요. 캐서린 마님은 시누이에게 약간은 고압적인 자세로 얼른 침대에 가서 누우라고 명령하듯 말했어요. 그러자 이사벨라 아가씨가 자기 건강은 아무 문제없다며 뜻밖의 말을 했어요. 자기가 이러는 건 다 새언니가 자기한테 심하게 굴기 때문이라는 거예요.

안 그래도 없는 참을성에 그동안 꾹꾹 참고 있던 캐서린 마님이 드디어 폭발했어요.

"내가 심하게 굴었다고? 도대체 언제 그랬다는 거지? 어디 말해봐!"

"어제도 그랬잖아요. 우리가 들판에 산책하러 나갔을 때 새언니는 나를 따돌리고 히스클리프 씨랑 단둘이 있었잖아요!"

"아니, 그게 심하게 군 거라고? 우리가 무슨 대단한 이야기라도 나눈 줄 아는 모양이지요? 아가씨는 재미없어할 이야기라서 그런 거예요."

"내가 그이랑 같이 있고 싶어하는 걸 알면서 따돌린 거잖아요. 나도 그이랑 함께 있고 싶단 말이야!"

"아니, 아가씨, 지금 제정신인 거예요? 누구랑 함께 있고 싶다고?"

"그래, 나는 그이를 사랑한단 말이에요. 새언니가 오빠를 사랑하는 것보다 더 사랑해요! 새언니가 방해만 하지 않으면 그이도 나를 사랑할 거란 말이야!"

캐서린 마님이 갑자기 진지한 표정을 짓더니 또박또박 말했어요.

"아가씨, 나라면 한 나라 전체를 통째로 준다고 해도 아가씨처럼은 안 할 거예요."

캐서린 마님이 제게 고개를 돌리며 말했어요.

"넬리, 아가씨가 정신 좀 차리게 너도 무슨 말 좀 해봐. 그 사람이 어떤 사람인지 몰라서 이러는 거라고 말해보란 말이야. 교육을 못 받아서 얼마나 무식하고, 얼마나 세련되지도 못한데다 교양도 없는 사람인지 알려주란 말이야."

그러더니 다시 이사벨라 아가씨에게 말했어요.

"아가씨, 그는 다이아몬드가 아니에요. 진주를 품고 있는 조개가 아니라고요. 그는 사납고 무자비한 늑대 같은 사람이에요. 그는 아가씨를 귀찮다고 생각하면 곧바로 새알처럼 으깨버릴 사람이에요. 나는 그가 린턴 가문 사람을 사랑할 수 없다는 걸 잘 알고 있어요. 하지만 재산과 유산을 노리고 아가씨와 결혼할 수는 있는 사람이지요. 나는 그런 사람하고 친구인 거예요."

이사벨라 아가씨는 분노에 차서 마님을 노려보았어요.

"정말 지독해! 원수들이 한 다스로 몰려와도 새언니처럼 내게 지독하게 굴진 않을 거예요! 새언니는 순전히 언니의 이기심 때문에 나를 이렇게 힘들게 하는 거예요."

이사벨라 아가씨는 울음을 터뜨렸어요. 그러자 캐서린 마님은 "좋아, 어디 마음대로 해보시지. 내 할 일은 다 했으니까!"라고 말한 다음 밖으로 나가버렸어요.

이사벨라 아가씨가 제게 말했어요.

"새언니 말은 다 거짓말이야, 그렇지? 히스클리프 씨는 악마가 아니야. 진실하고 고결한 영혼을 지니고 있어. 그러니까 새언니를 잊지 못하는 거잖아."

저는 그녀를 설득했어요.

제10장

"아가씨, 제발 그 사람은 빨리 잊어버리세요. 그 사람은 불길한 사람이에요. 아가씨에게 어울리지 않아요. 마님이 아가씨에게 심한 말을 한 건 사실이에요. 하지만 마님은 그 누구보다 그 사람을 잘 알아요. 게다가 마님이 그 사람을 실제보다 나쁘게 말할 리가 없어요. 있는 그대로 말한 거예요. 그 사람이 어떻게 살아왔을까요? 어떻게 부자가 되었을까요? 왜 자기가 그토록 증오하는 언쇼 나리의 집에서 살까요? 아마 모든 걸 다 마님에게 말했을 거예요. 둘은 그런 사이니까요. 게다가 그 사람이 거기 살게 되면서 언쇼 나리는 점점 더 나빠지고 있다고들 해요. 매일 밤 함께 노름하고, 언쇼 나리는 자기 땅을 담보로 그에게 돈을 빌린대요. 나리는 놀고 마시는 일밖에는 하는 일이 없대요. 히스클리프는 그걸 옆에서 바라보며 즐기고 있고요. 그가 언쇼 나리를 급격히 망가뜨리고 있는 거예요."

이사벨라 아가씨가 저를 사납게 쏘아보며 말했어요.

"넬리도 다른 사람들하고 한통속이야! 나는 그런 중상모략에는 넘어가지 않을 거야. 세상에 행복이란 없다고 내게 말하고 있잖아! 나보고 불행해지라고 하는 거잖아! 정말 나쁜 사람들이야!"

다음 날 이웃 마을에 재판이 있어서 주인 나리는 거기 참석

해야 했습니다. 나리가 없는 틈을 타서 히스클리프는 평소보다 일찍 스러시크로스 그레인지로 왔답니다. 캐서린 마님과 이사벨라 아가씨는 서로에게 화가 난 채 말없이 서재에 앉아 있었어요.

히스클리프가 서재로 들어오자 캐서린 마님은 의자 하나를 벽난로 쪽으로 놓으며 큰 소리로 명랑하게 말했어요.

"어서 와, 히스클리프! 정말 잘 왔어. 드디어 나보다 당신을 더 사랑하는 사람을 소개할 수 있게 되어서 정말 자랑스러워. 어딜 보고 있는 거야? 넬리가 아냐. 이 집 작은아씨께서 당신을 사랑하고 있어. 당신 정신과 육체의 아름다움에 푹 빠져 있다니까! 당신 생각만 해도 병에 걸릴 지경인가봐. 아니, 아니, 아가씨, 어딜 가려고요? 내 이야기를 마저 들어야지요."

캐서린 마님은 화를 내며 자리에서 일어나려는 아가씨 팔을 붙잡으며 장난인 것처럼 말을 계속했어요.

"우리 시누이께서는 나를 향한 에드거의 사랑은 당신을 향한 자기의 사랑과는 비교도 되지 않는다고 말씀하시더군. 어때, 히스클리프, 기쁘지 않아?"

이사벨라 아가씨는 부끄러움에 얼굴이 빨개져 어쩔 줄 모르고 있었어요. 그녀는 정말로 괴로웠던 거지요.

히스클리프는 의자를 두 사람 쪽으로 돌리면서 말했어요.

"캐시, 무슨 말도 안 되는 소리를! 당신 말은 사실이 아니야. 지금 저렇게 나를 피해 어디론가 가려고 하잖아."

그러면서 그는 정말로 이상한 시선으로 이사벨라 아가씨를 쳐다보았어요. 마치 지네처럼 혐오스러운 동물을 단지 호기심 때문에 신기해서 쳐다보는 것 같았지요. 가엾은 아가씨는 그런 시선을 견디기 힘들어했어요. 그녀는 올케에게 잡힌 팔을 빼내려고 용을 썼어요. 하지만 캐서린 마님은 놔주지 않았지요. 아무리 해도 팔을 빼지 못하자 아가씨는 다른 손 손톱으로 캐서린 마님의 손을 할퀴었어요.

그러자 캐서린 마님이 팔을 놓아주면서 소리쳤어요.

"이런 암고양이 같으니! 어서 꺼져! 그 여우 같은 낯짝 좀 치워! 저 이 앞에서 발톱을 세우다니! 히스클리프, 당신 눈알을 조심해야겠어!"

이사벨라 아가씨가 나가자 히스클리프가 대답했어요.

"만일 내게 발톱을 세우면 내가 다 뽑아버릴걸! 그런데 캐시, 왜 그런 식으로 저 여자를 놀리는 거야? 지금 한 얘기, 전부 사실이 아니지?"

"사실이야. 몇 주 전부터 그녀가 당신 때문에 안절부절못하고 있어. 오늘 내게 다 털어놓았다니까. 자기에게서 당신을 떼어놓는다고 내게 막 욕설을 퍼붓기도 했어. 하지만 딴생각 품지 마. 난 그녀를 아끼고 있어. 당신이 저 애를 잡아먹게 내버려두지는 않을 거야."

히스클리프가 마치 하품이라도 나오는 것처럼 심드렁하게 말했어요.

"그런 일 없을 테니 안심하시길…… 저런 밀랍 인형 같은 여자와 사느니 차라리 송장하고 사는 게 낫지."

그는 잠시 가만히 있더니 다시 말했어요.

"그런데 저 여자, 오빠가 죽으면 상속자가 되는 건가?"

"그런 생각일랑 하지 마. 당신은 이웃의 재산을 지나치게 탐내는 경향이 있어. 그리고 그 이웃집 재산이 바로 내 거라는 걸 잊지 마!"

"그게 내 것이 되더라도, 캐시, 그건 당신 거나 마찬가지야. 하지만 이사벨라 린턴이 멍청하기는 해도 어디 미친 짓까지야 하겠어? 네 말대로 이제 그 이야기는 그만하자."

그런 후 두 사람은 더 이상 그 이야기를 화제에 올리지 않았답니다. 그러나 그는 그 문제를 분명 머릿속에 떠올렸던 것이 틀림없었어요. 마님이 가끔 자리를 비울 때마다 그가 슬그머니

제10장

미소를 짓는 걸 볼 수 있었으니까요. 그 무언가 불길한 상념에 잠긴 것 같은 미소였어요.

저는 이후로 히스클리프의 행동을 유심히 지켜보기로 결심했답니다. 캐서린 마님을 위해서가 아니라 주인 나리를 위하는 마음에서였어요. 저는 친절하고 믿음직스러운 주인님을 늘 존경해왔지만 캐서린 마님의 생각이나 행동은 받아들이기 어려운 게 많았거든요. 저는 제발 무슨 일이라도 생겨서 히스클리프가 '폭풍의 언덕'이나 스러시크로스 그레인지에 드나들지 않게 되기를, 그래서 그가 나타나기 전처럼 우리가 평온하게 살아갈 수 있게 되기를 간절히 바랐어요. 마치 하나님에게서 버림받은 길 잃은 양이 방황하고 있고, 악마 같은 짐승이 그 양을 잡아먹을 기회를 노리고 있는 것 같았기 때문이었지요. 그리고 그 길 잃은 양이 여러 마리라는 생각도 들었어요.

제11장

히스클리프가 다시 스러시크로스 그 레인지로 찾아왔을 때 이사벨라 아가씨는 비둘기들에게 먹이를 주고 있었어요. 그가 집으로 들어서며 아가씨를 보자마자 제일 먼저 한 행동은 집 안쪽을 쓰윽 한번 훑어보는 것이었어요. 주방 창가에 있다가 그의 모습을 본 저는 몸을 숨겼어요.

순간, 히스클리프가 아가씨에게 성큼성큼 다가가더니 뭔가 말을 걸더군요. 그녀가 고개를 돌리자 그는 재빨리 집을 다시 한 번 둘러보았어요. 아무도 보는 사람이 없는 걸 확인한 그 악당은 뻔뻔스럽게도 아가씨를 껴안았어요.

저는 저도 모르게 소리를 지르고야 말았어요.

"유다 같은 놈! 배신자! 위선자에다 사기꾼 같은 놈!"

"누구 얘기하는 거야, 넬리?"

저는 깜짝 놀라 뒤를 돌아보았어요. 캐서린 마님이었어요. 밖에 있는 두 사람에게 하도 열중해 있어서 그녀가 들어오는 소리도 듣지 못한 거지요.

저는 열을 올리며 대답했어요.

"마님의 그 훌륭한 친구 말이지요! 아, 저놈이 우리를 봤네. 얼씨구, 이리로 들어오네. 아가씨를 싫어한다고 해놓고 저렇게 건드렸으니, 도대체 무슨 소리를 늘어놓을지 궁금하네."

캐서린 마님은 아가씨가 히스클리프의 품을 빠져나가 마당으로 달려가는 것을 보았어요. 잠시 후 히스클리프가 문을 열고 들어왔어요. 저는 화가 나서 참을 수가 없었어요. 그런데 캐서린 마님이 제게 사나운 눈초리로 입 다물고 있으라며 소리쳤어요.

"누가 보면 네가 이 집 주인인 줄 알겠다. 넌 잠자코 가만히 있어!"

그녀는 히스클리프를 향해 소리쳤어요.

"히스클리프! 이사벨라를 건드리지 말라고 했지?"

히스클리프가 별일 아니라는 듯 말했어요.

"왜 이러는 거야? 저 여자가 괜찮다고 하면 나는 껴안을 권

한이 있는 거야. 당신하고는 아무 상관없는 일이야. 내가 당신 남편도 아니니 질투할 것도 없잖아."

그런데 놀랍게도 마님의 목소리가 금방 누그러졌어요.

"질투하는 게 아니야. 그렇게 인상 쓸 거 없잖아. 이사벨라가 좋다면 결혼해도 돼. 하지만 저 애가 정말로 좋은 거야? 사실대로 말해봐, 히스클리프. 거봐, 대답을 못 하잖아. 당신이 저 애를 좋아할 리가 없어."

제가 참지 못하고 끼어들었어요.

"에드거 주인님이 아가씨를 이런 사람하고 결혼시킬 것 같아요?"

히스클리프가 캐서린 마님을 보며 말했어요.

"그런 건 필요 없어. 에드거의 허락 따위 없이도 얼마든지 나 혼자 할 수 있으니까. 아무튼 내게 당신 시누이 속마음을 알려줘서 고마워. 내가 한껏 이용해 먹을 테니, 옆에서 구경이나 하라고."

대화는 거기서 끊겼어요. 캐서린 마님은 난롯불 옆에 상기된 채 앉아 있었어요. 그는 팔짱을 낀 채 난로 옆에 서서 뭔가 음흉한 생각을 하고 있었고요. 저는 주방을 나와 2층 주인님 방으로 올라갔어요. 그렇게 오랫동안 아래층에서 아내가 뭘 하는

제11장

지 주인님이 궁금해하실 것 같아서요. 주인님이 아래층에서 무슨 일이 있었느냐고 묻자 저는 마당에서 벌어졌던 일과 뒤에 둘 사이에 벌어진 말다툼에 대해 상세히 말씀드렸어요. 주인님은 흥분해서 제 이야기를 끝까지 듣지도 않은 채 고함을 질렀어요.

"도저히 참을 수가 없어! 저런 놈을 친구로 사귀고, 저런 놈을 내게 소개하다니! 넬리, 현관 앞에 장정 둘만 대기시켜놓도록 해. 캐서린이 저런 상놈하고 길게 말다툼하게 놔둘 순 없어."

주인님은 2층에서 내려와 하인들을 복도에서 기다리게 한 후 주방으로 들어갔고 저도 따라 들어갔어요. 그사이 둘은 계속 말다툼을 한 것 같았어요. 우리가 들어갔을 때 마님은 기세 등등하게 히스클리프에게 뭔가 퍼붓고 있었고, 그는 약간 기가 죽은 듯 고개를 숙이고 있었지요.

주방으로 들어서자마자 주인님이 캐서린 마님에게 물었어요.

"도대체 뭘 하는 거요? 저런 배우지도 못한 자에게 그런 소릴 들어가면서 상대하고 있다니!"

캐서린 마님이 되물었어요.

"당신, 문 뒤에서 엿듣고 있었던 거예요?"

마치 남편을 약 올리기 위해 철저히 계산하고 하는 소리 같았어요. 게다가 그 말을 듣고 히스클리프는 고개를 젖히고 웃음을 터뜨렸어요. 하지만 주인님은 지그시 화를 눌러 참았어요. 그러고는 차분한 목소리로 히스클리프에게 말했어요.

"내 이제까지는 무던히 참아왔소. 당신의 그 비열한 성품을 몰라서가 아니라 그게 당신 잘못만이 아니라고 생각해왔기 때문이오. 그리고 캐서린이 당신과 친하게 지내고 싶어해서 눈감아주었던 거요. 어리석은 생각이었지. 당신이라는 존재는 아무리 고결한 덕성도 금세 타락시키고 마는 독과 같소. 이제 더 이상 두고 볼 수 없소. 이제부터 이 집 출입을 금하니 당장 떠나시오."

히스클리프는 조롱하는 눈빛으로 주인님의 키와 덩치를 위아래로 재보더군요. 그러더니 마님에게 말했어요.

"캐시, 당신의 순한 양이 황소처럼 내게 협박을 하는군! 이보시오, 린턴 씨. 당신은 때려눕힐 가치조차 없다는 게 참으로 유감이로군!"

에드거 주인님은 얼굴이 하얗게 질린 채 몸을 부들부들 떨었어요. 주인님이 제게 눈짓을 했어요. 하인을 불러오라는 것임을 눈치채고 저는 복도로 나가려 했어요. 그런데 마님이 저를 막

아서더니 열쇠를 돌려 문을 잠가버렸어요. 그러고는 남편에게 말했어요.

"참으로 훌륭한 방법이네요. 혼자 저 사람하고 상대할 용기가 없다면 어서 사과하도록 해요."

그렇지 않아도 하얗게 질려 있던 주인님의 얼굴은 이제 거의 새파래지고 말았어요. 주인님은 비통함에 젖어 비틀거리면서 의자 등받이에 기대더니 얼굴을 가렸어요.

히스클리프가 빈정거렸어요.

"캐시, 젖비린내 나는 겁쟁이 놈과 재미있게 지내시지. 이렇게 침이나 질질 흘리면서 바들바들 떨고 있는 놈이 나보다 좋았단 말이지? 주먹으로 때릴 가치도 없으니 발길질이나 한번 해줘야겠어. 어디 보자, 울고 있나? 아니면 기절이라도 했나?"

그러면서 그는 주인님이 기대고 있던 의자를 흔들었어요. 하지만 너무 가까이 간 게 잘못이었지요. 주인님이 갑자기 몸을 일으키더니 그의 목을 힘껏 가격했어요. 힘이 약한 사람이었더라면 단번에 나가자빠졌을 거예요. 히스클리프는 한동안 숨이 막혀 컥컥거렸고 그사이 주인님은 뒷문을 통해 마당으로 나가서 현관 쪽으로 향했어요.

캐서린 마님이 히스클리프에게 소리쳤어요.

"거봐, 이제 이 집에는 다 왔군! 어서 밖으로 나가. 그 사람이 총을 든 사람들하고 들이닥칠 거야. 얼른 가! 네가 당하는 꼴은 보기 싫어. 차라리 에드거가 당하는 게 낫지."

"아니, 얻어맞은 곳에서 아직도 이렇게 불이 나는데 그냥 가라고? 절대로 그럴 수 없어. 저놈 갈비뼈를 부러뜨리기 전에는 절대로 이 집에서 못 나가!"

저는 밖을 내다보며 그에게 거짓말을 했어요.

"주인님은 안 오시고 마부 한 명이랑 정원사 두 명이 손에 몽둥이를 들고 오는데."

사실은 그들과 함께 주인님이 오고 있었지만 제가 꾸며낸 거지요. 히스클리프는 몽둥이를 든 세 명의 사내를 상대한다는 건 무리라고 생각했는지 부지깽이로 자물쇠를 부순 후 그들이 방으로 들어오기 전에 도망가버렸습니다.

몹시 흥분해 있던 캐서린 마님은 2층으로 가야겠으니 저보고 부축해달라고 하더군요. 2층 응접실로 들어가자마자 그녀는 의자에 주저앉으면서 말했어요.

"넬리, 정말 미칠 것만 같아. 수천 명의 대장장이가 일제히 내 머리를 두드리는 것 같아. 다 이사벨라 때문에 벌어진 일이야. 걔, 내 눈에 띄지 않게 해줘. 걔건 누구건 내 성미를 건드리면 난 미쳐 날뛸 거야. 그리고 에드거를 만나거든 내가 몹시 아프다고 말해줘. 그가 나를 놀라게 하고 괴롭혔으니 나도 되갚아줄 거야. 넬리, 제발 그렇게 해줘. 오늘 일이 나 때문에 벌어진 건 아니잖아. 도대체 왜 엿들은 거야? 무슨 그런 비겁한 짓을 한 거야? 내가 이사벨라를 단념하도록 그를 얼마든지 설득할 수 있었는데. 그런데 저 바보 같은 인간이 엿듣고 이 짓을 하는 바람에 다 엉망이 됐잖아. 흥, 내가 히스클리프하고 계속 친구로 지내지 못하게 된다면, 이런 식으로 에드거가 질투한다면, 나는 마음에 상처를 입고 앓아누울 거야. 그러면 저들 둘 다 나처럼 앓아눕게 되겠지? 내가 이제까지는 드러내지 않고 살았지만 내가 정말 화가 나면 얼마나 무서운 사람인지 그에게 말해줘. 그렇게 되면 미쳐버릴 정도로 내 성격이 격하다는 것도 그에게 알려줘."

하지만 저는 그녀의 말대로 하고 싶은 생각이 없었어요. 저는 생각했어요.

'저렇게 미리 자신의 격정을 이용할 생각을 하다니! 제 마음대로 발작을 일으키고 앓아누울 수 있다면 자기 의지로 그걸 억누르고 정상으로 돌아올 수도 있겠지.'

저는 순전히 이기심에서 나온 마님의 계획을 따르고 싶은 생각이 전혀 없었어요. 주인님의 억지 사과를 받게 해달라는 건데 그래봤자 주인님을 괴롭히는 것밖에 더 되겠어요? 어디 발작해보시지, 하는 생각도 없지 않았고요.

그래서 저는 나리가 응접실 쪽으로 가시는 것을 보고도 아무 말도 않고 그냥 지나쳤어요. 하지만 부부 싸움이 다시 시작되는지 알고 싶어 응접실 문 앞으로 살그머니 다가가 귀를 기울였어요. 주인님이 먼저 입을 열더군요. 화난 기색은 없었고 단지 좀 슬프게 가라앉은 어조였어요.

"일어날 필요 없어요. 오래 있을 생각 없소. 당신과 말다툼을 하거나 화해하려고 온 게 아니오. 단지 내가 알고 싶은 것은, 오늘 이런 사건이 있은 후에도 그와 친하게⋯⋯."

주인 나리가 거기까지 말했을 때였어요. 마님이 발을 구르면서 말을 가로챘어요.

"오, 제발! 정말로 제발 그 이야기는 다시 하지 말아요. 당신의 피는 너무 차가워서 뜨거워지지 않아! 당신의 피는 얼음이에요."

주인님이 다시 말했어요.

"내가 당신 앞에서 사라지기를 원한다면 어서 대답해요. 앞으로 히스클리프를 단념하겠소, 아니면 나를 버리겠소? 당신이 내 편이면서 동시에 그자 편일 수는 없어요. 당신이 누구를 택할 것인지 분명히 알아야겠어요."

그러자 마님이 미친 듯 큰 소리로 외쳤어요.

"제발 날 내버려둬요! 에드거! 제발 나가줘!"

그녀가 종을 부서져라 흔들었어요. 저는 마치 멀리서 그 소리를 들은 것처럼 천천히 응접실로 들어갔어요. 마님은 소파 팔걸이에 머리를 부딪치면서 이를 바득바득 갈고 있었어요. 이런 말 하기는 뭐하지만, 저는 가증스러운 의도적 발작이라고만 생각했어요.

갑자기 후회에 사로잡힌 에드거 주인님은 어쩔 줄 모르는 채 걱정스러운 표정으로 아내를 바라보고만 있었지요. 주인님은 제게 물을 가져오라고 했어요. 캐서린 마님이 목이 메이는지 말도 못 할 지경이었거든요.

저는 물을 가져왔어요. 하지만 물을 마시게 할 수 없어 그냥 얼굴에 끼얹었어요. 잠시 후 그녀의 사지가 뻣뻣해지면서 눈이 뒤집혔고, 뺨은 핏기 없이 창백해졌어요. 마치 죽은 사람 같았어요. 에드거 주인님은 공포에 사로잡힌 것 같았어요.

제가 주인님 곁으로 가서 조용히 속삭였어요.

"조금도 걱정하실 것 없어요."

사실 저도 걱정이 안 되는 건 아니었지만 주인님이 마님에게 지는 걸 두고 보기가 싫었던 거예요. 저는 주인님에게 마님이 발작을 일으켜 나리께 본때를 보여줄 작정이었다는 말을 해버렸어요. 그런데 그만 조용히 속삭인다는 걸 깜빡 잊었던 거예요. 제 말을 마님이 들었던지 그 자리에서 벌떡 일어나더군요. '뼈가 몇 마디는 부서지겠구나'라고 저는 각오를 했지요. 하지만 캐서린 마님은 주위를 한 번 둘러보고는 응접실 밖으로 나갔을 뿐이에요. 그러고는 자기 방으로 달려가 방문을 잠가버렸습니다.

다음 날 아침 캐서린 마님이 식사 시간에도 내려오지 않자 제가 방으로 가서 음식을 갖다드릴까 물었어요. 그러자 "싫어!"라고 딱 잘라 대답하더군요. 그날 점심때도 저녁때도 똑같았고 이튿날도 마찬가지였어요.

에드거 주인님은 주인님대로 서재에 처박혀 꼼짝도 안 하셨습니다. 자기 아내가 어떻게 지내는지 묻지도 않았고요. 다만 딱 한 시간 이사벨라 아가씨를 만나 이야기를 나누었지요. 주인님은 히스클리프가 그런 짓을 했을 때 정말 무섭고 놀랐다는 말이 그녀 입에서 나오기를 기대하고 이런저런 유도신문을 했어요. 하지만 아가씨가 애매모호하게 대답하는 바람에 도무지

만족스럽지 못한 심문이 되고 말았지요. 다만, 만일 그런 거지
같은 놈이 또 그런 짓을 하도록 이사벨라 아가씨가 부추긴다면
남매의 연을 끊겠다고 마지막으로 경고하는 게 전부였어요.

제12장

한동안 이사벨라 아가씨는 눈물을 글썽이며 정원과 집 밖을 서성였고, 그녀의 오라버니는 책은 펼치지도 않으면서 서재에 처박혀 있었습니다. 혹시 캐서린 마님이 자기 잘못을 뉘우치고 사과하러 오지 않을까 기대하고 있었던 거지요. 캐서린 마님은 마님대로 자기 남편이 후회하기를 기대하며 방에서 나오지 않고 있었어요. 저는 저에게 주어진 가사를 충실히 수행하고 있었지요. 이런 말씀드리긴 뭐하지만 이곳 스러시크로스 그레인지에 정신이 똑바로 박힌 사람은 저 하나뿐이라는 생각까지 들 정도였어요.

그런데 주인님을 놀라게 하려고 꾀병으로 시작되었던 캐서린 마님의 병이 진짜 병이 되어버렸답니다. 그녀는 단식 사흘째 되는 날 드디어 방문을 열었어요. 그리고는 물과 죽을 좀 갖다달라고 하더군요. 저는 차와 토스트를 갖다주었어요. 그녀가 슬며시 주인님이 뭘 하고 있느냐고 묻더군요. 저는 서재에 계신다고 사실대로 말해주었어요. 그러자 그녀가 폭발했어요.

"뭐야? 내가 이렇게 죽어가는데 책 속에 파묻혀 살아? 그 인간이 따라 죽는 것만 확실하다면 당장 죽어버릴 텐데! 오, 여긴 이제 아무도 없어! 내가 지금 죽어도 이사벨라는 무섭다는 핑계로 이 방에 들어오지도 않을 거야! 에드거는 내가 죽은 걸 확인한 뒤 감사의 기도를 드릴 거야! 집안의 평화를 되찾았다고 좋아하면서 다시 책에 파묻히겠지! 뭐야! 내가 죽어가고 있는데 책이나 보고 있어? 내가 연극하는 줄 알아?"

그러더니 베개를 물어뜯고 그 안에 들어 있던 털을 다 뽑아낸 뒤, 한겨울인데도 창문을 열어달라며 날뛰기 시작했어요. 이전의 병이 도진 거지요. 제게는 마님의 성미를 거스르면 안 된다는 의사 선생님의 경고가 생각났어요.

그래요. 캐서린 마님은 의사 선생님 경고대로 발작을 일으킨 거예요. 이후 그녀는 가끔 정신이 들기도 했고, 열에 들떠 헛소리를 하기도 했어요. 그런 상태에서 그녀가 했던 말들이 또렷이 기억나요. 그녀는 제정신이 들면 이런 소리를 했어요.

"맙소사, 난 내가 '폭풍의 언덕'인 내 집에 있는 줄 알았네. 내 방에 누워 있는 줄 알았어. 아아, 그 옛날 내 침대에 누워 있는 거라면 얼마나 좋을까! 넬리, 창문을 열어줘. 전나무 사이로 바람 소리가 들리는 것 같아. 저 들판을 통해온 바람 말이야. 한 줄기라도 그 바람을 맞고 싶어."

또 이런 소리도 했어요.

"지난 7년 동안 나는 헛살았던 거야. 아무것도 기억나지 않아. 나는 그냥 어린아이였어. 아버지 장례를 치른 직후 힌들리 오빠가 나와 히스클리프를 떼어놓아서 나는 슬펐어. 그러더니 나는 갑자기 낯선 사람의 아내가 되었어. 린턴 부인이 되어 스러시크로스 그레인지에 살게 된 거야. 내가 살던 세계에서 추방되어 이방인이 되어버린 거야. 아아, 내가 얼마나 절망했는지 그 누가 알 수 있을까? 아아, 밖으로 좀 나가봤으면! 다시 어린 시절로 돌아갈 수 있다면! 그 시절처럼 다시 야성적이고 건강한 아이가 될 수 있다면! 그 누가 아무리 비웃고 모욕을 해도 화가 나는 게 아니라 비웃을 수 있던 그 시절로 돌아갈 수 있다면! 아아, 내가 왜 이렇게 변해버린 거지?"

그러다 다시 광기에 빠지면, 분명히 폭풍의 언덕은 어둠 속에 잠겨 있는데 거기서 불빛이 보인다며 이런 소리도 했어요.

제12장

137

"저기 봐. 저게 내 방이야. 촛불이 비치고 있지? 다락방에도 촛불이 보이지? 조셉이 내가 돌아오기를 기다리고 있는 거야. 좀 더 기다려야 할 거야. 우린 아직 기머턴 교회 옆을 지나고 있거든. 무덤들 앞에서 '유령아 나와라!'라고 소리치고 있거든. 히스클리프, 지금 다시 그렇게 하자면 할 수 있겠어? 네가 내 무덤 위로 올라올 수 있겠어? 나는 너를 잡고 놔주지 않을 거야. 난 거기 혼자 누워 있고 싶지는 않거든. 나를 아무리 깊이 묻고, 그 위에 교회를 세운다 해도 난 네가 함께할 때까지는 잠들지 못할 거야."

에드거 주인님은 마님이 이 상태라는 것을 거의 일주일이 다 되어서 알게 되었어요. 놀란 주인님은 저를 몹시 꾸짖었지요. 제가 직접 불러온 케네스 의사 선생님은 환자에게 절대적 안정이 필요하다고 말씀하셨어요. 상태가 심각하다는 거였어요. 하지만 우리에게 희망도 주셨어요. 환자가 절대적인 안정을 얼마간 취하고 나면 회복되리라고 말씀해주신 거지요. 그런 후 의사 선생님은 제게 슬쩍 귀띔해주셨어요. 정작 겁내야 하는 건 죽음이 아니라 영원히 정신착란 상태에 빠지는 거라고요.

그런데 모든 사람의 신경이 온통 캐서린 마님에게 쏠려 있는 사이, 정말 중요한 사건이 터졌어요. 제가 의사 선생님을 부르러 갔던 바로 그날 벌어진 일이에요. 우리가 그 사건을 알게 된 것은 그다음 날이었고요.

의사 선생님이 다녀가신 날 밤, 저와 에드거 주인님은 걱정되어 거의 뜬눈으로 밤을 새웠어요. 그만큼 캐서린 마님의 상태가 심각했던 거지요. 다음 날 아침 집안 하인들도 모두 일찍 일어나 조심조심 행동했어요. 그런데 꽤 늦은 시각이 되었는데도 이사벨라 아가씨가 보이지 않았어요. 주인님은 올케언니가 저렇게 아픈데도 아무런 관심도 보이지 않는 동생에 대해 꽤씸해하는 것 같았어요.

그때였어요. 이른 새벽 기머턴으로 심부름을 갔던 하녀 한 명이 헐레벌떡 위층 방으로 뛰어들어오더니 주인님 앞에서 소리쳤어요.

"큰일 났어요, 주인님! 작은아씨가, 작은아씨가 가버렸어요! 히스클리프가 데리고 가버렸대요."

주인님은 믿을 수 없다는 표정을 지으면서 도대체 어디서 그런 소리를 들었느냐고 하녀 아이를 다그쳤어요. 그러자 하녀 아이가 말했어요. 마치 신나는 무용담을 이야기할 때의 표정이었어요.

"돌아오는 길에 우리 집에 우유 배달하는 아이를 만났어요.

저를 보자마자 저희 저택에 난리가 났겠다고 말하는 거예요. 저는 마님이 편찮으신 일로 그러는 줄 알았어요. 그런데 그게 아니었어요. '누가 쫓아갔어?'라고 말하는 거예요. 제가 어리둥절해하니까 아무것도 모르고 있다는 걸 알고 이야기해주었어요. 자정이 넘은 시각, 기머턴에서 2마일 정도 떨어져 있는 대장간에 어떤 남자와 여자가 찾아왔대요. 말에 편자를 박으러 왔다고 하더래요. 대장간 집 딸아이가 문틈으로 보니 남자는 히스클리프 씨였대요. 여자는 외투로 얼굴을 가리고 있어 알아볼 수 없었는데, 물을 마실 때 외투가 흘러내리는 바람에 얼굴을 똑똑히 볼 수 있었대요. 바로 이사벨라 아가씨라는 걸요. 그 뒤 두 사람은 말 위에 오르더니 마을을 등지고 떠나가더랍니다."

하녀의 호들갑이 끝나자 제가 주인님께 말했어요.

"어떻게든 쫓아가서 데려와야 하겠지요?"

뜻밖에도 주인님이 차분한 목소리로 말했어요.

"자기가 좋아서 나간 거니 더 이상 그 애 이야기는 하지 마. 이제 그 애는 이름만 내 동생일 뿐이야. 내가 그 애를 버린 게 아니라 그 애가 나를 버린 거야."

그러고는 더 이상 아무것도 묻지 않고 아무 말도 하지 않으

셨어요. 다만, 아가씨가 어디 있는지 알게 되면 그 집으로 아가
씨 짐들을 보내라고 분부하신 게 전부였어요.

제13장

　　　　　도망자들은 두 달 동안 소식 하나 없
었습니다. 그사이 캐서린 마님은 악성 뇌막염까지 걸려 최악의
상황까지 갔다가 겨우 회복되었습니다. 에드거 주인님은 지극
정성으로 아내를 간호했어요. 외아들을 간호하는 어머니라도
그 정도 정성은 보이지 못했을 거예요. 밤이나 낮이나 그 곁을
지키면서, 예민해진 신경과 오락가락하는 정신 때문에 아내가
부리는 온갖 변덕과 신경질을 다 견뎌냈으니까요. 케네스 의사
선생님은 그녀를 살려낸 주인님의 정성에 대한 보답이라야 결
국 그녀가 몰고 올 끝없는 우환뿐이리라고 말했지만, 캐서린
마님이 고비를 넘겼다는 말을 듣자 주인님은 이루 말할 수 없
이 기뻐하셨습니다.

캐서린 마님은 이듬해 3월이 되어서야 처음으로 방을 나설 수 있었습니다. 저는 주인님이 이렇게 정성스레 간호를 해주시니 그녀가 회복될 수 있으리라는 희망을 품었습니다. 또 그녀는 정말로 건강을 회복해야만 했어요. 그녀의 몸 안에 새 생명이 자라고 있었거든요. 조만간 린턴 가문의 상속자가 태어나면 에드거 주인님이 정말 기뻐할 것이며 린턴가의 재산을 이방인의 발톱으로부터 지켜줄 수도 있으리라는 희망을 저는 속으로 품고 있었어요.

참, 이 말씀은 드려야겠네요. 이사벨라 아가씨는 집을 나간 지 6주 후에 주인님께 편지를 한 통 보내왔어요. 그 편지에는 "히스클리프와 결혼했다"는 짧은 사연만이 담겨 있었답니다. 편지는 별다른 사연 없이 삭막했지만 그 끝에 흐릿한 글씨로 용서를 비는 이런저런 말과 사과의 말이 적혀 있었어요. 그리고 그때는 어쩔 수 없었다, 이미 엎질러진 물이니 돌이킬 수도 없다고도 덧붙였고요. 에드거 주인님은 답장을 쓰지 않았어요.

그로부터 2주일 후 저는 이사벨라 아가씨가 보낸 아주 긴 편지를 받았어요. 밀월여행에서 돌아와서 쓴 편지라고는 볼 수 없는 내용이었지요. 제가 그 편지를 아직 가지고 있으니 그대로 읽어드릴게요.

제13장

넬리에게,

어제저녁 '폭풍의 언덕'으로 돌아왔어. 그리고 새언니가 몹시 아프다는 소식을 들었어. 새언니에게 편지를 쓸형편이 안 되는 건 말 안 해도 알지? 오빠는 내 짧은 편지에 답장이 없는 걸 보니 몹시 화가 나셨나봐. 그러니 오빠에게도 편지를 쓸 수가 없어. 하지만 편지를 쓰지 않고는못 배기겠어. 남은 사람은 결국 넬리밖에 없네.

에드거 오빠에게 전해줘. 만일 오빠를 다시 볼 수만 있다면 이 세상 전부와도 바꿀 수 있다고. 스러시크로스 그레인지를 떠난 지 단 하루 만에 내 마음은 이미 그곳으로돌아갔고 지금도 그곳에 머물러 있다고. 그리고 지금 내마음은 오빠와 새언니에 대한 애정으로 가득 차 있다고.하지만 내 마음이 원하는 곳으로 나는 갈 수가 없어.

이제부터 하는 이야기는 오로지 넬리에게만 하는 거야.단도직입적으로 물어볼게.

히스클리프 씨가 사람이 맞아? 만일 그렇다면 미친 거야? 사람이 아니라면 악마야? 나를 보러 오거든 내가 어떤 존재와 결혼한 건지 제발 설명 좀 해줘. 넬리, 가능한

한 빨리 좀 와줘.

이제부터 내 새 가정인 '폭풍의 언덕'에서 내가 어떤 대접을 받았는지 말해줄게. 지내기가 불편하네, 어쩌네, 이런 소리를 하는 게 아냐. 차라리 그런 건 느낄 겨를조차 없다고 하는 게 맞아. 생활이 불편한 것만이 나의 실제 불행의 전부이고 나머지는 한낱 꿈에 불과하다면 나는 덩실덩실 춤이라도 출 거야.

이곳으로 돌아오면서 막 들판으로 접어들었을 때, 해가 그레인지 농원 뒤로 지는 걸 보고 6시쯤 되었음을 알 수 있었어. 그곳에서 히스클리프는 족히 반 시간 동안은 공원과 정원, 그리고 집을 세심하게 돌아보았어. 그래서 우리가 마당에 도착해 말에서 내렸을 때는 이미 날이 저물었어. 넬리랑 친한 하인 있지? 조셉 말이야. 그 사람이 촛불을 들고 우리를 맞았어. 히스클리프 씨가 그와 이야기를 나누는 사이 나는 주방으로 들어갔어. 넬리가 본다면 전에 알던 주방이 맞는지 어리둥절할 거야. 너무 지저분했어.

난로 옆에 체격 좋은 불량배 같은 소년이 한 명 서 있었어. 더러운 옷을 입고 있었지만 눈매나 입모습이 새언니를 닮은 것을 보고 오빠의 처조카인 걸 알 수 있었지. 나는 생각했어.

'그렇다면 어쨌든 저 소년은 내게도 조카뻘이네. 뽀뽀라도 해줘야지.'

나는 소년에게 다가가 그 아이 손을 잡으려고 손을 내밀며 "안녕, 헤어턴"이라고 인사했어. 하지만 돌아온 답례는 "꺼지지 못해!"라는 말과 함께 알아듣기 힘든 욕설이었어. 헤어턴은 구석에서 잠자고 있던 잡종 불도그를 깨우더니 "스로틀러, 물어라! 쉭!"이라고 말하는 거야.

목숨이 아까웠으니 녀석이 하는 말을 따르는 수밖에! 나는 주방 밖으로 나왔어. 그러고는 누군가 안에서 나오길 기다리며 서 있었지. 히스클리프 씨는 어디로 갔는지 코빼기도 비치지 않았어. 아마 외출한 것 같았어. 신혼여행에서 돌아와서는 나를 그냥 내버려둔 거야. 아무런 인기척도 없기에 나는 마당을 돌아 다른 문이 없나 찾아봤어. 쪽문이 하나 보이기에 나는 문을 두드렸어.

조금 있자니 키 크고 여윈 사람이 문을 열어주더군. 허름한 차림에 텁수룩한 머리칼이 어깨까지 늘어서 있어서 얼굴을 알아볼 수 없을 정도였어. 하지만 그 눈만은 유령 같은 새언니 캐서린의 눈하고 어딘가 닮아 있었어. 새언니 눈에서 아름다움만 빼버린다면 딱 이런 눈일 거야.

그 남자가 내게 험악한 기세로 물었어.

"여기서 뭐 하는 거요? 당신 누구요?"

"저는 이사벨라 린턴이에요. 전에 뵌 적이 있지요? 얼마 전에 히스클리프 씨와 결혼했고 남편이 저를 이리로 데려온 거예요. 언쇼 씨가 허락하신 것 아닌가요?"

그 은둔자 같은 사람이 눈빛을 빛내며 물었어.

"그자가 돌아왔다 이거요?"

"네, 방금 도착했어요."

그러자 그가 히스클리프 씨 욕을 해대기 시작했어. 악담과 저주를 늘어놓고는 그 악마가 자기를 속이면 어떤 보복을 받을지 맛을 보여주겠다며, 이를 갈았어. 나는 문을 두드린 걸 금방 후회했어. 그런데 그가 나를 안으로 들어오게 하더니 문을 잠가버렸어.

방 안에는 난로가 불타고 있었는데 그 큰 방에 불빛이라고는 그것뿐이었어. 내가 전에 들어왔던 그 큰 방인데 완전히 낯선 곳에 온 것 같았어. 흰색이던 마룻바닥은 거의 잿빛이었고 그렇게 반짝이던 그릇들도 때가 타고 먼지가 앉아서 한결같이 우중충했어.

나는 용기를 내서 혹시 하녀를 불러서 침실 안내를 하게 해줄 수 없겠느냐고 그에게 물었어. 하지만 언쇼 씨는 아무 대답도 없이 방 안을 서성일 뿐이었어. 마치 내 존재는 까맣게 잊은 것 같았어.

내가 다시 여행해서 피곤하다며 하녀를 불러달라고 하자 그가 이 집에 하녀 같은 건 없다고 대답했어. 그러더니 이렇게 말하는 거야.

"조셉이 히스클리프 방으로 데려다줄 거요. 하지만 그 방에 들어가면 잊지 말고 방문을 걸어 잠그시오."

나는 당연히, 왜 그러느냐고 물었어. 그랬더니 그가 희한하게 생긴 권총 한 자루를 조끼에서 꺼내며 이렇게 대답하는 거야. 양날 칼이 총구 앞에 붙어 있었지.

"안 그러면 내가 쏜 총에 죽을지도 모르니까. 난 매일 밤 이걸 들고 그놈 방으로 올라가 문고리를 돌려보거든. 자포자기한 사람에게는 그보다 더 큰 유혹이 없지. 한 번이라도 문이 열렸다면 그 녀석은 벌써 골로 갔을걸."

나는 그에게 물었어.

"히스클리프 씨가 당신께 무슨 짓을 했는데요? 그렇게

죽이고 싶을 정도로 밉다면 나가라고 하면 되지 않나요?"

그가 대답했어.

"나가라고? 안 될 말씀! 집을 나간다고 하는 순간 녀석은 죽은 목숨이야! 나는 내 재산을 되찾아야 해! 내 자식 헤어턴을 거지로 만들 수는 없어! 그 녀석 돈도 다 빼앗을 거야. 그런 후 그놈 피도 맛봐야 해!"

넬리, 전에 넬리의 옛 주인이 어떤 사람인지 알려주었었지? 그 사람은 거의 미친 거나 다름없었어. 적어도 어젯밤에는 분명히 미친 사람이었어. 나는 얼른 큰 방을 나와 다시 주방으로 갔어.

주방으로 들어가니 조셉이 보이기에 그에게 말했어.

"올라가야겠어요. 나를 방까지 안내해줘요."

그는 "방이요? 이 집에 방 같은 게 있나?"라고 말한 후, 있는 대로 투덜거리면서 자리에서 일어나더니 앞장서서 계단을 오르기 시작했어. 우리는 다락방이 있는 꼭대기 층까지 올라갔어. 그는 지나는 길에 이 문 저 문 열어서 안을 들여다보더니 어떤 문 앞에서 "여기가 좋네" 하며 경첩이 삐죽 빠져나올 것 같은 문을 활짝 열어젖히고 내게 말했어.

제13장

149

"저 구석이 깨끗하군. 저기 곡식 부대 위는 깨끗합니다. 옷이 더러워질까봐 걱정되면 저 위에 수건을 까쇼."

조셉이 좋다고 한 그 방은 곡물 냄새가 코를 찌르는 창고였어. 나는 기가 막혀서 그에게 말했어.

"나보고 여기서 밤을 보내라고요! 내가 잘 방을 보여달라니까! 히스클리프 씨가 세낸 방이 다락방은 아닐 거 아네요!"

그가 능청스럽게 말했어.

"아니, 히스클리프 어른의 방을 보여달라는 거였수? 진즉 말씀하시지. 그렇다면 딱 잘라 안 된다고 미리 말하는 건데. 그 방은 언제나 잠가놓고 있어 아무도 얼씬 못 합니다요."

나는 벌컥 화를 내고 말았어.

"이봐요, 어디든 좋으니 내가 좀 쉴 곳을 찾아줘요."

그가 결국 나를 어디로 데려갔는지 알아? 헤어턴 방으로 데려간 거야. 조셉이 그래도 제 깐에는 신경 쓴다고 헤어턴을 자기 방으로 데리고 가더군. 나를 그 방으로 안내하면서 조셉이 뭐라고 중얼거렸는지 알아?

"당신과 당신 자존심에 딱 맞는 방이로군."

어쨌든 난 그 방 의자에 앉아 곯아떨어졌어. 그런데 곧 잠에서 깨어나고 말았어. 히스클리프 씨가 금방 들어와서는 나를 깨운 거야. 그가 내게 말했어.

"아니 이런 데서 뭐 하는 거요?"

나는 우리 방 열쇠를 그가 가지고 있어서 이럴 수밖에 없다고 대꾸했지. 그러자 그가 불같이 화를 내는 거야. 바로 '우리'라는 말 때문이었어. 그 방은 절대로 내 방이 될 수 없다는 거야. 그가 한 말을 고스란히 옮기지는 않겠어. 그리고 그의 평상시 행동이 어떤지 길게 늘어놓지도 않겠어. 다만 내가 자기를 싫어하는 방법을 찾아내는 데는 정말 귀신이라는 말은 꼭 해주겠어. 어떻게 하면 내 증오심을 북돋울 수 있는지 끊임없이 연구하는 것만 같아. 때로는 너무나 놀라서 무서움을 느끼지도 못할 정도야. 그는 정말 무서운 사람이야. 호랑이나 독사도 그만큼 무섭지는 않을 거야.

새언니 캐서린이 아프다는 소리를 그에게서 들었어. 그는 새언니가 아픈 게 오빠 때문이래. 그러면서 자기가 오빠를 직접 혼내주기 전까지는 대신 나를 괴롭히겠대.

넬리, 그 사람이 정말 싫어. 정말 비참해. 정말 바보 멍

청이었어. 넬리, 그레인지 저택 사람들에게 내 이야기는
제발 비밀로 해줘. 넬리가 와주기를 매일 기다릴 거야. 나
를 실망시키지 말아줘.

이사벨라

제14장

저는 편지를 읽자마자 주인님께 갔어요. 저는 이사벨라 아가씨가 '폭풍의 언덕'에 왔다는 것, 아가씨가 마님의 병세에 대해 걱정하고 있다는 것, 주인님을 몹시 보고 싶어한다는 편지 내용을 전했어요. 그리고 저를 통해 용서한다는 말을 전해 듣기를 바란다는 뜻도 전했어요. 그러자 주인님이 뜻밖의 말씀을 했어요.

"용서라니! 넬리, 나는 그 애에게 용서고 뭐고 할 게 없어. 오늘 오후에 거기 가봐도 좋아. 가서 그 애에게 내가 화가 난 게 아니라고 말해줘. 그 애를 잃은 게 섭섭하고 그 애가 행복해질 수 없다는 게 슬플 뿐이야. 어쨌든 내가 그 애를 보러 가는 일은 없을 거야. 우리는 영원히 헤어진 거니까. 그래도 그 애가 진정으로 나를 위해 뭔가 하고 싶다면 제발 그 악당을 설득해서 이 지방을 떠나게 해달라고 말해줘."

저는 주인님께 간단한 편지라도 써달라고 간청했지만 주인님은 냉정하게 거절했어요. 결국 저는 빈손으로 '폭풍의 언덕'에 갈 수밖에 없었어요.

'폭풍의 언덕'에 도착하자 저는 노크도 하지 않고 집 안으로 들어갔어요. 참 기가 막히더군요. 전에는 그토록 쾌적했던 집이 그렇게 스산하고 우울하게 변하다니! 이사벨라 아가씨도 그 집 분위기와 어울리는 사람이 되기로 작정한 것 같았어요. 얼굴에는 생기가 없었고 머리카락도 그냥 풀어져 있었어요.

힌들리 주인님은 외출 중인지 안 계셨고 히스클리프가 탁자에 앉아서 수첩을 뒤적이고 있더군요. 제가 들어가니까 그가 자리에서 일어나더니 제법 상냥하게 안부를 묻고는 의자를 내밀며 앉으라고 권했어요. 마치 그 집에서 점잖아 보이는 사람은 히스클리프밖에는 없는 것 같았어요. 그는 그 어느 때보다도 더 멀쑥해 보였어요. 낯선 사람이 본다면 그는 점잖은 신사이고 그의 아내인 이사벨라 아가씨는 더러운 하녀라고 여길 정도였어요.

이사벨라 아가씨는 간절한 표정으로 은밀히 제게 손을 내밀었어요. 오라버니의 편지를 기대한 거지요. 그 모습을 히스클리프가 보고 먼저 말하더군요.

"이사벨라에게 주려고 가져온 거 있으면 주도록 해. 그렇게 숨길 것 없어. 넬리, 우리 사이에 비밀은 없잖아."

저는 사실대로 말하는 게 상책이라고 생각하고 말했어요.

"아가씨, 아무것도 없어요. 나리께서는 다정한 안부를 전하셨어요. 그리고 아가씨 때문에 겪게 된 일들에 대해서는 다 용서하신답니다. 하지만 주인님은 이 댁과 교류를 해봤자 소용없으니 관계를 끊겠다고 분명히 말씀하셨어요."

이사벨라 아가씨의 입술이 약간 떨리는 것 같았어요. 그녀가 창가 의자로 가서 앉자 히스클리프가 캐서린 마님의 안부를 묻더군요. 저는 마님이 회복 중이라고 대답했어요. 그러자 히스클리프가 단도직입적으로 묻더군요.

"나는 그녀를 만날 테야. 넬리, 도와줄 거지?"

"안 돼! 당신과 주인님이 다시 만나는 일이 벌어진다면 그건 마님을 죽이는 길이야."

"넬리가 도와주면 그런 일은 피할 수 있잖아. 캐시는 그놈 때문에 죽어가고 있는 거야. 만일 그자가 캐시가 목숨을 유지하는 데 조금이라도 방해가 된다면 극단적인 방법을 생각해볼 수

제14장

밖에 없어. 넬리, 내가 묻겠는데 솔직히 말해봐. 캐시가 에드거를 잃으면 정말 애통해할까? 내가 이렇게 참고 있는 건 혹시 캐시가 슬퍼할까봐 두려워서일 뿐이야. 이만하면 둘 사이에 감정이 얼마나 다른지 알 수 있겠지? 내가 그의 입장이었다면 설사 죽이고 싶을 정도로 내가 밉더라도 내게 손끝 하나 대지 않았을 거야. 진정한 사랑이란 그런 거야. 내게 해를 가하면 그녀가 입을 마음의 상처를 조금도 생각하지 않는 건 사랑이 아니야. 그래서 나는 그자에게 손끝 하나 대지 않는 거야. 만일 캐시가 그자에 대해 조그만큼도 관심을 두지 않게 된다면 나는 당장 그자의 심장을 후벼 파내고 그자의 피를 마실 거야! 하지만 그 전까지는 비록 내 목숨이 조각조각 잘려나가는 한이 있더라도 그자의 머리카락 한 올 안 건드릴 거라고."

저는 곧장 반박했어요.

"우리는 그녀가 회복될 수 있으리라는 희망을 이제 겨우 갖기 시작했어. 그런데 그 희망을 송두리째 앗아가려고? 정말로, 왜 그런 생각은 못 하는 거지? 그녀는 당신을 거의 잊었는데 억지로 기억 속으로 비집고 들어가려는 거잖아!"

"넬리, 그녀가 정말 나를 잊었다고 생각해? 그렇지 않다는 건 네가 잘 알잖아. 나도 내가 가장 비참한 지경에 빠졌을 때 그런 생각을 했던 적이 있어. 하지만 그녀 입으로 직접 듣기 전에는 절대로 그런 끔찍한 생각은 두 번 다시 안 할 거야. 그녀가 정말로 나를 잊는다면 내 앞에는 죽음과 지옥이라는 두 단어만 있게 되는 셈이야. 그녀 없는 삶은 지옥이야. 한때, 그녀가 나보다 에드거 린턴을 더 사랑한다고 생각했다니, 내가 정말 얼마나 바보였는지! 그자가 아무리 온갖 노력을 다해서 여든 해를 그녀를 사랑한다 해도, 내가 단 하루 사랑하는 것만 못해! 그녀가 그자를 아끼는 건, 자기 개나 말을 아끼는 것에 불과하다고."

그때였어요. 이사벨라 아가씨가 갑자기 기운을 차리고 외쳤어요.

"캐서린 언니와 에드거 오빠는 그 어떤 부부보다 더 서로 사랑하고 있어요! 그 누구도 그런 식으로 말할 수 없어! 오빠에 대해 함부로 말하면 내 가만있지 않을 거예요."

히스클리프가 조롱하는 투로 말했어요.

"당신 오빠는 당신도 무척 사랑하지, 안 그래? 그래도 참 거뜬히 당신을 쫓아내더군."

"오빠는 내가 지금 얼마나 고통 받고 있는지 전혀 모르고 있어요."

제14장

157

제가 다시 끼어들었어요.

"아가씨, 아가씨가 바뀐 환경에서 이렇게 힘들게 사는 줄 몰랐어요. 아마 사랑이 부족해서겠지요. 히스클리프, 당신 부인이 보살핌을 받으며 살아왔다는 걸 잊지 말았으면 해. 최소한 그녀가 당신을 열렬히 사랑했다는 건 확실하잖아. 만일 그렇지 않았다면 어찌 그 안락한 집과 식구들을 버리고 당신을 따라나섰겠어? 그러니 그 보답으로 그녀를 아껴줘."

"그건 저 여자가 망상에 빠졌던 것에 불과해. 마치 나를 로맨스에 나오는 남자 주인공으로 착각했던 거지. 내가 기사도를 발휘해서 헌신적으로 아껴주길 기대했던 거야. 나는 저런 여자를 이성을 지닌 여자로 볼 수 없어. 저 여자는 내가 어떤 사람인지 아무것도 모르면서 나를 좋아한다고 착각했을 뿐이야. 이제 와서야 내가 누군지 조금씩 알아가는 것 같더군. 정말로 눈물겨운 노력을 해서 겨우 얻게 된 소득이지. 하지만 아직 완전히 깨달은 건 아니야. 오늘 아침에 뭐라는지 알아? 뭐, 자기가 나를 미워하게끔 하는 데 내가 성공했다고? 저렇게 한심하고 저속한 여자가, 자기밖에 모르는 여자가 감히 내가 자기를 사랑할 줄 알았다니, 그런 헛꿈을 꿨다니, 정말 터무니없고 멍청한 짓 아니야? 넬리, 주인에게 가서 전해. 저 여자처럼 천한 여자는 본 적이 없다고! 또 내가 하는 짓은 법의 테두리를 절대로 넘지 않을 테니 치안판사랍시고 까불다가는 큰코다친다고 전해. 나는 저 여자에게 이혼을 청구할 빌미도 주지 않았어. 하긴 누군가 우리를 떼어놓으려 해도 저 여자가 좋아하지 않을 거야. 가고 싶으면 가라고 해. 옆에 있으면 성가실 뿐이니!"

제가 참지 못하고 소리쳤어요.

"히스클리프! 미친 소리 그만해. 아가씨, 저런 소리 듣고도 여기 계실 거예요?"

이사벨라 아가씨가 이글거리는 눈으로 대답했어요.

"넬리, 조심해! 저 사람이 말하는 건 단 한 마디도 믿지 마. 저 사람은 악마든지 괴물이든지 암튼 인간이 아니야! 전에도 나가려면 나가라고 해서 그러려고 했었어. 하지만 이제는 거기에 안 넘어가! 약속해줘, 넬리. 저 사람이 떠드는 말을 단 한 마디도 오빠나 새언니에게 전하면 안 돼. 모두 오빠를 자극해서 절망에 빠뜨리려고 일부러 저러는 거야. 나랑 결혼한 것도 오빠를 제멋대로 주무르기 위해서라고 실토했어. 하지만 뜻대로는 안될걸. 그 전에 내가 죽어버릴 거야. 내가 진정으로 바라는 게 뭔지 알아? 저 사람이 그 악마 같은 조심성을 잃고 나를 죽여버리게 하는 거야. 내가 죽거나 저 사람이 죽는 걸 보는 거,

제14장

159

난 그런 기쁨의 순간을 상상하면서 살고 있어!"

"이제 그만하면 됐어. 당신이 점점 나를 닮아가니 기분이 묘하네. 자, 나는 넬리와 나눌 이야기가 있으니 당신은 2층으로 올라가."

히스클리프는 아가씨를 억지로 밖으로 몰아내더니 제게 말했어요.

"내게 동정심 따위는 없어. 벌레가 몸부림치면 칠수록 창자가 터져버리도록 짓밟아주고 싶거든!"

"당신 동정심이란 게 무슨 뜻인지나 알아?"

저는 그에게 반박하며 자리에서 일어나 모자를 집었어요.

그러자 그가 제게 말했어요.

"그 모자 제자리에 놔. 나하고 약속하기 전에는 여기서 못 나가. 나는 캐시를 만나기로 결심했어. 그러니 네가 도와줘야 해. 내가 그냥 찾아갔다가 에드거를 만나면 한주먹에 때려눕힐 거야. 그건 원하지 않지? 너라면 아무도 모르게 그녀를 만날 수 있게 해줄 수 있잖아?"

"제발 그만둬. 계속 이렇게 고집하면 에드거 주인님께 당신 계획을 미리 말씀드릴 거야."

"그렇다면 내일 아침까지 여기서 못 나갈 줄 알아. 자, 여기 갇혀 있을래, 아니면 내가 시키는 대로 할래?"

록우드 씨, 저는 대들기도 하고 설득도 하고 50번도 넘게 거절도 했어요. 하지만 결국 그의 설득에 제가 넘어가고 말았어요. 그의 편지를 마님께 전해주겠다고 약속했을 뿐 아니라, 주인 나리가 집에 없는 때를 알려주겠다고 했어요. 하인들도 모두 내보내고 저도 자리를 비켜주겠다고 약속한 거예요. 저는 그렇게 해서 주인님과 히스클리프가 또다시 충돌하는 걸 막을 수도 있다고 생각한 거예요. 록우드 씨, 제가 잘한 건지 잘못한 건지는 아직도 모르겠어요.

아, 케네스 의사 선생님이 오셨네요. 제가 내려가서 록우드 씨 몸이 많이 회복되었다고 말씀드릴게요. 제 이야기가 너무 길고 지루했지요? 나머지는 언제고 시간 날 때 계속해드릴게요.

제15장

다시 일주일이 흘렀다. 시간이 흐를수록 내 건강은 좋아지고 봄이 가까워지고 있다. 그동안 딘 부인이 짬짬이 이야기를 들려주어 나는 내 이웃의 내력을 거의 다 알게 되었다. 하지만 나는 여전히 딘 부인의 입을 빌려 그 이야기를 여러분에게 들려줄 작정이다. 단지 그녀의 이야기를 조금 압축했을 뿐이다.

'폭풍의 언덕'에 다녀온 다음 날부터, 히스클리프가 그레인지 근처를 어슬렁거리고 있다는 것을 저는 알았어요. 안 봐도 뻔한 일이었지요.

제가 돌아온 지 나흘째 되는 날이었어요. 모두 교회에 가고 집에는 아무도 없었어요. 하인 한 명이 집을 지키려고 남아 있었지만 저는 안주인이 오렌지를 드시고 싶다고 하시니 얼른 읍내에 가서 사오라고 심부름을 보낸 후 히스클리프의 편지를 주머니에 넣은 채 위층으로 올라갔어요.

캐서린 마님은 여느 때처럼 헐렁한 흰옷을 입은 채 숄을 어깨에 걸치고 창가에 앉아 있었어요. 하지만 그날은 유난히 차분했어요. 마님이 차분할 때면 천상의 아름다움이 깃들어 있는 것 같았지요. 번뜩이던 눈빛은 어디로 갔는지 우수에 찬 부드러움이 눈가에 흐르고 있고 저 너머 어딘가를 응시하는 것 같았어요. 분명히 병에서 많이 회복되었는데도 무언가 이 세상을 다 산 사람 같은 분위기를 풍겼다고나 할까요.

제가 캐서린 마님을 보고 말했어요.

"마님, 마님 앞으로 편지가 한 통 왔어요."

하지만 그녀는 고개를 돌리지도 않고 "그래?"라고 짧게 말했을 뿐이었어요.

제가 재차 말했어요.

"제가 읽어드릴까요? 히스클리프가 보낸 편지예요."

그녀는 흠칫 놀랐어요. 그런 후, 뭔가 힘들게 기억을 더듬거나 생각을 정리하려는 것같이 보였어요. 저는 편지를 그녀의

제15장

163

무릎 위에 올려놓았어요. 캐서린 마님은 흘낏 편지를 보더니 한숨을 내쉬었어요. 하지만 편지 내용을 읽어보지는 않고 히스클리프의 서명만 얼핏 본 것 같더군요. 그래서 제가 말했어요.

"마님, 그 사람이 마님을 만나고 싶대요. 지금 정원에 와 있는데 마님의 답을 기다리고 있답니다."

그녀의 답을 기다릴 필요도 없었어요. 현관문 열리는 소리가 들린 거예요. 틀림없이 히스클리프였어요. 저를 믿지 못하겠다고 생각했는지 대담하게 용기를 낸 거지요. 캐서린 마님은 긴장한 모습으로 방문 쪽을 바라보고 있었어요. 잠시 후 그가 방으로 들어오더니 몇 걸음 만에 마님 옆으로 와서 그녀를 품에 안았어요.

히스클리프는 아무 말 없이 거의 5분 정도 그녀를 껴안은 팔을 풀지 않았어요. 그사이 둘은 열렬히 키스했어요. 아마 그가 평생 했던 키스보다 더 많이 했을 거예요. 하지만 먼저 키스를 했던 건 분명 캐서린 마님이었어요.

저는 히스클리프가 감히 캐서린 마님의 얼굴을 똑바로 바라보지 못한다는 것을 또렷이 알 수 있었어요. 너무 고통스러웠던 거지요. 그녀의 얼굴을 보자마자 회복될 가망이 없다는 것, 그녀가 곧 죽으리라는 것을 확실히 알 수 있었던 거예요.

그가 그녀에게 말했어요.

"오, 캐시! 오, 내 생명! 나는 어떡하라고!"

그가 입 밖에 낸 첫마디였고 굳이 절망감을 감추지 않는 말투였어요. 그러면서 그는 캐서린 마님을 뚫어져라 바라보았어요. 저는 그 눈에 당연히 눈물이 맺혔으리라고 생각했어요. 그만큼 강렬한 시선이었어요. 하지만 그 눈은 고통으로 타오르고 있을 뿐 눈물은 흘리지 않았어요. 캐서린 마님이 소파에 몸을 묻으면서 말했어요. 그녀의 기분은 수시로 방향이 바뀌는 풍향계 같았어요.

"뭐라고? 히스클리프, 당신과 에드거가 내 마음을 찢어놓았잖아! 당신이 나를 죽였잖아! 그 덕에 성공했잖아! 내가 죽은 후에 얼마나 더 살려고 그래? 나를 잊을 거야? 내가 땅에 묻힌 후 당신은 행복할 것 같아?"

히스클리프가 소리를 질렀어요.

"그런 식으로 나를 괴롭히지 마! 내가 당신처럼 미치는 꼴을 보고 싶은 거야? 죽어가면서 겨우 내게 그런 소리를 하는 거야? 악마에게 홀렸어? 당신이 하는 말들이 내 영혼에 새겨져 영원히 나를 갉아먹으리라는 걸 모르는 거야?"

캐서린 마님이 조금 가라앉은 목소리로 말했지요.

제15장

165

"나는 고이 잠들지 못할 거야. 하지만 당신도 나만큼 고통 받으라고 하는 소리가 아니야. 나는 우리가 영원히 헤어지지 않기만을 바랄 뿐이야. 내가 해준 말이 당신 기억에 남아 당신을 괴롭게 한다면 땅에 묻힌 나도 똑같이 괴로워한다고 생각해줘. 나를 정말 사랑한다면 나를 용서해줘."

그녀는 히스클리프의 목을 끌어안고 자기 뺨을 그의 뺨에 갖다 댔어요. 그러자 그가 그녀를 격렬하게 껴안으면서 격노한 음성으로 말했어요.

"당신 정말 잔인했어! 왜 나를 경멸했던 거야? 왜 당신 마음을 배신한 거야? 모두 당신이 자초한 일이야! 당신이 당신을 죽인 거야! 그래, 눈물을 흘리든지, 나를 껴안든지 마음대로 해. 그 모든 게 다 당신을 죽이고 있으니까! 캐시, 당신은 나를 사랑했잖아! 대체 무슨 권리로 나를 떠난 거야? 무슨 권리로! 그 형편없는 린턴에게 알량한 사랑을 느꼈던 거야? 하나님도 사탄도 우리를 떼어놓을 수 없었는데, 그런데 당신이 당신 손으로 그걸 한 거야. 우리를 떼어놓은 거야! 나는 당신 가슴을 찢어놓지 않았어! 당신 스스로 당신 가슴을 찢어놓은 거야. 당신 가슴을 찢으면서 내 가슴도 찢어놓은 거야!"

캐서린 마님이 흐느끼며 말했어요.

"오오, 제발 그만해! 내가 잘못했어. 그래서 이렇게 죽어가고 있잖아. 그러니 나를 용서해줘. 당신도 나를 떠났잖아. 당신을 용서해줄 테니 나도 용서해줘."

"오오, 캐시. 당신의 그 죽어가는 눈을 바라보면서, 당신의 그 야윈 손을 만지면서 나는 결코 당신을 용서할 수 없어. 나는 당신이 내게 한 짓은 다 용서할 수 있어. 하지만 당신이 당신에게 한 짓은 용서할 수 없어. 나는 나를 죽인 사람은 사랑할 수 있어! 하지만 당신을 죽인 사람은! 그걸 어떻게 용서할 수 있단 말이야!"

둘은 한동안 말없이 얼굴을 맞대고 상대방의 눈물로 얼굴을 적시고 있었어요. 아무리 히스클리프라도 이럴 때는 눈물을 보이는구나, 라고 저는 생각했어요.

하지만 저는 점점 불안해지기 시작했어요. 순식간에 오후가 지나갔고 제가 심부름 보냈던 하인도 돌아왔거든요. 저 멀리 비치는 노을빛 덕분에 기머턴 교회 밖으로 나오는 사람들 모습이 보였어요. 저는 그들에게 경고하는 마음으로 크게 말했어요.

"예배가 끝났어요. 반 시간도 되기 전에 에드거 주인님이 오실 거예요."

히스클리프는 뭔가 욕설을 중얼거리듯 내뱉고는 마님을 더 꼭 껴안았고 마님은 꼼짝도 않고 있었어요.

얼마 후 하인들이 주방을 향한 길을 따라 올라오는 게 보였어요. 에드거 주인님이 얼마 뒤떨어지지 않은 채 걸어오고 있었고요. 주인님은 손수 대문을 열고 천천히 위로 올라왔어요. 부드럽고 감미로운 오후 끝자락 날씨를 천천히 음미하는 것 같았어요. 그 모습을 보고 저는 소리를 쳤어요.

"어머, 주인님이야. 제발, 빨리 내려가!"

히스클리프는 몸을 일으키면서 마님의 품에서 빠져나오려 했어요.

"가야 해. 당신이 잠들기 전에 다시 올게."

그러자 마님이 외쳤어요.

"안 돼, 가지 마! 절대 안 돼!"

그녀는 숨을 헐떡이며 그에게 매달렸어요. 그녀의 얼굴에는 마치 광기에 가까운 그 어떤 결연함이 서려 있었어요.

"오오, 가지 마! 이게 마지막이야. 에드거도 아무 짓 안 할 거야. 히스클리프, 나는 죽어! 나는 죽는단 말이야!"

일어나려던 히스클리프가 그대로 주저앉으며 소리쳤어요.

"그래, 나 안 가! 나를 죽이려면 죽이라고 해! 내 입으로 축복하며 죽어줄 테니!"

그들은 다시 포옹했어요. 주인 나리가 계단을 올라오는 소리가 들렸지요. 내 이마에 식은땀이 흘렀어요. 너무 무서웠지요. 순간 히스클리프를 껴안고 있던 캐서린 마님의 팔이 힘없이 풀어지면서 머리가 앞으로 숙여지는 것을 보고 저는 내심 안심을 했어요. 저는 속으로 생각했어요.

'그래, 마님은 기절했거나 죽은 거야. 차라리 잘된 거지. 살아서 주위 사람들에게 짐이 되느니, 모두에게 불행을 가져다주느니 차라리 그게 나아.'

방으로 들어온 주인님은 히스클리프를 보는 순간 분노와 놀라움에 사로잡혀 이 불청객에게 달려들었어요. 그때 히스클리프가 죽은 듯 늘어져 있는 마님의 몸뚱이를 그에게 안기는 바람에 엉겁결에 제자리에 서버릴 수밖에 없었어요.

주인님에게 히스클리프가 말했어요.

"이봐, 당신이 악마가 아니라면 우선 그녀부터 돌봐! 내게 할 말이 있으면 나중에 해!"

히스클리프는 방에서 나가더니 응접실로 가서 떡하니 자리를 잡고 앉았어요. 주인님이 저를 부르더군요. 저와 주인님은 온갖 애를 다 써서 캐서린 마님의 정신이 돌아오게 하는 데 성공했어요. 하지만 여전히 넋이 나가 있는 것 같았어요. 한숨만 내쉬며 신음만 내뱉을 뿐 아무도 알아보지 못했어요. 주인님은 마님 걱정에 자기 아내의 그 가증스러운 친구는 까맣게 잊고 있는 것 같았어요. 하지만 저는 그가 신경이 쓰였어요.

저는 기회를 보다가 그에게 가서 마님의 상태가 좋아졌으니 제발 돌아가달라고, 아침에 그녀의 상태가 어떤지 알려주겠다고 말했어요.

그가 말했어요.

"집에서는 나가지. 하지만 마당에 있을 거야. 넬리, 내일 약속 꼭 지켜야 해. 나는 저 낙엽송 아래 있을 거야. 약속 꼭 지켜야 돼. 안 그러면 린턴이 있건 없건 집 안으로 들어올 거야."

제16장

　　그날 밤 자정 무렵 스러시크로스 그레인지에서 아이가 하나 태어났어요. 록우드 씨가 '폭풍의 언덕'에서 보신 히스클리프의 며느리, 캐서린이에요. 너무 허약한 칠삭둥이였어요. 아이가 태어난 지 두 시간 만에 산모는 세상을 떴어요. 곁에 누가 있는지 알아보지도 못한 채 의식불명의 상태에서 그대로 눈을 감은 거지요. 주인님이 얼마나 슬퍼하셨는지, 차마 옆에서 눈 뜨고 볼 수 없을 정도였어요.

　　제 생각이지만요, 주인님의 재산을 상속할 아들 하나 없이 홀아비가 된 것도 주인님을 더 슬프게 했을 거예요. 돌아가신 린턴 어르신이, 주인님의 재산을 자신의 딸, 즉 이사벨라 린턴이 물려받도록 유언을 해놓으셨거든요. 저는 속으로 돌아가신 린턴 어르신을 원망했어요.

이튿날 아침 날씨는 화창했어요. 아침 햇살이 덧창 사이로 부드럽게 스며들어 침대에 누워 있는 사람을 부드러운 빛으로 덮어주고 있었어요. 에드거 주인님은 베개에 얼굴을 묻고 눈을 감고 계셨어요. 마치 곁에 있는 마님처럼 조용히 돌아가신 것 같았어요.

저는 마님을 바라보았어요. 마치 영원한 평온을 얻은 듯 고요한 모습이었어요. 마치 천사처럼 아름다웠어요. 저는 저도 모르게 '마님의 영혼이 저 높은 곳 하나님과 함께하겠구나'라고 생각했어요. 참, 이상한 일이지요? 살아 있을 때 주변 사람들을 그토록 괴롭게 했던 사람의 영혼이 그 평화로운 안식처에 가 있다는 생각이 들었으니 말이에요. 과연 조물주의 뜻은 어떤 걸까요?

주인님이 잠이 든 것 같아서 저는 밖으로 나왔어요. 히스클리프를 만나기 위해서였지요. 그를 만나 마님이 죽었다는 소식을 전하는 게 무섭기도 했지만 얼른 무거운 짐을 치워버리고 싶었어요.

그는 그곳에 있었어요. 정원 물푸레나무 아래, 모자도 쓰지 않은 채, 이슬에 머리가 젖어 그곳에 서 있었어요. 그가 고개를 들더니 제게 말했어요.

"그녀는 죽었어. 그걸 알려고 너를 기다린 게 아니야. 내 앞에서 울지 마. 그녀에게는 네 눈물이 필요하지 않아."

그는 집 안에 등불이 왔다갔다 하면서 소란이 이는 것을 보고 무슨 일이 일어났는지 알고 있었던 것 같았어요.

그는 한참 만에 입을 열었어요.

"어떻게 죽었는지 똑바로 말해줘."

그는 똑바로 서 있지 못하고 나무에 몸을 기대더군요. 자기도 모르게 손끝을 덜덜 떨고 있었고요. 저는 속으로 '그렇게 강한 척하더니 너도 결국 심장이 뛰는 인간이었구나!'라고 생각했어요.

제가 그에게 대답했어요.

"한번도 의식이 돌아오지 않은 채 양처럼 평온히 잠들었어. 저 다른 나라에서 행복하게 잠에서 깨어날 거야."

그가 소리를 질렀어요. 발을 쾅쾅 구르기도 하는 게 억누르기 힘든 분노가 폭발한 것 같았어요.

"그래, 나에게 말 한 마디 남기지 않고 떠났단 말이지! 제발, 고통 속에서 깨어나기를! 그녀가 어디서 깨어난다고? 천국에서? 아냐, 그녀가 있을 곳은 거기가 아니야! 그녀는 떠나지 않

제16장

173

왔어. 캐시, 너는 지금 어디 있는 거야? 나는 기도할 거야! 내가 살아 있는 한 네가 안식을 취하지 못하게 해달라고! 내가 너를 죽였다고 했지? 그렇다면 내 앞에 나타나봐. 죽은 자는 자기를 죽인 자 앞에 나타나잖아! 언제나 내 곁에 있어줘. 유령이라도 좋아. 어떤 식으로건 내 앞에 나타나서 나를 미치게 만들어줘. 네가 내 곁을 떠나지만 않는다면 아무래도 좋아. 오오, 네가 내 곁을 떠나? 그건 안 돼! 내 목숨이 나를 떠나? 내가 어떻게 살아갈 수 있어? 내 영혼이 내 곁에 없는데 내가 어떻게 살아갈 수 있어!"

히스클리프는 나무줄기에 머리를 찧었어요. 하늘을 우러러 울부짖는 게 사람이 아니라 창칼에 상처를 입은 야수 같았어요. 저는 겁에 질려 그를 달랠 수도 없었고 위로할 수도 없었어요. 그가 저를 보고 꺼지라고 고함을 질러서 저는 그대로 물러날 수밖에 없었어요.

캐서린 마님의 장례식은 그녀가 죽은 그 주의 금요일로 정해졌어요. 그때까지 관은 덮이지 않은 채 거실에 안치돼 놓여 있었어요. 주인님은 밤이고 낮이고 관 옆을 지켰고 히스클리프는 매일 밤 같은 곳에서 단 한순간도 쉬지 않은 채 안을 엿보고 있었어요. 저는 히스클리프가 얼마나 안으로 들어오고 싶어하는지 알고 있었어요.

화요일, 날이 어둑해지고 주인님이 피곤을 못 이겨 잠시 쉬러 간 사이 저는 거실 창문을 하나 열어두고 거실에서 나왔어요. 히스클리프의 정성에 감동해서 그가 고인과 마지막 인사를 나눌 기회를 주기 위해 자리를 비운 거지요.

히스클리프가 그 기회를 놓칠 리 없었지요. 그러나 어찌나 조심스레 다녀갔는지 아무 소리도 내지 않고 아무 흔적도 남기지 않았답니다. 시신 얼굴을 가려놓았던 천이 약간 헝클어지고 은실로 동여맨 밝은색의 머리카락이 바닥에 떨어져 있는 것을 보지 못했더라면 그가 왔다 간 것도 모를 지경이었답니다. 자세히 보니 캐서린 마님이 목에 걸고 있던 동그란 함에 든 머리카락이었어요. 히스클리프가 그것을 열고 안에 들어 있던 것을 꺼내어 버린 다음 자신의 머리카락 뭉치를 그 안에 넣은 것이었어요. 저는 그 둘을 한데 엮어서 그 함에 집어넣었어요.

언쇼 나리는 당연히 동생 장례식에 초대를 받았지요. 하지만 못 온다는 전갈도 없이 참석하지 않았어요. 이사벨라 아가씨는 초대받지 못했고요.

마을 사람들은 캐서린 마님이 묻힌 곳을 보고 모두 깜짝 놀

제16장

175

렸어요. 교회 안, 린턴 가문의 묘비 아래도 아니었고 교회 밖 친정집 가문 묘소도 아니었기 때문이지요. 그녀는 교회 묘지 한쪽 구석 푸른 비탈길에 묻혔답니다. 주인님이 그렇게 조치한 거예요. 담이 아주 낮아서 히스와 작은 관목들, 토탄이 담이 안 보일 정도까지 덮고 있었어요. 미리 말씀드리지만 에드거 주인님도 나중에 같은 곳에 묻혔답니다. 소박한 비석과 회색 돌들이 없었다면 그곳에 무덤이 있는지 알 수 없는 곳이었지요.

제17장

　　한 달간 지속되던 맑은 날씨는 장례식이 있던 금요일로 끝이 났습니다. 그날 저녁부터 북동풍이 불어오더니 비가 내렸고 나중에는 진눈깨비로, 이어서 눈으로 바뀌었습니다. 어제까지 화창한 여름이었다는 게 믿기지 않을 정도였지요.

　　다음 날 아침은 정말 음산했어요. 아름답던 꽃들은 눈 속에 파묻혔고 종달새는 어디론가 자취를 감추었으며 어린 나뭇잎들은 찬바람에 금세 검게 변해버렸어요. 주인님은 방에서 나오지 않았고 저는 혼자 응접실에서 아기를 보고 있었어요.

　　그때였어요. 잠가두지 않았던 문이 활짝 열리더니 누가 숨을 몰아쉰 채 깔깔거리며 집 안으로 들어서는 게 아니겠어요?

저는 하녀 한 명이 뛰어들어온 줄 알고 소리를 질렀어요.

"무슨 짓이야! 여기가 어딘 줄 알고 그렇게 깔깔거리는 거야. 주인님이 아시면 경을 치실 거다."

그러자 침입자가 말했어요.

"미안, 하지만 에드거 오빠는 자고 있을 거야. 도저히 웃음을 못 참겠어."

그녀가 벽난로 옆으로 오자 비로소 얼굴을 알아볼 수 있었어요. 이사벨라 아가씨였어요.

아가씨가 말했어요.

"'폭풍의 언덕'에서부터 계속 뛰어왔어. 도중에 수도 없이 넘어졌어. 숨 좀 돌린 다음 다 설명해줄게. 그 전에 나 갈아입을 옷 좀 주고, 마부에게 나를 기머턴까지 태워다달라고 말해줘."

아가씨, 그러니까 히스클리프 부인의 모습을 보니 그렇게 웃고 있을 형편이 절대로 아니었어요. 평상복 차림에 반소매 원피스만 입고 모자도 안 쓰고 숄도 걸치지 않았어요. 온통 젖은 원피스는 몸에 달라붙었고 얇은 실내화를 신고 있었어요. 게다가 한쪽 귀밑에 깊은 상처가 나 있어 피가 엉겨 붙어 있었고 얼굴에는 온통 긁힌 자국에 멍투성이였어요.

저는 아가씨께 그런 몸으로는 기머턴에 갈 수 없다고 말했지만 그녀가 하도 우기는 바람에 옷을 준비하고 마부에게 마차를 준비하라고 일렀어요.

그런 후 응접실로 돌아오니 그녀는 벽난로 옆 소파에 앉아 차를 마시며 이야기를 시작했어요.

"넬리, 이리 와서 앉아. 그리고 캐서린 언니 애는 제발 저리 치워줘! 꼴도 보기 싫으니까. 그렇다고 내가 캐서린 언니 생각을 조금도 안 한다고 생각하면 안 돼. 우린 화해도 못 하고 헤어졌어. 나도 내가 용서가 안 돼. 아아. 그 짐승 같은 자식! 그 자식은 에드거 오빠를 괴롭히기 위해서라도 나를 찾아올 놈이야! 그자의 타락한 머리에 그런 생각이 떠오르지 않게 하기 위해서라도 내가 여기 있으면 안 돼. 게다가 오빠가 나를 환영해 줄 리도 없잖아. 오빠 도움을 받으려고 여기 온 게 아냐. 지금 당장은 아무런 도리가 없어서 왔을 뿐이야."

저는 그녀의 종잡을 수 없는 말을 가로막고 말했어요.

"그렇게 숨넘어갈 것처럼 말하지 말아요. 차도 마시면서 천천히 말해요. 그렇게 웃지도 말고요. 지금 다 슬픔에 잠겨 있는데 그렇게 웃다니 가당치도 않아요."

저는 종을 울려서 하녀에게 계속 우는 아이를 맡겼어요. 그러고는 도대체 무슨 일이 있었기에 그 꼴로 여기 오게 되었는지, 이곳에 머물지 않겠다고 하니 어디로 갈 작정인지 찬찬히 이야기해보라고 했어요.

그러자 그녀가 말했어요.

"물론 내가 있어야 할 곳은 여기야. 하지만 그러면 그자가 가만히 안 있을 거야. 내가 편히 지내는 꼴을 두고 보지 못할 거야. 이제 그가 나를 얼마나 싫어하는지 충분히 알았어. 내가 근처에만 가도 얼굴이 일그러지거든. 하지만 내가 그자 눈에 띄지만 않는다면 나를 찾으려고 온 영국 천지를 뒤지고 다니지는 않을 거야. 그러니 아예 그자로부터 멀리 가버려야 해. 괴물 같은 자식! 그런 자에게 내 마음을 주다니! 그놈은 이런 내 마음을 붙잡아서 짓이겨버리더니 아예 죽여버렸어."

그 말을 하면서 이사벨라 아가씨는 눈물을 흘렸어요. 하지만 곧바로 눈물을 닦더니 이야기를 계속했어요.

"넬리, 내가 왜 이 꼴로 도망쳤느냐고 물었지? 그럴 수밖에 없었기 때문이야. 실은 내가 성공한 거야. 그자의 분노를 폭발시켜서 평상시의 조심성을 잃어버리게 만들었어. 그자를 화내게 할 수 있다는 게 너무 기뻤고 그래서 내 생존 본능이 깨어난 거야. 어제, 넬리도 알다시피 힌들리 언쇼 씨가 장례식장에 가기로 되어 있었잖아. 그런데 언쇼 씨는 새벽 6시까지 술을 마시고 인사불성으로 잠자리에 들었다가 술이 덜 깬 상태로 정오쯤 일어났어. 우울했겠지. 벽난로 앞에 죽치고 앉아 진인지 브랜디인지 큰 잔으로 술을 계속 들이켰어. 나는 어제저녁 큰 방 내 자리에 앉아서 책을 읽고 있었어. 잠시 책에서 눈을 떼기만 해도 공동묘지의 음산한 광경이 머리에 떠올라, 막무가내로 책에 몰두해 있었지. 언쇼 씨는 내 맞은편 자리에서 머리를 두 손으로 감싼 채 아무 말 없이 앉아 있었어. 두 시간 전부터는 술도 입에 대지 않고 있었던 거야. 들리는 거라고는 창문을 흔들어대는 바람 소리뿐이었지. 헤어턴과 조셉은 깊이 잠들어 있는 게 분명했어. 정말 너무너무 슬픈 밤이었어. 그런데 주방 쪽으로 나 있는 문의 빗장 소리가 나면서 그 정적이 깨졌어. 매일 스러시크로스 그레인지에 가서 밤을 지새우던 히스클리프가 일찍 돌아온 거야. 갑자기 몰아닥친 폭풍우를 견디기 힘들었나 보지. 그런데 그 문은 잠겨 있었어. 그자가 다른 문으로 들어오려고 마당을 돌아가는 소리가 들렸어. 그러자 문을 뚫어지게 바라보던 언쇼 씨가 갑자기 고개를 돌리더니 나를 바라보았어. 그러더니 내게 '놈을 밖에 5분만 세워둬야겠소! 어떻소, 반대하지 않겠지?'라고 소리치는 거야. 내가 얼른 '그럼요, 밤새도록 세워놔도 돼요. 원한다면 얼마든지 마음대로 하세요' 하고 대

제17장

181

답했지. 그는 일어나서 히스클리프가 들어오려는 문에 빗장을 걸었어. 그러고는 내 눈에서 히스클리프를 향한 증오를 발견하려는 듯 나를 바라보았어. 그의 모습은 영락없이 살인자의 눈빛 바로 그것이었어. 그만은 못했지만 내 눈에서도 증오의 낌새를 읽었나봐. 그가 내게 '당신과 나 둘 다 저 밖에 있는 놈에게 갚아야 할 빚이 많지. 그렇지만 히스클리프 부인, 당신은 그냥 가만히 있기만 해도 돼요. 그냥 내가 하는 짓을 보고만 있으면 돼. 당신도 저 악마 같은 놈이 죽는 꼴을 보면 나처럼 흐뭇할 거 아니오? 당신이 저자를 먼저 죽이지 않는다면 당신에게는 죽음만이 기다리고 있겠지. 내겐 파멸만이 있을 뿐이고……저놈이 벌써 문을 두드리기 시작하는군. 당신이 얌전히 있기만 하면 몇 분 내로 당신은 해방될 거요'라고 말했어. 그러면서 그는 품에서 권총을 꺼냈어. 내가 전에 편지에 쓴 바로 그 무기 말이야. 밖에서 히스클리프는 내게 문을 열어달라고 고함을 지르고 있었고 나는 '다른 데 가서 자는 게 좋을걸요. 언쇼 씨가 한 방 날릴 기세인데요'라고 맞받아쳤어. 언쇼 씨는 내가 그놈에게 자기 계획을 알려주었다고 화를 냈어. 내가 아직 그놈을 사랑한다는 거야. 히스클리프는 계속 고함을 질러대고 있었고 나는 여전히 자리에 앉아 이런 생각을 하고 있었어. 만일 히스클리프가 언쇼 씨의 불행에 종지부를 찍어준다면 그에게 얼마나 다행일까? 반대로 언쇼 씨가 히스클리프를 그가 마땅히 가야 할 곳, 거긴 지옥밖에 더 있겠어, 거기로 보내준다면 나는 얼마나 행복할까, 이런 생각을 하고 있었던 거야. 내가 이런 생각에 빠져 있는데 내 등 뒤에 있던 창문이 엄청난 소리를 내며 마룻바닥으로 떨어졌어. 히스클리프가 창문에 주먹을 날린 거야. 그는 흉악한 표정의 검은 얼굴을 그리로 들이밀더니 안으로 들어오려고 했어. 하지만 창문틀이 좁아서 양어깨가 걸리는 바람에 들어오지 못했어. 나는 안도감에 웃음을 지었어. 그의 머리와 옷은 흰 눈으로 덮여 있었고 마치 식인종의 것 같은 이빨이 추위와 분노를 드러내며 어둠 속에서 빛나고 있었지. 그가 나를 보고 으르렁거리며 '이사벨라, 나를 들여보내주는 게 좋을걸. 안 그러면 후회할 거야'라고 말했어. 나는 차분히 '살인이 벌어지는 걸 수수방관할 수는 없어요. 언쇼 씨가 총알이 가득 든 총을 들고 문 앞에 지키고 있거든요'라고 대답했지. 그리고 나는 '흥, 당신 사랑도 별거 아니군. 눈 좀 내린다고 그걸 못 참아? 여름에는 우리를 편히 놔두더니 찬바람 좀 불어온다고 집구석으로 찾아들어! 히스클리프, 내가 당신이었다면 언니 무덤 위에 누워 그대로 잠들었을 거야. 툭하면 내 영혼 어쩌고 하더

제17장

183

니 언니도 없는 세상 어찌 살아갈지 모르겠네'라고 하고 싶은 말을 해버렸어. 그때 언쇼 씨가 '그놈 어디 있어. 저 구멍으로 팔을 내밀어 쏘아버려야지!'라고 외치며 창문 쪽을 향해 달려왔어. 하지만 일은 그의 뜻대로 되지 않았어. 히스클리프가 팔을 쭉 뻗더니 언쇼 씨의 손에서 권총을 빼앗아버린 거야. 총알이 허공을 갈랐고 총 끝에 달려 있던 칼이 언쇼 씨의 손목에 박혀버렸어. 히스클리프는 그 칼을 힘으로 잡아 빼더니 피가 뚝뚝 떨어지는 칼을 자기 주머니에 넣었어. 그러고는 돌로 창문틀을 부숴버린 후 안으로 들어왔어. 언쇼 씨는 손목에서 피가 철철 흐르는 채로 통증과 출혈 때문에 그 자리에서 정신을 잃고 쓰러졌어. 히스클리프는 내가 조셉에게 달려가 구원을 청할까봐 한 손으로 내 팔을 잡은 채 언쇼 씨를 발로 짓밟고 머리채를 잡아 바닥에 몇 차례 짓찧었어. 그는 언쇼 씨의 숨을 완전히 끊어놓고 싶은 걸 억지로 참는 것 같았어. 그는 숨을 가쁘게 헐떡이면서 축 늘어진 언쇼 씨의 몸을 소파 위에 눕히더군. 그러고는 언쇼 씨의 셔츠를 찢어서 그의 상처를 거칠게 동여맸어. 그러면서도 좀 전처럼 발길질하면서 욕설을 멈추지 않았어. 나는 겨우 그의 손아귀에서 빠져나와 위층으로 올라가 조셉에게 갔어. 내가 하는 말을 얼핏 알아들은 영감은 '이게 뭔 일이고,

이게 뭔 일이고!' 하면서 허겁지겁 아래로 내려갔어. 그를 보자 히스클리프가 '이 늙다리 개 같으니! 왜 내가 밖에 나가 있는데 문을 잠근 거야! 어서 와서 피나 씻어버려!'라고 소리쳤어. 그리고 그에게 수건을 던져주더니 나를 보고 '참, 너를 잊었군! 너도 엎드려서 피를 닦도록 해. 독사 같은 네년이 저놈과 짜고 나를 없애려 해? 네년에게는 걸레질이 제일 어울려!'라고 말했어. 그는 내 이가 부딪쳐 소리를 낼 정도로 나를 막 흔들어대더니 마룻바닥에 팽개쳤어. 그런데 얼마 후 언쇼 씨가 정신을 차렸어. 히스클리프가 아주 멀쩡한 목소리로 '당신 너무 취했었어. 그런 짓 한 건 눈감아줄 테니 어서 가서 주무시지'라고 말하더군. 그가 실신했을 동안 자기가 한 짓을 모르리라고 확신한 거지. 그러더니 히스클리프는 그 자리를 떠났어. 언쇼 씨는 난로 옆에 그대로 드러누웠고. 오늘 아침 나는 11시경에 아래로 내려왔어. 언쇼 씨는 불편한 몸으로 난로 옆에 앉아 있었고 그의 천적인 히스클리프도 그 못지않게 창백한 얼굴로 난로 벽에 기대앉아 있었어. 둘 다 아침 먹을 생각이 없는 것 같았지만 나는 식사를 안 할 이유가 없었지. 말이 없이 기죽어 있는 두 사람을 보자니 일종의 우월감을 느꼈어. 양심상 거리낄 것도 없었지. 나는 식사를 마친 후 언쇼 씨 옆에 무릎을 굽히고 앉았어. 언쇼 씨가 물을 좀 달라고 해서 나는 그에게 컵을 건네면서 좀 어떠냐고 물었지. 그가 '차라리 더 아팠으면 좋겠소. 어쨌든 팔을 제외하고는 온몸이 쑤시는 게 무슨 도깨비하고 싸운 것 같아요'라고 대답했어. 나는 눈을 들어 히스클리프를 바라보며 언쇼 씨에게 '당연하지요. 가슴과 어깨도 다쳤지요? 저 사람이 어제 밟고 차고 했으니까요'라고 말했어. 그러자 그는 나와 마찬가지로 고개를 들어 이글거리는 눈으로 우리 공동의 적을 바라보았어. 하지만 히스클리프는 제 나름의 고통에 빠져 주변의 아무것도 의식하지 못하는 것 같았어. 언쇼 씨가 큰 소리로 '오, 신이시여, 내 마지막 순간에 저놈의 목을 조를 힘을 주소서! 그럴 수만 있다면 내 기꺼이 지옥으로 가겠나이다'라고 외쳤어. 내가 큰 소리로 그의 말에 '아니에요! 저자가 당신 집안사람 한 명을 이미 죽였는데 당신까지 그렇게 되면 안 돼요. 히스클리프만 없었다면 당신 누이는 아직 살아 있으리라는 걸 스러시크로스 그레인지 사람들은 다 알아요. 그리고 보니 저자에게 사랑을 받는 것보다는 미움 받는 게 오히려 나은 셈이네요. 우리는 아직 살아 있으니'라고 대꾸했어. 그러자 놀라운 일이 벌어졌어. 히스클리프가 눈물을 줄줄 흘리면서 숨이 막히는 듯 한숨을 몰아쉬는 거야. 증오에 차서 비웃는 내 말이 진실처럼 들렸나봐. 나는 정말 신이 나서 그자를 정면으로 바라보며 한껏 비웃음을 흘렸어. 그가 내게 '당장 내 눈앞에서 꺼지지 못해!' 라고 소리를 질렀어. 나는 여전히 웃음 띤 얼굴로 빈정거리듯 '미안하지만 안 되겠네요. 나도 캐서린 언니를 사랑했거든. 언니를 사랑했으니 언니의 친오빠가 도움을 필요로 하는데 나 몰라라 할 수 없지. 언니는 죽었는데 언쇼 씨에게서 언니 모습이 보이거든. 당신이 이렇게 피멍만 들여놓지 않았어도 그의 눈은 언니 눈이랑 똑같았을 거야'라고 대답했어. 그러자 그가 드디어 폭발했어. 그가 한 걸음 내게 다가오며 '이 천치 같은 년아! 어서 일어나지 못해! 나한테 밟혀 죽기 전에!'라고 말했어. 나는 뒤로 한 걸음 물러나며 '흥, 캐서린 언니가 히스클리프라는 가증스러운 이름을 갖게 되었다면 언니도 나랑 똑같은 꼴이 됐을걸! 언니라면 당신의 그 난폭한 행동을 절대로 참지 않았을 거야! 당신을 증오하며 큰 소리로 대들었을걸!' 하고 악을 썼어. 그자와 나 사이를 언쇼 씨가 가로막고 있는 셈이었어. 그자는 더 이상 나에게 다가오지 못하자 탁자 위에 놓여 있던 나이프를 움켜쥐더니 내 머리를 향해 던졌어. 나이프가 내 귀 아래 박혔지. 나는 나이프를 빼내고는 문 쪽으로 달려가며 계속 악담을 퍼부었어. 그자에게 내 악담이 나이프보다 더 깊이 박히

제17장

187

길 간절히 바랐어. 내가 마지막으로 본 건 내게 맹렬히 달려드는 그자를 언쇼 씨가 막았고 둘이 한데 엉겨 바닥으로 쓰러지는 장면이었어. 그런 후 이곳으로 곧장 달려온 거야. 거기서 하룻밤을 지내느니 차라리 지옥에서 지내는 게 나아."

이사벨라 아가씨는 이야기를 마치고 차를 마셨어요. 그러고는 위로 올라가 에드거 주인님과 캐서린 마님의 초상화에 입을 맞춘 후 제게 작별 인사를 하고 밖으로 나갔어요. 제가 한 시간만 더 있다 가라고 해도 듣지 않았지요.

이제 좀 간략하게 줄여서 말씀드릴게요. 그렇게 도망가듯 쫓겨난 이사벨라 아가씨는 그 후로 두 번 다시 이곳으로 오지 않았어요. 저랑 가끔 편지를 주고받았을 뿐이에요. 아가씨는 런던에서 가까운 남쪽에 자리를 잡았던 것 같아요. 그런데 참, 세상일이란! 아가씨는 도피 생활 몇 달 만에 아들을 낳았어요. 그리고 아들 이름을 린턴이라 지었어요. 즉 린턴 히스클리프가 세상에 나온 거지요. 아가씨의 편지에 따르면 병치레가 잦고 투정을 잘 부리는 아이였대요.

저는 히스클리프에게 이사벨라 아가씨의 소식에 대해서는 함구했어요. 하지만 그는 하인들을 통해 그녀가 사는 곳도 알아냈고 아들을 낳았다는 소식도 들은 모양이에요. 그는 이사벨라 아가씨를 더 이상 괴롭히지 않았어요. 그가 갑자기 너그러운 마음씨에서 그런 게 아니라는 건 아시겠지요? 그는 그만큼 이사벨라 아가씨를 혐오했던 거예요.

하지만 그는 자기 아들에 대해서는 관심을 갖고 언젠가 꼭 데려오겠다고 제게 말하곤 했어요. 그런데 다행인지 불행인지, 그 언젠가가 되기 전에 이사벨라 아가씨가 세상을 떠나고 말았어요. 린턴 도련님이 열두 살 때였으니까 캐서린 마님이 죽고 13년이 흐른 뒤였지요. 그때부터 린턴 도련님은 아버지와 함께 살게 되었어요. 하지만 그건 조금 뒤의 이야기이지요.

이사벨라 아가씨 뒤를 쫓아가다 보니 너무 건너뛰었네요. 이야기를 조금 앞으로 되돌리겠어요.

제가 에드거 주인님께 이사벨라 아가씨의 이야기를 전한 건 며칠이 지난 뒤였어요. 주인님이 사람들을 멀리하는 바람에 이야기할 기회를 잡을 수 없었거든요.

동생 이야기를 들은 주인님의 반응을 보고 저는 놀랐어요. 너무 기뻐하는 표정이 역력했던 거예요. 주인님처럼 정이 깊은 분이 그런 반응을 보이다니 저는 의아했어요. 하지만 어찌 보면 당연한 반응이었어요. 주인님은 히스클리프를 그토록 증오했고, 동생이 그 사람 곁을 떠났다는 게 너무나 기뻤던 거예요.

제17장

189

캐서린 마님은 저세상으로, 이사벨라 아가씨는 만날 수 없는 곳으로 떠나자 주인님도 거의 은둔 생활에 들어갔어요. 치안판사 일도 때려치우고 교회에도 발길을 끊었어요. 읍내에 나가지 않은 건 물론이고요.

그런 주인님에게 유일한 위안은 딸 캐서린이었어요. 캐서린 아가씨는 옹알이와 걸음마를 시작하기도 전에 이미 주인님의 마음을 온통 사로잡은 독재자가 된 거지요. 나리는 딸 이름을 캐서린이라고 지었지만 언제나 딸을 캐시라고 불렀어요. 돌아가신 캐서린 마님을 단 한 번도 캐시라는 애칭으로 부르지 않은 건 바로 히스클리프가 마님을 그렇게 불렀기 때문이었지요.

주인님에게 딸 캐시는 아내 캐서린과는 다른 애정을 쏟을 상대임과 동시에 자기와 캐서린과의 연결 고리이기도 했어요. 그렇게 캐서린 마님을 향한 주인님의 사랑은 체념과 달콤함과 부드러움이 함께하는 것이었어요.

저는 가끔 비슷한 상황에 처해 있던 에드거 주인님와 힌들리 언쇼 나리가 어떻게 그렇게 다른 길을 걸을 수 있는지 궁금했어요. 둘 다 좋은 남편이었고 둘 다 자식을 사랑하는 것도 똑같았는데 말이에요. 좋은 길이건 나쁜 길이건 둘이 같은 길을 가지 않은 걸 이해할 수 없었어요. 곰곰이 생각해보니까, 겉으로는 강해 보이는 힌들리 나리가 에드거 나리보다 훨씬 못나고 나약한 인간이라는 생각이 들었어요. 그는 배가 좌초하자 그냥 절망에 빠져 배에 탄 사람들을 전혀 돌보지 않은 선장 같은 사람이었어요. 반면 에드거 린턴 주인님은 하나님에게 의지하며 소망을 키워나갔던 거지요. 주제넘은 설교 같은 걸 해드린 것 같아 죄송해요.

이제 힌들리 언쇼 나리의 마지막에 대해 말씀드려야겠네요. 사실 그의 죽음은 누구나 예상했던 것이지 급작스러운 게 아니었어요. 언쇼 나리는 동생 캐서린 마님이 세상을 떠난 지 여섯 달 만에 그 뒤를 따랐어요. 그가 고주망태가 된 상태로 죽었다는 걸 제게 알려준 것은 케네스 의사 선생님이었어요. 언쇼 나리는 저와 동갑이니까 스물일곱에 세상을 떠난 거지요.

하지만 그 소식을 듣고도 제 머리를 떠나지 않는 의문이 하나 있었어요. 정말 명이 다해 고이 세상을 떠난 걸까? 저는 진상을 알아보고 싶었어요. 저는 망설이는 에드거 주인님을 설득했어요. 언쇼 나리가 저랑 젖먹이 때부터 함께 컸으니 가서 돕는 게 도리다, 남은 자식 헤어턴 도련님은 주인님의 처조카니 주인님이 후견인이 되어야 한다, 라며 주인님을 설득했던 거지요. 주인님이 결국 저보고 그곳에 가서 장례 일을 도우라고 허락했어요. 저는 우선 읍내로 가서 언쇼 나리의 변호사를 만났어요. 남은 재산이 어느 정도인지 알고 싶었고 그걸 함께 가서 처리하자고 청하기 위해서였어요.

변호사가 고개를 가로저으며 말했어요.

"모든 걸 히스클리프 씨의 처분에 맡길 수밖에 없소. 헤어턴 도련님은 거지나 다름없소. 돌아가신 아버지의 전 재산이 저당 잡혀 있고 빚만 잔뜩 지고 있소. 채권자가 히스클리프 씨니 그가 관대하게 처분해주길 바라는 수밖에 없다오."

저는 혼자서 '폭풍의 언덕'으로 갈 수밖에 없었어요. 슬픔에 잠겨 있던 조셉은 제가 온 것을 기뻐했지만 히스클리프는 제가 도대체 왜 왔는지 모르겠다며 이렇게 말했어요.

"제대로 하자면 저 멍청이의 시체는 장례를 치러주면 안 돼. 그냥 사거리에 묻어야 해."

저는 그 말에 충격을 받았어요. 언쇼 나리가 자살했다는 뜻이었으니까요.

히스클리프가 계속 말했어요.

"어제 오후에 잠깐 저놈을 놔두고 자리를 뜬 사이에 일이 벌어진 거야. 내가 들어오지 못하게 문을 걸어 잠그고는 밤새 죽도록 술을 퍼마신 거야. 아침에 요란하게 코 고는 소리가 나서 문을 부수고 들어와보니 꼴사납게 소파에 널브러져 있더군! 케네스 씨를 불러오게 했지만 그가 왔을 때는 이미 고깃덩어리로 변한 뒤였어."

그는 조셉을 보고 말했어요.

"어때, 이 일에 대해 뭐 더 떠들어댈 거 있어?"

조셉이 주인 말에 마지못해 동의하면서 중얼거리는 소리를 제가 분명히 들었어요.

"의사 선생을 부르러 내가 직접 가지 않고…… 곁에서 돌볼걸. 내가 나갈 때만 해도 멀쩡했는데…… 하지만 이제 뭐 도리가 없지!"

저는 히스클리프에게 장례를 제대로 훌륭하게 치러야 한다고 주장했고 뜻밖에도 그가 그걸 받아들였어요. 사람들이 관을 집 밖으로 내갈 때 그가 흡족한 표정을 지었다는 이야기는 꼭 해드려야겠어요. 그는 관 뒤를 따라 나가기 전에 언쇼 나리의 아들인 헤어턴 도련님을 탁자 위에 올려놓고 말했어요.

"이놈아, 이제 너는 내 거다! 휘몰아치는 바람을 맞고 구부러지는지 아닌지 어디 두고 보자!"

저는 그의 말뜻을 금세 알아차릴 수 있었어요. 제가 냉랭하게 쏘아붙였어요.

제17장

193

"이 아이는 스러시크로스 그레인지로 데려가겠어. 이 아이는 절대로 당신 소유가 아니야."

법적으로 그가 헤어턴 도련님에게 아무런 친권이 없었기에 한 말이었지요. 고모부인 에드거 주인님이 멀쩡하게 살아 있는데 그가 그렇게 말할 권리는 없었거든요. 하지만 그는 순순히 물러나지 않았어요.

"에드거가 그렇게 말하던가? 지금 그 문제로 왈가왈부할 때가 아니야. 어쨌든 나도 아이를 하나 키워보고 싶단 말이야. 그러니까 네 주인에게 가서 잊지 말고 전해. 이 아이를 데려간다면 대신 내가 내 아이를 찾아오겠다고."

그의 말은 우리를 꼼짝 못 하게 만드는 데 효과가 있었어요. 사실 에드거 주인님도 헤어턴 도련님에게는 별 관심이 없었으니 일은 그대로 마무리될 수밖에 없었어요.

하숙인이던 히스클리프가 이제 어엿한 '폭풍의 언덕'의 주인이 되었어요. 변호사는 그 집의 소유권이 히스클리프에게 있다고 선언했어요. 언쇼 나리는 도박 빚으로 마지막 한 뙈기 땅까지 저당 잡혔던 것이고 히스클리프가 바로 채권자였지요.

이 지방에서 으뜸가는 신사로 자라야 마땅할 헤어턴 도련님은 이렇게 자기 아버지의 원수 손아귀에 사로잡혀 꼼짝 못 하는 신세로 전락했어요. 자기 집에서 하인 처지로 살아가게 된 거지요. 아니, 하인만도 못했어요. 임금을 한 푼도 받지 못하는 신세였으니까요. 주변에 돌봐주는 사람 하나 없었고 자기가 그런 부당한 대접을 받고 있다는 사실조차 몰랐으니, 도저히 헤어나기 어려운 나락에 빠진 거지요.

제18장

그런 불행한 일을 겪고 난 뒤 열두 해 동안이 제 삶에 있어 가장 행복한 기간이었답니다. '폭풍의 언덕'과 스러시크로스 그레인지 사이에는 마치 거대한 담이라도 쌓여 있는 듯 아무런 왕래도 없었어요. 그런 가운데 캐시 아가씨가 무럭무럭 자라는 모습을 보는 게 주인님에게도, 제게도 무엇보다 가장 행복한 일이었어요. 물론 잔병치레로 가끔 걱정거리를 주긴 했지만 아이를 기르다보면 다 겪는 일이잖아요.

캐시 아가씨는 정말 귀여웠어요. 언쇼 가문의 검고 아름다운 눈과 린턴 가문의 또렷한 이목구비, 하얀 피부를 그대로 물려받았거든요. 생기도 넘쳤고 섬세했으며 비둘기처럼 온순했어요. 어머니처럼 정열적인 사랑을 할 줄 알았지만 훨씬 더 차분해서, 화가 나더라도 날뛰지 않았고 누구를 사랑하더라도 격렬하지 않았어요. 다만, 좀 건방진 면이 있었고 삐딱하게 고집을 부리기도 했지만 응석받이로 자란 아이가 그럴 수 있는 정도였어요.

아가씨는 열세 살이 될 때까지 그레인지 농원 울타리 밖으로 나가본 적이 거의 없었어요. 물론 주인님 손을 잡고 농원 밖으로 1~2마일 정도 다녀올 때도 있었지만 극히 드문 일이었고요. 집을 제외하고 들어가본 곳이라고는 교회가 전부였답니다. 아가씨의 교육은 주인님이 전담했는데 총명한 아가씨는 아주 모범적이고 훌륭한 학생이었답니다.

하지만 저 멀리 깎아지른 페니스턴 절벽은 가끔 아가씨 눈길을 끌었고 어떻게 하면 거기 갈 수 있을지, 그 꼭대기에서 저 너머를 내려다보면 어떤 게 있을지 궁금해서 제게 물어볼 때도 있었어요. '폭풍의 언덕'은 그 절벽으로 가는 도중에 있었지요. 아가씨는 나이가 들수록 몹시 그곳에 가고 싶어했지만 에드거 주인님은 "아직은 아니란다"라며 딸을 달랬어요.

전에도 말씀드렸지만 이사벨라 아가씨는 10여 년 더 살다가 세상을 떠났답니다. 무슨 병으로 죽었는지는 모르겠지만 린턴 가문 사람들은 허약한 체질이었고 나중에 에드거 주인님도 비슷한 병으로 세상을 뜬 것 같아요.

혼자 넉 달 동안 앓아누웠던 이사벨라 아가씨는 자신의 종말을 예견하고 오빠에게 한 번만 와달라고 청했답니다. 오빠에게 마지막 인사도 하고 싶었고 린턴 도련님을 외삼촌인 오빠 손에 맡기고 싶어서였어요.

에드거 주인님은 지체 없이 아가씨에게 달려갔어요. 주인님은 캐시 아가씨를 제게 맡기면서 절대로 농원 밖으로 데리고 나가지 말라고 신신당부하더군요. 저는 아무 염려 마시라고 나리를 안심시켜드렸어요. 하지만 저는 결국 나리와의 약속을 지키지 못했어요. 혼자서는 절대로 농원 밖으로 나갈 엄두도 못 내리라고 캐시 아가씨를 너무 믿은 거지요.

주인님은 3주간 집을 비우셨어요. 아가씨는 생전 처음 아버지와 떨어져 지낸다는 데 상심해서 처음 2~3일은 얌전히 있었어요. 하지만 몇 날이 흐르자 아가씨는 심심해서 몸을 비틀며 짜증을 내기 시작했어요. 저는 아가씨에게만 하루 종일 붙어 있을 수 없어서 한 가지 방법을 생각해냈어요. 농원 안을 걷거나 조랑말을 타고 혼자 돌아다닐 수 있게 한 거지요. 아이는 그렇게 하루를 보내고 나면 신이 나서 그날 본 것, 느낀 것들을 제게 이야기해주었고 저는 인내심을 갖고 들어주었어요.

계절은 초여름으로 접어들고 있었어요. 아이는 혼자 농원 안을 돌아다니는 데 완전히 재미를 붙였어요. 아침 먹고 나간 후에 차 마시는 시간이 될 때까지 돌아오지 않는 날도 많아졌고, 그런 날은 온갖 상상의 나래를 펴서 꾸며낸 이야기들을 제게 더 많이 들려주곤 했어요. 저는 여전히 아가씨가 농원 밖으로 나가리라는 생각은 꿈에도 하지 않았고요.

그러던 어느 날이었어요. 아침 8시에 아가씨가 제게 오더니 말했어요. 자기가 오늘은 아라비아 상인이 되어 대상을 이끌고 아라비아사막을 건너겠다고 하는 거예요. 그러니 식량도 충분히 준비하고 자기가 타고 갈 말 한 필, 낙타 대용 사냥개 세 마리를 달라고 하는 거예요. 저는 오늘은 또 무슨 모험담을 듣게 되려나 생각하고 아무 생각 없이 요구하는 것을 다 마련해주었어요.

그런데 이 몹쓸 아가씨가 차 마실 시간이 되어도 나타나지 않는 거예요. 저는 허둥지둥 아가씨를 찾아 나섰어요. 농장을 아무리 뒤져보아도 아가씨와 함께 갔던 일행 중 포인터 개 한 마리만 나타났을 뿐 어떤 흔적도 보이지 않았어요. 저는 농원의 울타리를 수리하고 있던 일꾼을 만나자 아가씨를 보지 못했느냐고 물었어요.

일꾼이 대답했어요.

"아침에 봤습죠. 아가씨가 개암나무 가지를 꺾어달라고 하기에 꺾어줬더니 저쪽 낮은 울타리를 말을 타고 훌쩍 뛰어넘어 달려가더군요."

저는 정신이 하나도 없었어요. 그걸 보았다면 와서 이르지 않고 뭐 했냐며 일꾼을 야단친 후 저는 농장 밖으로 뛰어나갔어요. 분명 페니스턴 절벽 쪽으로 갔구나 싶더라고요.

저는 부리나케 걷고 또 걸어서 마침내 '폭풍의 언덕'이 보이는 곳에 도착했어요. 하지만 캐시 아가씨 모습은 어디에서도 볼 수 없었지요. 페니스턴 절벽은 '폭풍의 언덕'에서도 1마일 반은 더 가야 하는 거리에 있어서 도착하기도 전에 날이 저물면 어쩌나 걱정이 태산 같았어요. 게다가 아가씨가 절벽을 올라가다가 미끄러지기라고 했으면 어쩌나 하는 걱정에 한숨이 저절로 나왔어요.

그런데 제가 '폭풍의 언덕' 곁을 지날 때였어요. 낯익은 개한 마리가 창문 아래 앉아 있는 게 아니겠어요? 아가씨가 데리고 나갔던 개였어요. 저는 얼른 그 집으로 달려가 현관문을 마구 두드렸어요.

결론부터 말씀드리지요. 캐시 아가씨는 그 집에 있었던 거예요. 마침 히스클리프와 조셉은 외출 중이었고요. 안으로 들어가니 아가씨는 벽난로 앞에 앉아 신나게 이야기를 떠들고 있었어요. 누구와 이야기를 하고 있었냐고요? 헤어턴 도련님이었어요. 물론 신나게 떠드는 건 아가씨였고 헤어턴 도련님은 알아듣는 건지 아닌지 멍청하게 앉아 있었을 뿐이었지요.

헤어턴 도련님을 자세히 보니 아버지보다 자질이 훨씬 뛰어나다는 것을 금세 알 수 있었어요. 비유하자면 잡초들이 너무 무성해서 좋은 곡식이 자라고 있지는 못하지만 헤어턴 도련님 본바탕이 좋은 밭이라는 건 틀림없었어요. 히스클리프는 헤어턴 도련님을 육체적으로 학대하지는 않은 것 같았어요. 원래 겁이 없는 성격이니 그런 걸로 아이를 괴롭힐 수 없다는 걸 알았던 거지요. 헤어턴 도련님이 소심하고 겁 많은 성격이었다면 히스클리프는 그 애를 육체적으로 학대하고 괴롭히면서 쾌감을 느꼈을 거예요.

대신 히스클리프는 자기의 악마성을 온통 발휘해서 그 아이를 짐승처럼 만들려 했답니다. 어떻게 했느냐고요? 글 읽기와 쓰기를 가르치지 않은 건 물론이고, 자기에게 거스르지 않는 한에서는 아무리 나쁜 짓을 해도 절대로 야단치지 않았답니다. 어느 것이 옳은 것이고 어느 것이 그른 것인지 아무런 가르침

제18장

도 주지 않은 거지요.

그 애를 망치는 데는 조셉도 일조를 했어요. 헤어턴 도련님이 유서 깊은 가문의 장손이라며 어렸을 때부터 너무 귀여워하며 오냐오냐 대했던 거지요. 그리고 헤어턴 도련님이 무언가 잘못하면 그것을 모두 히스클리프의 탓으로 돌리고 애는 감싸기만 했어요. 아무리 욕을 하거나 못된 짓을 해도 혀만 끌끌 찰 뿐 연민의 정으로 그 애를 대한 거지요. 그러니 그 애는 점점 더 본바탕과는 먼 아이가 되어버린 거예요. 물론 헤어턴 도련님에 대한 그런 이야기들은 나중에 들어서 알게 되었어요. 제가 그 애를 처음 보았을 때 첫인상은 그리 나쁘지 않았답니다.

그런데 그날 캐시 아가씨는 그 집 하녀에게 꼭 그 집의 하인 같은 헤어턴이 자기 외삼촌 아들이며 자기랑 사촌 간이라는 놀라운 이야기를 들은 거예요. 아가씨는 믿고 싶지 않았어요. 하지만 믿고 싶지 않은 사실일수록 가슴에 깊이 새겨지게 마련인가봐요.

집으로 돌아오면서도, 돌아온 후에도 캐시 아가씨는 그날 있었던 일을 자세히 이야기해주지 않았어요. 겨우 들은 이야기라야, 저의 예상대로 페니스턴 절벽까지 가려 했었다는 것, 그 집 대문 앞을 지날 때 마침 헤어턴이 문밖으로 나왔고 그가 데리고 나온 개들이 자기 일행을 공격했다는 것, 서로 개들 싸움을 말리다 가까워졌고, 헤어턴이 자기를 동행해서 절벽까지 안내해주고 그곳의 신기한 동굴들을 보여주었다는 것이 전부였어요.

저는 캐시 아가씨에게 이번 일을 아버지에게 말씀드리면 무척 상심하실 것이며, 제게 화가 나서 저를 쫓아내실지도 모른다고 말했어요. 그러자 아가씨는 비밀로 하겠다고 제게 약속하고 그 약속을 지켰어요.

제18장

제19장

　　이사벨라 아가씨가 세상을 떠나고 얼마 후 린턴 히스클리프 도련님을 데리고 주인님이 돌아오셨어요. 캐시 아가씨는 아버지 지시로 검은 상복을 입었지만 한번도 얼굴을 본 적이 없는 고모가 돌아가셨다고 슬퍼할 이유가 없었어요. 대신 자기보다 여섯 달 어린 사촌 동생을 만나게 된다는 사실에 들떠 있었어요.

　　린턴 도련님은 얼굴이 창백한데다 가냘픈 것이 마치 여자아이 같았어요. 아버지 얼굴은 하나도 닮은 데가 없이 이사벨라 아가씨의 모습만 고스란히 간직하고 있었어요. 에드거 주인님의 막냇동생이라고 해도 될 만큼 닮은 얼굴이었지만 병약한데다 심술이 그대로 드러나 있는 건 주인님의 온순하고 인자한 성품과는 완전히 달랐어요.

린턴 도련님은 우리와 잠시 함께 있었지만 정말 까다로운 아이였어요. 테이블 앞 의자에 앉히면 의자에는 못 앉는다며 징징거려서 소파에 앉혀주어야 했고, 툭하면 눈물을 보이기 일쑤였어요. 에드거 주인님이 이런 응석받이를 데려오느라 도중에 얼마나 고생을 하셨을지 안 봐도 뻔했어요.

그런 린턴 도련님을 가장 잘 달래준 건 바로 캐시 아가씨였어요. 사촌 동생을 만나면 귀여워해주겠다고 단단히 마음을 먹고 있었던 거예요. 아가씨는 린턴 도련님의 머리를 쓰다듬어주고 볼에 뽀뽀를 해주는가 하면 마치 어린아이 다루듯 차 접시에 차를 따라 마시게 하기도 했어요. 사실 린턴 도련님은 어린아이와 다름없었지요. 아가씨 덕분에 린턴 도련님은 겨우 눈물을 그치고 얼굴에 미소를 보이기 시작했어요.

에드거 주인님은 은근히 조카를 캐시 아가씨와 함께 키우고 싶었던 모양이에요. 둘이 함께 노는 모습을 보며 흐뭇한 표정을 지었고 제게 그런 뜻을 내비쳤으니까요. 하지만 그건 너무 순진한 주인님의 뜻이었을 뿐이에요. 저는 주인님의 말씀을 들으며 '저렇게 약한 아이가 '폭풍의 언덕'에서 어떻게 견뎌낼 수 있을까? 저 아이가 그 사나운 아버지와 헤어턴 도련님 사이에서 어떻게 살아갈까?'라는 생각만 했어요.

그날 조셉이 스러시크로스 그레인지에 왔어요. 히스클리프 씨가 엄명을 내렸다며 당장 린턴 도련님을 데려가겠다는 거였어요. 에드거 주인님은 당장 데려가겠다고 바득바득 우기는 조셉에게 다음 날 제 손을 통해 데려다주겠다며 호통과 함께 돌려보냈어요.

다음 날 저는 린턴 도련님을 '폭풍의 언덕'으로 데리고 갔어요. 어디로 가느냐고 묻는 린턴 도련님에게 이제부터 아버지와 함께 살게 될 것이라고 하자 아이의 눈이 휘둥그레졌어요. 어머니에게서 아버지 이야기는 단 한번도 들어본 적이 없었던 거지요. 아이는 '폭풍의 언덕'도 그레인지 농원만큼 살기 좋냐, 자기 아버지는 어떤 사람이냐 꼬치꼬치 캐물었지만 저는 대충 얼버무리면서 아이를 안심시켰어요.

우리가 '폭풍의 언덕'에 도착했을 때는 6시 반이었어요. 식구들이 막 아침 식사를 끝냈을 때였지요. 하녀가 식탁을 치운 후 행주질을 하고 조셉은 주인 곁에 서 있었으며 헤어턴 도련님은 목초밭으로 나갈 채비를 하고 있었어요.

제 모습을 본 히스클리프가 소리를 치더군요.

"아니, 넬리 아니야! 내가 직접 내 재산을 찾으러 가야 하나 생각 중이었는데, 마침 넬리가 직접 데려왔군. 어디 쓸 만한가 좀 볼까?"

그가 의자에서 일어나 문 앞으로 걸어오자 조셉과 헤어턴 도련님도 따라왔어요. 아이는 겁먹은 눈으로 세 사람을 쳐다보았어요. 아이를 유심히 바라보던 조셉이 한마디했어요.

"뭐야! 애를 바꿔치기 한 거 아냐? 나리, 저 애는 그 집 딸내미 아닌가요?"

히스클리프는 아이를 빤히 쳐다보더니 웃음을 터뜨리면서 말했어요. 어찌나 경멸적인 눈초리였는지 아이가 부들부들 떨더군요.

"맙소사, 정말 예쁘게 생겼구먼! 정말 귀여워! 넬리, 달팽이하고 탈지분유만 먹여 키운 거야? 내가 생각했던 것보다 훨씬 시원찮잖아! 하기야 기대도 하지 않았지만."

아이가 겁을 내며 내게 달라붙자 히스클리프가 자리에 앉아 아이에게 "이리 와봐라"라고 말했어요. 아이는 제 어깨에 얼굴을 파묻고 울기 시작했어요. 그러자 히스클리프가 거칠게 아이를 끌어당겨 자기 무릎 사이에 세운 다음, 아이의 턱을 들어 올리며 말했어요.

"이놈, 제 어미를 쏙 빼닮았구나. 내가 누군지 아냐? 내 얘기

들어본 적 없어?"

아이가 겁먹은 눈으로 고개를 가로젓자 그가 다시 말했어요.

"없어? 자식한테 애비 이야기도 안 해주다니, 참 잘도 키웠군. 잘 들어라. 너는 내 아들이다. 네 어미는 아주 몹쓸 년이다. 자, 그렇게 겁먹지 마라. 착하게 굴면 잘해줄 테니."

그가 저에게 이제 그만 가보라고 하자 제가 한마디했어요.

"가볼게. 대신 아이에게 잘해줘. 그러다가는 오래 함께 지내지도 못하게 될걸. 이 세상에 단 하나뿐인 당신 혈육이잖아."

아이가 너무 병약해 보여서 해준 말이었죠.

그가 웃으면서 대답했어요.

"잘해주지, 암 잘해주고말고. 자, 어떻게 잘해주는지 보여주지. 이봐, 조셉! 이 아이에게 아침 좀 갖다줘. 헤어턴, 이 육시랄 놈아, 너는 일이나 하러 가!"

조셉과 헤어턴 도련님이 나가자 그가 제게 말했어요.

"넬리, 이놈은 그레인지의 미래 상속자야. 이놈이 확실한 후계자가 되는 걸 보기 전까지는 이놈이 죽지 않게 돌봐줄 거야. 게다가 이놈은 내 거야. 내 후손들이 그들 재산을 차지하고 의기양양하게 주인 노릇하게 만들 거야. 내 후손들이 린턴가 후손들을 일꾼으로 부리게 할 거야. 이렇게 시원찮은 놈을 떠맡는 것은 오로지 그런 보상을 받기 위해서야. 나는 이놈을 신사로 키울 거야. 그 어떤 놈에 대해서도 우월감을 갖게 할 거야. 헤어턴은 이놈이 시키는 대로 하게 만들 거야. 이미 모든 준비가 완벽하게 끝났어. 다만 이렇게 낑낑거릴 줄만 아는 싹수 노란 놈이라는 게 섭섭할 뿐이야."

저는 '히스클리프의 이기심 덕분에 아이가 편안하게 지낼 수 있겠구나, 아이가 몸이 약하고 겁이 많으니 잘해줘야 한다는 걸 잘 알겠지'라고 생각하며 '폭풍의 언덕'을 나섰어요. 제가 문을 닫고 나오려는 순간 린턴 도련님이 미친 듯 울부짖는 소리가 등 뒤에서 들렸어요.

"가지 마! 나 여기 있기 싫어! 여기 있기 싫단 말이야!"

이어서 누군가 빗장을 거는 소리가 들렸어요. 그것으로써 저의 짧은 보호자 역할은 끝난 거지요.

제19장

세월은 흘러 캐시 아가씨가 어느덧 열여섯 살이 되었습니다. 그사이 기머턴에서 마주친 하녀들을 통해 린턴 도련님의 소식을 가끔 듣곤 했지요. 린턴 도련님은 여전히 응석받이에 이기적인 성격이라서 히스클리프가 점점 더 아들을 싫어한다는 소식이었어요. 아들의 목소리만 들려도 질색을 하고 잠시라도 아들과 한방에 함께 있는 걸 못 견뎌한다는 것이었어요.

　　가끔 헤어턴 도련님이 린턴 도련님과 놀아주기도 했지만 언제나 한쪽은 욕을 하고 한쪽은 엉엉 우는 걸로 끝이 난다는 이야기도 들었지요. 헤어턴 도련님의 천성이 못되지 않았다는 것을 알고 있던 하녀는 그 모든 것이 린턴 도련님 때문이었다고 제게 말하곤 했어요. 심지어 이런 소리도 했어요.

"주인님도 그걸 알아요. 도련님이 자기 아들만 아니라면 헤어턴이 도련님을 죽도록 패도 그냥 재미있어할 거예요."

저는 그런 이야기를 들으면서 린턴 도련님이 정을 나눌 사람 하나 없는 환경에서 자라면서 점점 더 이기적이 되어가고 남들과 어울리지 못하는 사람이 되어가고 있구나, 생각했어요. 히스클리프는 아들이 그렇게 되는 걸 방치하고 있었고요. 아니에요. 그가 아이를 그렇게 만든 장본인이지요. 히스클리프에게 린턴 도련님은 자기 아들이라기보다는 혐오하는 이사벨라의 아들이었던 거예요. 생김새도 린턴 집안사람들을 연상시켰고요.

저는 그런 이야기를 들을 때마다 린턴 도련님의 운명이 안쓰러웠고, 우리와 함께였으면 좋았을 것이라는 생각을 하곤 했지요. 하지만 더 솔직하게 말한다면 린턴 도련님에 대한 관심은 점차 사라져갔다고 하는 게 옳을 거예요.

캐시 아가씨의 생일은 돌아가신 캐서린 마님의 기일이기도 했지요. 그래서 아가씨는 생일다운 생일을 맞은 적이 별로 없었어요. 그날이 되면 주인님은 온종일 서재에 처박혀 있었어요. 그리고 날이 어둑해질 때쯤 해서 기머턴 교회 공동묘지에 다녀오셨지요. 대개 자정이 넘어서야 돌아왔고 아가씨는 혼자 놀거리를 찾아야만 했어요.

아가씨가 열여섯 번째 생일을 맞던 날도 마찬가지였어요. 그해 3월 20일은 따뜻한 봄날이었어요. 주인님이 서재로 들어간 뒤 캐시는 외출복을 입고 내려왔어요. 아버지에게 저와 함께 벌판 끝까지 산책해도 좋다는 허락을 받았다는 거예요. 그러면서 그녀가 제게 말했어요.

"서둘러, 유모! 정말 가보고 싶은 데가 있어. 뇌조(雷鳥) 떼가 내려와 앉은 데야. 벌써 둥지를 틀었는지 빨리 보고 싶어."

저는 모자를 쓰고 집을 나섰어요. 따스한 햇살을 받으며, 제 앞으로 뛰어갔다 다시 제 곁으로 뛰어왔는가 하면 다시 앞으로 뛰어나가는 아가씨 모습을 보고 있는 건 정말 즐거웠어요. 황금빛 머리카락을 찰랑거리며 깡충깡충 뛰어다니는 아가씨의 두 뺨은 장미꽃처럼 밝고 부드럽게 빛났으며 두 눈은 티 없는 행복으로 반짝였어요. 그때 아가씨는 정말 아무 걱정거리 없는 천사였어요. 다만 자신이 누리고 있는 그 행복만으로는 만족하지 않았던 것이 참으로 딱한 일이었지요.

한참 뛰어가다 보니 저는 그만 지쳐버렸어요. 제가 앞서가는 아가씨에게 소리를 질렀어요.

"새 둥지가 어디 있다는 거예요? 너무 멀리 왔어요. 이제 되

돌아가야 해요."

하지만 캐시 아가씨는 제 고함을 듣는 둥 마는 둥 계속 달려
갔고 저도 할 수 없이 따라가야만 했어요. 결국 그녀는 제 시야
에서 사라졌어요.

제가 다시 아가씨 모습을 발견했을 때 아가씨는 이미 그레인
지보다는 '폭풍의 언덕'이 훨씬 가까운 곳까지 간 뒤였어요. 저
는 아가씨를 발견하고 깜짝 놀랐어요. 두 명의 사내가 아가씨
를 붙잡고 있었던 거예요. 멀리서 보아도 한 사람은 분명 히스
클리프였어요. 그곳은 히스클리프 소유 농지였으니 무단 침입
해서 새 알을 훔치려던 죄로 잡힌 게 분명했어요.

제가 그들이 있는 곳으로 겨우 기어올라갔을 때 캐시 아가씨
는 양손을 펼쳐 보이며 항변하고 있었어요.

"보세요. 아직 둥지도 찾지 못했고 아무것도 가져간 게 없어
요. 가져가려 한 것도 아니었다니까요. 아빠가 여기 뇌조 알이
많다고 하셔서 구경하러 온 거예요."

히스클리프는 음흉한 미소를 띠고 저를 바라보더니 캐시 아
가씨에게 아빠가 누구냐고 물었어요. 아가씨가 대답했어요.

"그레인지 농장의 린턴 씨예요. 내가 누구인지 몰랐지요? 알
았다면 이런 식으로는 대하지 않았겠지요."

히스클리프가 냉소적인 목소리로 말했어요.

"제 아버지가 대단한 사람인 줄 아는 모양이지. 존경이라도 받는 줄 알고 있군."

그러자 캐시 아가씨가 호기심에 가득 찬 목소리로 물었어요.

"아저씨는 누구예요? 그리고 이 사람은 누구예요? 아저씨 아들이에요?"

히스클리프와 함께 있던 사내는 헤어턴 도련님이었어요. 지난 2년 동안 몸집도 커지고 어른스러워졌으니 캐시 아가씨가 못 알아본 건 당연했어요. 하지만 촌스럽고 교양이 없어 보이는 건 마찬가지였어요.

히스클리프가 갑자기 상냥한 목소리로 대답했어요.

"아니, 내 아들이 아니야. 내 아들은 집에 있단다. 너도 전에 본 적이 있을걸. 어때, 우리 집에 한번 들어가보지 않을래? 아주 반가워할걸."

저는 펄쩍 뛰며 캐시 아가씨에게 말했어요.

"안 돼요. 주인님께 한 시간 허락을 받았는데 벌써 세 시간이 지났어요."

캐시 아가씨가 말했어요.

"유모, 잠깐 들렀다 가자. 너무 피곤해서 가까운 데서 좀 쉬어야겠어. 게다가 저 아저씨 말이 자기 아들을 내가 본 적이 있다고 하잖아. 난 그 집이 어딘 줄도 알겠어. 전에 갔던 그 집일 거야.”

그러더니 아가씨는 제 말도 듣지 않고 바람처럼 ‘폭풍의 언덕’ 쪽을 향해 달려갔어요.

히스클리프가 헤어턴 도련님에게 빨리 따라가서 안내하라고 말했고 그는 어슬렁거리며 그 뒤를 따라갔어요.

제가 히스클리프에게 이게 무슨 짓이냐고 묻자 그가 대답했어요.

“뭐가 어떻다고 그래? 저 아이에게 린턴을 좀 보여주려는 데…… 요즘은 그런대로 봐줄 만하니까.”

“뭐예요? 당신 도대체 속셈이 뭐예요?”

제 말을 듣고 그가 말했어요. 음흉한 속셈을 다 드러내놓은 거지요.

“내 속셈? 뻔한 거 아냐? 다 말해줄 테니 잘 들어. 둘이 서로 반해서 결혼하게 하는 거지. 내가 네 주인에게 아량을 베푸는 거야. 저 계집애에게는 유산이 없잖아. 하지만 내 계획대로 되기만 하면 내 뒤를 이어 내 아들과 상속권을 공유하게 될 거고 그러면 재산을 갖게 되는 거잖아.”

제20장

215

제가 히스클리프의 말에 반박했어요.

"당신 아들은 오래 살 것 같지도 않아. 린턴 도련님이 죽으면 캐시 아가씨가 상속자가 될걸."

그가 목에 힘을 주며 말했어요.

"그렇지 않아. 내가 다 확인했어. 유언장에는 그런 내용이 없어. 그곳 재산은 모두 내 앞으로 오게 되어 있어. 나는 내가 죽은 후의 분쟁을 막기 위해 둘을 결혼시키려는 거야. 내 결심은 확고해."

저는 캐시 아가씨가 다시는 그 집 문전에 얼씬거리지도 못하게 하겠다고 그에게 대꾸했고 그는 입 닥치라며 제게 으르렁거렸어요.

집 안으로 들어가니 린턴 도련님이 벽난로 옆에 서 있었어요. 아마 방금 들판을 산책하고 돌아온 것 같았어요. 아직 채 열여섯 살이 되지 않은 것에 비하면 꽤 키가 컸어요. 얼굴 생김새는 여전히 귀여웠고요.

히스클리프가 아가씨에게 말했어요.

"자, 저게 누굴까? 알아보겠니?"

아가씨는 둘을 번갈아 보면서 말했어요.

"아저씨 아들?"

그러자 그가 다시 말했어요.

"그래, 맞아. 그런데 저 애를 처음 보는 거야? 네 사촌 린턴, 기억나니? 네가 그렇게 보고 싶다고 했다던데."

그 이름을 듣자 캐시 아가씨가 얼굴을 밝히며 소리쳤어요.

"어머, 린턴! 그 꼬마 린턴? 나보다 키가 더 크네! 너 정말 린턴 맞아?"

린턴 도련님이 캐시 아가씨에게 다가오며 그렇다고 말했어요. 둘은 서로 포옹을 했지요. 둘 다 상대방의 변한 모습에 놀라는 것 같았어요.

잠시 후 캐시 아가씨는 히스클리프에게 다가가 말했어요.

"그렇다면 아저씨는 제 고모부네요. 고모부는 처음에 저를 딱딱하게 대하셨지만 저는 처음부터 고모부가 좋았던 것 같아요. 왜 린턴이랑 저희 집에 놀러 오지 않으신 거예요? 이렇게 가까이 살면서 그렇게 오랫동안 한 번도 안 오시다니 정말 이상해요."

"네가 태어나기 전에는 너무 자주 갔었지. 이런, 내게 입맞춤을 하려거든 린턴에게 해! 내게 낭비할 필요 없어."

캐시 아가씨는 너무 즐거워서 계속 좋알댔어요. 이번에는 제가 그 상대였지요.

제20장

217

"유모, 너무 못됐어. 여기에 들어오지 못하게 하다니! 앞으로는 매일 여기까지 산책할 거야. 가끔 아빠랑 함께 와야지. 고모부, 그래도 괜찮겠죠?"

그는 눈에 띌락 말락 얼굴을 찡그리며 대답했습니다.

"물론이지. 하지만 그 전에 네게 해줄 이야기가 있어. 네 아버지는 내게 편견이 있어. 예전에 우리는 한동안 심하게 싸운 적이 있단다. 만일 네가 여기 왔었다고 아버지께 이야기하면 네 아버지는 너를 두 번 다시 여기 못 오게 할 거야. 네가 언제라도 여기에 오는 건 좋아. 하지만 그러려면 아버지께 여기 왔다고 말하면 안 돼."

캐시 아가씨가 풀이 죽어서 물었어요.

"왜 싸우신 거지요?"

"네 고모와 결혼하기에는 내가 너무 가난하다고 생각한 거야. 우리가 결혼하자 화가 난 거고, 자존심이 상해서 우리를 용서해주지 않은 거란다."

"그건 옳지 않아요. 기회를 봐서 제가 아빠께 말씀드릴 거예요. 암튼 두 분 사이 싸움은 저나 린턴하고는 아무 상관없는 일이잖아요. 제가 여기 오는 대신 린턴이 우리 집으로 오는 게 더 좋지 않아요?"

린턴이 말했어요.

"거긴 너무 멀어서 난 못 가. 4마일이나 걸으면 난 죽어버릴 거야. 캐서린, 네가 가끔 이리로 와줘. 매일은 말고 일주일에 한두 번쯤."

그러자 히스클리프가 제게 낮은 목소리로 속삭였어요.

"이거 잘못하면 말짱 헛수고가 되겠는걸. 저 병신 같은 놈 말하는 것 좀 봐! 캐서린이 저놈 못난 걸 다 알아보고 상대도 하지 않겠어. 저놈이 헤어턴이라면 얼마나 좋겠어. 놈이 꼬락서니는 그 모양이지만 그래도 사내답단 말이야. 놈이 힌들리 자식만 아니었어도 내가 좋아했을 거야. 아니, 저놈 하는 짓 좀 보게. 캐서린은 보지도 않은 채 자기 젖은 양말이나 말리고 있으니! 야, 린턴!"

"네, 아버지."

"모처럼 네 사촌이 왔는데 이 안에 죽치고 있을 거야? 여기저기 돌면서 구경 좀 시켜줘."

린턴 도련님이 캐시 아가씨에게 물었어요.

"안에 있는 게 좋지 않아?"

나가고 싶지 않다는 뜻이 역력했어요. 하지만 캐시 아가씨는 나가고 싶다는 눈초리로 문가를 보면서 "글쎄"라고 대답했어요. 그러자 히스클리프가 답답하다는 듯 밖으로 나갔어요. 헤어턴 도련님을 부르러 간 거지요. 곧 두 사람이 방으로 들어섰고 히스클리프가 헤어턴 도련님에게 말했어요.

"자, 네가 아가씨에게 농장을 안내해줘라."

캐시 아가씨는 헤어턴 도련님을 보자, 전에 하녀에게 들었던 말이 문득 생각나서 히스클리프에게 물었어요. 그때나 지금이나 그가 사촌이란 사실을 부인하고 싶었던 거지요.

"고모부, 저 사람 전에도 본 적이 있어요. 그런데 저 사람 제 사촌이 아니지요, 그렇지요?"

"네 사촌이 맞아. 네 엄마 조카니까. 왜, 쟤가 싫어? 잘생겼는데……."

캐시 아가씨는 싫다는 듯 얼굴을 찡그렸지만 결국 둘이 함께 밖으로 나갔어요. 창가에 서서 그들을 바라보며 히스클리프가 제게 말했어요.

"내가 기대했던 대로야. 놈은 바보가 아니야. 놈이 바보였다면 난 이렇게 즐겁지 않았을 거야. 나는 녀석이 뭘 괴로워하는지 훤히 알 수 있어. 내가 전에 다 겪은 거니까. 하지만 이건 시작에 불과해. 녀석은 더 괴로워해야 해. 절대로 천박함과 무식함의 수렁에서 빠져나오지 못하게 할 거야. 저 녀석 바탕은 금덩이처럼 좋지만 평생 길바닥에 깔려서 사람들이 눈여겨보지도 않게 만들어줄 거야. 그에 비해 내 아들놈은 정말 변변치 않아. 하지만 그런 녀석이 가볼 수 있는 데까지는 가게 할 거야. 양철 조각을 갈고닦아서 은처럼 만들어보려는 거지. 정말 헤어턴 녀석은 자질이 좋아. 하지만 내 덕분에 녀석은 무용지물이 되어버렸어. 그런데 재미있는 건 녀석이 나를 아주 좋아한다는 거야. 제 애비가 자기 자식을 학대한다고 무덤에서 나와 내게 덤벼들어도 아마 내 편을 들걸."

그때 린턴 도련님이 초조하게 창문을 바라보며 모자를 꼼지락거리는 게 보였어요. 캐시 아가씨와 함께 밖에 나가지 않은 걸 후회하고 있었던 거지요. 그 모습을 본 히스클리프가 "이 못난 놈아, 저기 아직 멀리 가지 않았으니 얼른 나가봐!"라고 소리쳤고 린턴 도련님은 밖으로 나갔어요.

그들이 아직 집 옆 모퉁이에 있었기에 저는 그들이 나누는 대화를 엿들을 수 있었어요. 린턴 도련님이 문 위에 있는 글자를 가리키며 "헤어턴은 글을 못 읽는 게으름뱅이에 바보!"라고 놀리는 소리가 들렸고, 헤어턴 도련님이 사투리로 "책 쪼가리 읽어서 뭐 하노!"라고 린턴 도련님에게 으르렁거리는 소리를 들을 수 있었어요. 캐시 아가씨는 뭐가 재미있는지 깔깔거렸고요. 린턴 도련님이 헤어턴 도련님의 약점을 들춰내며 그를 비웃고 있는 걸 캐시 아가씨가 맞장구치고 있었던 거지요. 저는 린턴 도련님에게 그런 고약한 면이 있는 것을 처음 발견하고 그의 아버지가 왜 그를 그렇게 천박하게 대하는지 이해할 수 있었어요.

그날 우리는 오후까지 그곳에 머물다가 돌아왔어요. 캐시 아가씨가 도무지 일어날 생각을 하지 않았기 때문이에요. 다행히 에드거 주인님은 방에서 꼼짝도 하지 않았기에 우리가 이렇게 늦게 집으로 돌아온 것을 모르고 계셨어요.

돌아오는 길에 저는 그 집 사람들이 어떤 사람들인지 아가씨에게 알려주려고 애썼습니다. 하지만 몇 마디 제 말이 끝나기도 전에 아가씨가 반박하는 바람에 아가씨 생각을 바로잡아주려는 노력을 포기해야만 했어요.

아가씨가 이렇게 말하더군요.

"아, 알겠어. 유모는 아버지 편이지? 그래서 편견이 있는 거야. 그렇지 않다면 린턴이 가까이 살고 있다는 사실을 어떻게 그렇게 오래 속일 수 있었겠어? 유모, 나 아까 정말 화가 많이 났었어. 하지만 오늘 너무 즐겁고 기뻐서 참는 거야. 그리고 고모부에 대해서 그렇게 험담하지 마. 그분이 내 고모부라는 걸 잊었어? 아빠도, 참! 고모부랑 그렇게 싸우시다니! 내가 혼내 드릴 거야!"

우리가 '폭풍의 언덕'에 다녀온 것이 주인님께 들통난 것은 다음 날 아침이었어요. 그날 밤에는 주인님을 만나지 못했기 때문이에요. 사실 들통이 났다기보다는 아가씨가 먼저 아버지에게 이야기를 꺼낸 거였어요. 거의 아버지에게 따지는 것 같은 말투였지요.

아침 문안 인사를 드린 후 아가씨가 아버지께 이야기를 꺼냈어요.

"아빠, 어제 들판에 산책하러 나갔다가 누구를 만났는지 아세요? 아빠, 깜짝 놀라시네요. 찔리는 게 있으신가봐요. 제가 다 알아냈어요. 유모랑 아버지랑 짜고 린턴을 못 만나게 하신 거지요? 그러면서 내가 린턴이 왜 우리 집에 오지 않는지 속상해할 때 나를 위로하는 척하시다니."

캐시 아가씨는 어제 벌어진 일을 모두 다 이야기했어요. 주인님은 가끔 힐난의 눈빛을 제게 던지실 뿐 아무 말도 없으셨어요.

아가씨의 이야기가 끝나자 주인님이 조용히 말씀하셨어요.

"얘야, 린턴이 가까운 데 사는 걸 내가 왜 숨겼는지 아느냐?

내가 무턱대고 너를 속상하게 한 것 같으냐?"

아가씨가 단박에 말을 받았어요.

"그야 아버지가 고모부를 싫어해서 그런 거잖아요."

주인님이 여전히 조용한 목소리로 말씀하셨어요.

"캐시, 나는 네 감정보다 내 감정을 소중히 여기는 사람이 아니란다. 내가 히스클리프를 싫어해서 그런 게 아냐. 그 사람이 나를 싫어해서 그랬던 거지. 그는 자기가 싫어하는 사람이라면 누구든 해를 끼치고 망치는 걸 좋아하는 나쁜 사람이야. 네가 린턴과 가까이하면 분명 그를 만나게 될 거고, 나를 싫어하는 만큼 너도 싫어할 게 분명해서 린턴을 만나지 못하게 했던 거야. 네가 좀 더 큰 다음에 이야기해주려고 했는데 이제 어쩔 수 없구나."

그러자 캐시 아가씨가 원망 투로 말했어요.

"아빠, 고모부는 제게 아주 친절하시던데요. 그리고 저보고 언제고 놀러 오라고 하셨어요. 고모부는 저와 린턴이 친하게 지내기를 바라는데 아빠가 그걸 막는 거잖아요."

주인님은 한숨을 내쉬더니 히스클리프가 고모에게 어떤 짓을 했는지, 어떻게 해서 '폭풍의 언덕'의 주인이 되었는지 차분하게 다 이야기를 해주셨어요. 정말 입에 꺼내기 힘든 이야기를 억지로 하신 거지요.

아가씨의 충격은 이루 말로 다할 수 없을 정도였어요. 자기가 이제까지 알고 있던 나쁜 일이라야 아버지에게 가끔 반항했던 일, 급한 성격 때문에 저지른 사소한 잘못들뿐이었고 그것도 금방 후회하곤 했어요. 그런데 그렇게 긴 세월 복수 계획을 세운 다음 그것을 속에 감추고 산다는 것, 그 계획을 차근차근 실행에 옮기면서 양심의 가책을 조금도 느끼지 않은 사람이 있을 수 있다는 건 아가씨로서는 상상할 수도 없는 일이었어요.

딸이 너무 놀란 표정을 짓자 주인님은 더 이상 길게 이야기할 필요가 없겠다고 생각하고 조용히 덧붙이셨어요.

"캐시, 이제 내가 왜 그 집 사람들과 가까이하지 못하게 했는지 알겠지? 자, 이제 가서 평소처럼 즐겁게 지내려무나. 그 집 사람들 생각은 그만하고."

그날 아가씨는 평소와 다름없는 하루를 보냈어요. 그런데 캐시 아가씨가 잠잘 시간이 되어서 옷을 갈아입히려 아가씨 방으로 들어가보니, 아가씨가 침대 옆에 무릎을 꿇은 채 울고 있었습니다. 제가 무슨 바보 같은 짓이냐고 핀잔을 주었지요.

아가씨가 말했어요.

"나 때문에 우는 게 아냐. 린턴이 불쌍해서 우는 거야. 내일

제20장

225

이면 나를 만날 수 있다고 그렇게 좋아했는데, 얼마나 실망하
겠어?"

"정말 어이가 없네요. 진짜로 슬픈 일을 당해봐야 이따위 일
로 질질 짰던 게 얼마나 부끄러운 일인지 알게 되겠군요."

캐시 아가씨는 쉽게 물러나지 않았어요.

"유모, 내가 못 가겠다고 편지하고, 빌려달라고 한 책을 보내
주면 안 될까?"

"안 돼요! 절대로 안 돼! 그렇게 되면 린턴 도련님이 아가씨
에게 답장을 쓸 거고, 끝이 없을 거예요. 아빠가 원하시는 건 아
예 관계를 싹 끊는 거예요. 어디 아빠 말을 듣나 안 듣나 제가
지켜볼 거예요."

아가씨는 뾰로통해서 저를 쳐다보았어요. 눈길도 사나웠고
요. 저도 화가 나서 잘 자라는 입맞춤도 안 해주고 이불만 덮어
준 채 방을 나왔어요.

그런데 아가씨가 저 몰래 린턴 도련님과 편지를 주고받은 거
예요.

어느 날 우연히, 장신구를 넣어두는 서랍에 삐죽이 나와 있
는 종이쪽지들을 제가 발견했어요. 저는 금세 의심이 들었어요.
저는 아가씨가 없는 틈을 타서 이 열쇠, 저 열쇠 총동원해서 서

람을 열었어요. 그랬더니, 글쎄, 장신구들은 어디로 다 치웠는지 편지들로 그득한 거예요. 저는 그것들을 모두 제 방으로 가져왔어요.

그것들은 아가씨가 린턴 도련님에게 보낸 편지들에 대한 답장들이었어요. 처음에는 그냥 시시하고 짧은 편지들이었는데 시간이 갈수록 장문의 연애편지로 바뀌었더군요. 하지만 표현이나 내용이나 유치하기 짝이 없었어요. 어디서 베낀 게 틀림없는 문장들도 많았고요. 나중에 안 일이지만 우유 배달하는 아이를 통해서 편지를 주고받은 거예요.

자기 편지가 몽땅 없어진 걸 안 캐시 아가씨는 분명 제 짓이라는 걸 알고 제게 통사정을 했지요. 제발 아빠에게만 이르지 말라는 거였어요.

제가 그녀에게 말했어요.

"아가씨, 린턴 도련님과 아주 깊은 관계가 되셨군요. 부끄러운 줄 알아야지요. 쉬는 시간마다 참 훌륭한 쓰기 공부, 읽기 공부를 했군요. 나리께 보여드리면 도대체 뭐라고 하시겠어요? 내가 이런 비밀을 지켜줄 것 같아요? 이건 분명 아가씨가 먼저 시작한 일일 거예요. 린턴 도련님이 먼저 이런 짓을 했을 리가 없어요. 아이고, 남부끄러워 죽겠네!"

제20장

227

아가씨가 울먹이며 말했어요.

"아냐, 아냐! 내가 시작한 게 아니야! 애당초 나는 그 애를 사랑한다는 생각을 해본 적도 없어."

저는 질겁을 했어요.

"사랑이라니? 도대체 무슨 말을 하는 거예요! 아니, 린턴 도련님과 함께 지낸 게 겨우 네 시간밖에 안 되면서! 참 대단한 사랑이네요! 자, 이 쓰레기들을 서재로 가져가서 나리께 읽어 보시라고 해야겠어요. 그런 식의 사랑에 대해 뭐라고 하시는지 한번 들어봐야지!"

아가씨가 펄쩍 뛴 건 당연했지요. 아가씨는 편지를 다 태워 도 좋으니 제발 아빠에게만은 비밀로 해달라고 제게 애원했 어요. 저는 결국 웃고 말았어요. 이 모든 게 어린 소녀의 유치 한 장난에 불과하다는 생각이 든 거지요. 저는 나리께는 비밀 로 할 테니 대신 편지를 모두 태워버리고 다시는 이런 짓 안 하 겠다는 다짐을 받아냈어요. 한 장 만이라도 남겨달라는 아가씨 부탁을 냉정하게 거절하고 저는 편지를 모두 벽난로에 던져 넣 었답니다.

다음 날 저는 우유 배달부 아이를 통해 린턴 도련님에게 쪽 지를 보냈어요. 이런 내용이었지요.

린턴 히스클리프 씨,

다시는 캐서린 린턴 양에게 편지를 보내지 마시기 바랍
니다. 린턴 양은 그 편지를 받지 않을 겁니다.

이후 우유 배달부 아이는 빈 주머니로 나타나게 된 게 당연
했지요.

제21장

여름이 지나고 초가을이 되었습니다.

그런데 에드거 주인님이 그만 너무 심한 감기에 걸리고 말았어요. 날이 쌀쌀해졌는데도 아가씨와 늦은 시각까지 산책했던 게 무리였나봐요. 감기가 좀처럼 낫지 않아 에드거 주인님은 겨울 내내 집 안에만 계셔야 했어요.

캐시 아가씨는 가뜩이나 린턴 도련님과의 짧은 로맨스를 금지당하고 나서 기운이 없었는데 아버지까지 편찮으시니 더욱 우울해졌습니다. 저는 아가씨 마음을 달래기 위해 애를 썼어요. 아가씨의 산책길에도 아버지 대신 제가 함께 가주곤 했어요.

그러던 어느 날이었어요. 아마 10월 말이나 11월 초쯤 되었을 거예요. 저는 캐시 아가씨와 농원을 산책하고 있었어요. 언제나처럼 캐시 아가씨는 우울했어요. 전처럼 깡충깡충 뛰어다니는 일도 없었고 아직 드문드문 남아 있는 꽃을 꺾으려는 생각도 하지 않았어요. 그런데 아가씨가 갑자기 울음을 터뜨렸어요. 제가 그녀를 달랬지요.

"아가씨, 왜 울어요? 아버지가 감기 좀 걸리신 것 갖고 울면 되나요? 그보다 더한 병이 아니신 걸 다행으로 알아야 해요."

"아니야, 아빠는 더 중한 병에 걸리실지도 몰라. 아, 아빠와 유모가 내 곁을 떠나면 어떻게 하지? 난 혼자가 될 거잖아. 아빠와 유모가 죽으면 이 세상은 얼마나 변할까? 이 세상은 얼마나 쓸쓸할까?"

"그런 생각 말아요. 아버지도 나도 아직 세상을 떠나려면 멀었다고 생각해야 해요. 나리는 아직 마흔다섯도 안 된 젊은 나이잖아요. 그러니 이제부터 아버지를 잘 보살펴드리도록 해요. 아가씨가 즐거워해야 아버지도 기뻐하세요. 그리고 아버지께 걱정을 끼쳐드리지 말아요. 캐시 아가씨, 명심해야 해요. 아버지가 돌아가시게 되면 기뻐할 사람의 아들에게, 미련하고 허황된 애정을 품는다면…… 그리고 그걸 아버지가 아신다면, 그건 바로 아버지를 죽이는 일이라는 걸!"

"유모, 나는 아빠 건강 외에는 아무것도 걱정하지 않아. 내가

아빠보다 사랑하는 사람은 없어. 나는 아빠에게 걱정을 끼쳐드
릴 일은 절대로 하지 않을 거야."

우리는 그런 이야기를 하면서 큰길로 통하는 농원 대문 근
처까지 왔어요. 아가씨는 모처럼 기분이 좋아졌는지 담장 위로
기어올라가더니 그 위에 걸터앉았어요. 그런데 담장 밖으로 드
리워진 들장미 가지 끝에 달린 빨간 열매가 아가씨 눈에 띄었
어요. 아가씨는 그 열매를 따려고 담장 위에서 손을 뻗었어요.
그 순간 아가씨 모자가 담장 밖 땅에 떨어졌어요. 대문이 잠겨
있었기에 아가씨는 모자를 줍기 위해 담장을 타고 아래로 내려
갔어요.

그런데 모자를 집은 후 다시 올라오기가 쉽지 않았나봐요.
돌이 미끄러웠고 발을 디딜 만한 틈도 없었나봐요. 아가씨가
제게 소리치더군요.

"유모, 못 올라가겠어. 어서 가서 열쇠 좀 가져와."

저는 열쇠를 가지러 안으로 달려가려고 했어요. 순간, 그 무
언가 대문과 가까워지는 소리가 들려 저는 그 자리에 멈춰 섰
어요. 말발굽 소리였어요. 이어서 말을 탄 사람의 목소리가 들
렸어요.

"아, 린턴 양. 만나서 반가워요. 그렇지 않아도 좀 물어볼 게

있었거든. 해명도 들어야 하겠고."

이어서 캐시 아가씨의 목소리가 들렸어요.

"고모부, 고모부와는 이야기할 게 없어요. 아빠가 고모부는 나쁜 사람이라고 했어요. 고모부는 아빠와 저를 미워한다고 했어요. 유모도 그렇게 말했어요."

그래요. 바로 그 사람이었어요! 히스클리프!

그가 캐시 아가씨의 말을 받았어요. 조카에게 쓰는 말투인 것 같기도 하고 아닌 것 같기도 했어요.

"아가씨, 난 지금 그런 이야기 하자는 게 아냐. 내 아들 이야기를 하려는 거야. 두세 달 전, 린턴에게 편지를 썼었지? 연애 놀음이라도 한 건가, 엉? 둘 다 매 맞을 짓을 했군. 린턴 양, 아가씨가 그 멍청한 놈에게 보낸 편지들을 내가 다 가지고 있어. 내게 버릇없이 굴면 아가씨 아버지에게 몽땅 보내줄 수도 있어. 그런데 갑자기 왜 그만뒀지? 연애 놀음에 싫증이 난 건가? 아가씨로서야 놀이를 팽개치는 거로 그만이지만 우리 아들놈은 그러지 못했어. 아가씨는 그놈을 단번에 절망의 구렁텅이에 빠뜨린 거야. 그놈은 장난이 아니라 진지했단 말이야. 정말로 아가씨를 사랑한 거지. 녀석은 린턴 양의 변심에 마음의 상처를 입었어. 이건 비유가 아니야. 정말로 아프다니까. 아가씨

제21장

233

가 그놈을 구해주지 않으면 이 겨울을 못 넘기고 땅에 묻힐걸. 제발 부탁이야. 나는 이번 주에 집에 없을 거야. 그러니 내 말이 거짓말인지 직접 가서 두 눈으로 확인해봐요."

그의 말을 담장 안에서 듣고 있던 제가 소리쳤어요.

"가엾은 어린애한테 거짓말 좀 작작 늘어놔. 그만두지 못해! 캐시 아가씨, 제가 돌로 자물쇠를 부술 테니 그대로 있어요. 저런 말도 안 되는 소리에 속아서는 안 돼요! 아니, 잘 알지도 못하는 사람을 사랑해서 죽다니! 세상에 어떻게 그런 일이!"

그가 중얼거렸어요.

"누가 엿듣고 있는 줄은 몰랐군. 딘 부인이로군."

이어서 그가 제게 말했어요.

"딘 부인, 나는 당신이 좋아. 하지만 그렇게 겉과 속이 다른 건 좋아할 수 없어. 뭐라고? 내가 내 사랑스러운 조카를 미워한다고? 당신이 그런 허무맹랑한 소리를 하니까 이 애가 우리 집에 겁이 나서 못 오는 거 아냐? 어쨌든 하늘에 맹세코 린턴이 죽기 일보 직전이라는 건 단언할 수 있어."

저는 자물쇠를 부수고 뛰쳐나갔습니다. 그러자 그가 저를 노려보며 계속 말했어요.

"슬픔과 절망이 그놈의 명을 재촉하고 있다니까. 만일 저 애를 '폭풍의 언덕'에 보내기 싫다면 당신이 직접 가서 두 눈으로 확인해봐."

저는 들어가자며 캐시 아가씨의 팔을 잡아끌었어요. 하지만 아가씨는 꾸물대며 뭔가 불안한 눈빛으로 히스클리프의 표정을 계속 살폈어요. 그 가증스러운 악당의 얼굴은 정말 진지했어요. 누구도 그 표정 뒤에 음모와 거짓을 숨기고 있음을 알기 어려웠을 거예요.

저는 대문을 닫은 다음 망가진 자물쇠 대신 커다란 돌을 굴려서 문이 열리지 않게 한 후 아가씨를 데리고 집으로 왔어요. 저는 린턴 도련님이 사랑에 빠져 죽어간다는 히스클리프의 말 같지 않은 소리에 별 신경도 쓰지 않았어요. 세상에, 그런 말도 안 되는 거짓말에 넘어갈 사람이 어디 있겠어요? 그런데 캐시 아가씨는 아니었어요. 제가 제 생각을 말해주니까 캐시 아가씨가 조용히 말했어요.

"유모, 유모 말이 맞을지도 몰라. 하지만 내가 직접 눈으로 확인하기 전까지는 마음이 불편할 것 같아. 그리고 린턴에게 편지를 보내지 않은 건 내 생각이 아니었다는 것도 말해줘야 하겠어. 내가 변한 게 아니라는 것도 알려줘야 해."

아가씨가 저렇게 완전히 속아 넘어갔는데 제가 무슨 수로 그

제21장

235

녀의 마음을 돌릴 수가 있었겠어요? 그날 밤 우리는 서로에게 화를 내며 각자 자기의 방으로 갔어요.

그렇지만 저는 결국 캐시 아가씨에게 지고 말았어요. 다음 날 저는 캐시 아가씨를 태운 조랑말을 끌고 '폭풍의 언덕'으로 향하고 있었어요. 아가씨의 슬픈 얼굴과 퉁퉁 부은 눈을 보고 어쩔 수가 없었던 거예요. 내심, 린턴 도련님의 실제 모습을 보고, 히스클리프가 우리에게 얼마나 큰 거짓말을 했는지 아가씨에게 확인해주고 싶은 마음도 있었지요.

제22장

　　　　　우리는 주방 문을 통해 집 안으로 들어갔습니다. 히스클리프가 정말로 집에 없는지 확인하기 위해서였어요. 조셉이 파이프를 입에 문 채 벽난로 옆에 앉아 있었어요. 자리에서 일어나지도 않는 조셉에게 주인이 있느냐고 물었더니 없다고 짧게 대답했을 뿐이에요.

　그때 안에서 고함치는 소리가 들렸어요.

　"조셉, 몇 번이나 불러야 해! 불씨가 다 꺼져간단 말이야. 너무 추워."

　린턴 히스클리프 도련님의 고함소리였어요. 그 소리를 듣고 우리가 안으로 들어가자 린턴 도련님이 또 고함을 질렀어요.

　"너 같은 건 나가서 죽어버려!"

우리를 조셉인 줄 알고 소리친 거지요. 캐시 아가씨가 그에게 달려가서 껴안았어요.

그다음에 둘 사이에 벌어진 일은 자세하게 말씀 안 드리겠어요. 다만 린턴 도련님은 정말 몹시 아픈 상태였고 무척 신경질이 늘었다는 건 말씀드릴 수 있어요. 그리고 린턴 도련님은 캐시 아가씨보고 왜 한 번도 오지 않았느냐, 앞으로는 자주 와달라고 간청했어요.

하지만 제가 정말 자신 있게 말씀드릴 수 있어요. 린턴 도련님이 캐시 아가씨에게 자주 와달라고 한 건 히스클리프 말대로 상사병 때문이 아니었어요. 린턴 도련님 자신이 캐시 아가씨에게 이렇게 말했거든요.

"린턴 양이 오지 않아서 정말 힘들었어. 아빠는 그게 나 때문이라며 얼마나 나를 욕하고 야단쳤는데…… 내가 너무 약하고 겁쟁이라서 린턴 양이 나를 경멸한다고……."

린턴 도련님이 캐시 아가씨를 좋아한 건 사실일 거예요. 하지만 린턴 도련님이 앓아누운 건 결코 상사병 때문이 아니었어요. 그런 일이 없더라도 앓아누울 만큼 병약했을 뿐이에요. 그런데 히스클리프는 그걸 핑계로 둘을 만나게 하려고 애를 쓴 거지요.

이런저런 이야기 끝에 린턴 도련님과 캐시 아가씨가 말다툼을 했어요. 캐시 아가씨는 린턴의 아버지인 히스클리프가 자기 아내를 미워했다고, 아버지에게 들은 이야기를 린턴 도련님에게 했어요. 그러자 이번에는 린턴 도련님이 자기 아버지에게서 들은 말을 했어요. 자기 아버지와 캐시의 어머니가 서로 사랑했다는 말을 한 거지요.

화가 난 캐시 아가씨가 린턴 도련님이 앉아 있던 소파를 거세게 흔들었고 충격을 받은 도련님은 숨이 넘어갈 듯 기침을 해댔어요. 겁이 난 캐시 아가씨도 울음을 터뜨렸고요. 결국 아가씨가 린턴 도련님에게 사과하는 것으로 일은 마무리가 되었어요.

그날 린턴 도련님이 얼마나 응석을 부리고 심술을 부렸는지 일일이 말씀드리기도 어려워요. 그러고는 집으로 돌아가려는 캐시 아가씨에게 도련님이 말했어요.

"캐시 때문에 내가 더 아프게 됐어. 나를 낫게 해주려면 자주 와야 해."

그날 우리는 겨우 점심시간에 맞춰 그레인지로 돌아왔어요. 에드거 주인님은 우리가 산책이라도 하고 온 줄 알고 아무것도 묻지 않았어요. 저는 캐시 아가씨에게 다시는 '폭풍의 언덕'에

제22장

239

갈 생각 말라고 다짐하고 또 다짐했어요.

그러자 캐시 아가씨가 제게 말했어요.

"유모, 스러시크로스 그레인지는 감옥이 아니야. 유모는 간수가 아니고. 나도 이제 열일곱 살이야. 나는 어른이니까 내가 옆에서 린턴을 돌봐주면 곧 나을 거야. 내가 걔보다 누나잖아? 아무도 돌봐주는 사람이 없으니까 너무 불쌍해. 내가 돌봐주면 걔도 내 말을 잘 들을 거야. 얌전하게 있을 때는 귀여운 애잖아. 유모는 그 애가 마음에 안 들어?"

"뭐요? 그 애가 마음에 들어요? 그런 심술궂고 고약한 애를? 그런 애는 잘해주면 잘해줄수록 더 버릇이 없어지는 법이에요. 게다가 오래 살지도 못할 거예요. 봤잖아요. 너무 골골거리잖아요."

"린턴은 나보다 어리니까 더 오래 살아야 해. 전보다 더 건강이 나빠진 것도 아니잖아. 감기에 걸렸을 뿐이야. 아빠랑 똑같아. 유모, 유모는 아빠가 곧 나을 거라면서 왜 그 애는 그럴 수 없다는 거야?"

"그러건 말건 우리랑은 상관없는 일이에요. 어쨌든 아가씨가 다시 '폭풍의 언덕'에 가자고 하면 아버지께 이를 거예요. 아버지 허락 없인 린턴 도련님을 만나면 안 돼요!"

"이미 만났는걸."

"그렇다면 끊어야지요."

"글쎄, 두고 봐야지."

저는 아가씨의 마지막 말이 괜히 하는 말인 줄 알았어요. 하지만 저는 그 말에 당연히 귀를 기울여야 했었어요.

그곳에 아가씨와 함께 다녀온 후 3주가 흘렀어요. 하지만 평온하게 흐른 건 아니에요. 제가 생전 처음 감기몸살을 심하게 앓았거든요. 그전에 이렇게 몹시 아픈 적은 없었어요.

아가씨는 늘 제 방에 와서 저를 간호해주었답니다. 정말 천사가 따로 없었어요. 아버지와 저를 번갈아 돌보며 눈코 뜰 새 없이 지낸 거지요. 나리는 일찍 잠자리에 들었고, 저녁 6시 이후에는 아가씨가 저를 돌볼 일이 없었기에 그 이후에 아가씨는 자유 시간을 가질 수 있었지요. 그런데 그 자유 시간이 문제였어요.

병으로 앓아누운 지 3주 만에 저는 겨우 자리에서 일어나 집안을 돌아다닐 정도가 되었어요. 그러던 어느 날 저녁 8시쯤이었어요. 아직 눈이 침침했던 저는 캐시 아가씨에게 책을 좀 읽어달라고 하려고 방을 나섰어요. 그런데 캐시 아가씨는 방에 없었어요. 아래위층을 다 찾아도 보이지 않더군요. 하인들에게 물어도 아무도 보지 못했다고 하는 거예요.

부쩍 의심이 들더군요. 저는 다시 캐시 아가씨의 방으로 가서 촛불을 끄고 창가에 앉았어요. 달빛은 환했고 드문드문 눈이 쌓여 있었어요.

얼마 후였어요. 캐시 아가씨가 조랑말에서 내리는 게 보였어요. 잠시 후 마부가 나타나 말을 마구간으로 끌고 가는 것도 보였고요. 캐시 아가씨는 응접실 여닫이창을 넘어 조심스럽게 제가 기다리고 있는 곳으로 왔고요.

그래요. 캐시 아가씨는 '폭풍의 언덕'에 갔다 온 거예요. 제가 엄하게 호통을 치자 아가씨는 제게 모든 걸 다 털어놓았어요. 지금부터 해드리는 이야기는 아가씨가 제게 털어놓은 이야기예요.

"유모, 바른대로 다 말할게. '폭풍의 언덕'에 갔었어. 유모가 앓아누운 이후 하루도 빠지지 않고 갔었어. 말을 돌보는 마이클에게 책이랑 그림을 주고 매일 말을 데려오고 다시 마구간에 넣는 일을 시켰어. 그 집에 가면 하녀 질라가 친절하게 맞아주고 마실 것과 먹을 것을 주었어. 린턴하고 어떻게 지냈는지 궁금하겠지? 유모는 어떻게 생각하는지 몰라도 처음에는 아주 즐거웠어. 하지만 개랑 나랑은 너무 달라. 그 애는 그냥 풀밭에 누워 가만히 있는 게 제일 행복하다고 했어. 하지만 유모도 알지만 나는 다르잖아? 나는 이리저리 뛰어다니며 새처럼 노래하는 걸 좋아하잖아? 나는 린턴이 그리는 천국은 죽어 있는 곳이라고 놀렸고 그 애는 내 천국은 술에 취해 있다고 했어. 그래, 개는 조용히 누워 평화 속에서 기쁨을 느꼈고 나는 세상 모든 것들이 찬란한 환희에 휩싸여 불꽃을 튀기며 춤추기를 원했던 거야. 아, 참, 집 안으로 들어가기 전에 문간에서 헤어턴 언쇼도 만났어. 전에는 글자를 하나도 읽을 줄 몰랐는데 자기 이름을 떠듬떠듬 읽으면서 내게 읽을 줄 안다고 자랑하더라. 나는 린턴을 만나려고 온 거니 어서 자리를 비켜달라니까 얼굴이 벌게지더니 슬금슬금 물러나데. 당황한 것 같았어. 나는 그 애가 교양도 없고 바보 같아서 싫었어. 내가 안으로 들어가서 린턴이 좋아하는 책을 막 읽어주려던 참이었어. 헤어턴이 문을 콱 열고 들어오는 거야. 아마 나한테 푸대접받은 게 생각할수록 약이 올랐나봐. 그는 다짜고짜 둘 다 나가라고 소리치더니 린턴을 주방 쪽으로 내동댕이쳤어. 나도 개를 따라 주방으로 가니까 헤어턴이 큰 방의 문을 잠가버리는 거야. 그때 나는 전

제22장

243

혀 다른 린턴의 얼굴을 보았어. 하얗게 질린 채 부들부들 떨고 있었는데 평소처럼 귀엽기는커녕 정말 끔찍한 몰골이었어. 비쩍 마른 얼굴이 분노에 사로잡혀 마치 미친 사람 같았거든. 린턴이 문고리를 잡고 '문 안 열어? 안 열면 죽여버릴 테다!'라고 외쳤어. 말을 한다기보다는 차라리 비명을 지르는 것 같았어. 주방에 있던 조셉이 그 모습을 보고 '그 아버지에 그 아들이로군. 누구나 지 애비 닮은 데는 있는 법이지'라고 히죽거리며 웃더군. 그러더니 안쪽을 향해 '헤어턴 도련님, 걱정할 것 없어요. 저 자식이 어디 도련님에게 덤빌 수나 있나!'라고 말하는 거야. 린턴은 계속 비명을 지르더니 피를 토하며 바닥에 쓰러졌어. 나는 겁이 버럭 나서 마당으로 뛰쳐나가 질라를 불렀어. 질라와 함께 주방으로 달려오니 헤어턴이 불쌍한 그 애를 위층으로 옮기고 있더라. 자기가 저지른 짓에 겁이 났나보지. 나는 헤어턴의 뒤에 대고 '네가 린턴을 죽인 거야!'라고 소리치며 울고 서 있었어. 잠시 후 아래로 내려온 헤어턴에게 내가 '우리 아빠에게 말해서 교수형에 처할 거야!'라고 말했더니 그냥 어디론가 가버렸어. 다음다음 날 나는 다시 '폭풍의 언덕'에 갔어. 질라가 도련님이 많이 좋아졌다며 나를 그 애 방으로 안내했어. 그런데 린턴이 한 시간 넘도록 내게 눈길도 안 주는 거야. 그러더니 겨우 하는 말이 지난번에 나 때문에 소동이 일었고 헤어 턴에게는 아무 잘못도 없다는 거야. 정말 못된 애야! 나는 하도 어이가 없어서 그냥 나와버렸어. 다시는 여기 찾아오지 않 겠다는 결심까지 했어. 하지만 그 결심은 오래가지 못했어. 어쨌든 자나 깨나 린턴 소식이 궁금했거든. 그래서 그다음 날 또 찾아갔어. 나는 벽난로 앞에 서서 정색을 하고 '오늘이 마지막 이야. 너는 나를 좋아하지 않잖아. 내가 오면 괴롭다면서? 내가 올 때마다 그런 눈치였잖아. 그러니 인제 그만 만나자. 네 아버 지에게 공연히 마음에도 없는 말 하지 말고, 나를 만나기 싫다 고 솔직히 말해'라고 말했어. 어느 정도는 진심이었어. 그러자 그 애가 '캐시, 모자 벗고 앉아봐. 너는 나보다 행복하잖아? 그 러니까 나보다 착한 사람이어야 해. 아버지는 언제나 나의 못 난 점만 지적하면서 화를 내. 그래서 나는 내가 정말 그런 놈인 가보다 생각하게 됐어. 나는 정말 아무짝에도 쓸모없는 놈인가 보다 자꾸 생각하게 돼. 그런 생각을 하면 정말 화가 나고 누구 나 다 미워져. 정말이야. 나는 성미도 고약하고 맘씨도 곱지 못 해. 그러니까 나랑 헤어지고 싶으면 마음대로 해. 귀찮은 일 하 나 떼어버리는 셈 치면 되잖아. 하지만 캐시, 이거 하나는 정말 믿어줘. 나도 너처럼 건강하고 행복할 수 있다면! 그렇다면 나도 너처럼 다정하고 상냥하고 친절한 사람이 되었을 텐데! 또 하나 있어. 나는 너를 정말 사랑하게 됐어. 나처럼 못된 애에게 그렇게 친절하게 대하는 너를 사랑하게 된 거야. 나는 이제까지 네게 정말 못되게 굴었어. 그리고 앞으로도 그럴 거야. 하지만 난 그걸 후회하고 있어. 아마 죽을 때까지 뉘우칠 수밖에 없을 거야'라고 말했어. 그 애의 말은 진심 같았어. 그래서 나는 그 애를 용서해주리라 마음먹게 된 거야. 그 후로 나는 항상 린턴의 방에서 그를 만났어. 고모부는 나를 피하는 것 같았어. 마주친 적이 거의 없었으니까. 자, 유모, 이게 다야. 내가 거기 가는 걸 막으면 둘 다 불행에 빠뜨리는 거야. 제발 아버지에게 말하지 말아줘. 내가 거기 간다고 해서 누구에게 해가 되는 것도 아니잖아. 유모, 약속할 수 있지?"

하지만 저는 약속하지 않았어요. 다음 날까지 생각해보겠다고 말하고는 곧장 에드거 주인님께 가서 모든 사실을 고해바쳤어요. 캐시 아가씨와 린턴 도련님이 나눈 이야기나 헤어턴 도련님에 관한 이야기는 뺀 채였지요. 주인님은 애써 침착한 표정을 지었지만 놀랍고 슬픈 기색은 감추지 못했어요.

다음 날 아침 캐시 아가씨는 제가 배반했다는 걸 바로 알 수 있었어요. 아버지가 다시는 '폭풍의 언덕'에 가서는 안 된다고 엄명을 내렸던 거예요. 캐시 아가씨가 울면서 사정했지만 주인님은 단호했어요. 캐시 아가씨에게 단 한 가지 위안이 있었다면 아버지가 린턴 도련님에게 편지를 한 통 써보내겠다고 약속한 거였어요. 린턴 도련님이 언제든 스러시크로스 그레인지에 놀러 와도 좋다는 것, 대신 캐시 아가씨는 이제 다시 '폭풍의 언덕'에 가지 못한다는 내용의 편지였지요. 만일 주인님이 조카의 성질과 건강 상태를 알고 계셨다면 그런 작은 배려조차 하지 않는 게 나았으리라는 걸 아셨을 테지만요.

제23장

      이제까지 이야기가 바로 지난겨울까지의 이야기랍니다. 이제 그 이후의 이야기를 해드리겠어요.

  캐시 아가씨는 아버지 말씀에 순종했어요. 아버지에 대한 사랑이 아가씨 마음속에서 그 무엇보다 큰 자리를 차지하고 있었으니까요.

  어느 날 에드거 주인님이 제게 말씀하셨어요. 린턴 도련님이 어떤 청년인지 은근히 알고 싶으셨던 것 같아요.

  "넬리, 린턴이 직접 편지를 내게 보냈으면 좋겠군. 아니면 그 친구가 직접 내게 찾아오든가. 넬리는 그 친구를 어떻게 생각하는지 내게 솔직하게 말해줘요."

"너무 허약해요. 제 명대로 살 수 있을 것 같지 않아요. 하지만 그 도련님이 자기 아버지를 닮지 않았다는 건 확실해요. 불행하게 캐시 아가씨가 그 사람과 결혼하게 되더라도 너무 오냐오냐 받아주지만 않는다면 넉넉히 다룰 수 있을 거예요. 하지만 그 도련님이 성인이 되려면 아직 4년이 남았으니까 천천히 살펴보시면 되지요."

그러자 주인님이 한숨을 내쉬며 제게 말했어요.

"넬리, 나는 캐시 덕분에 아주 행복했어. 하지만 6월 저녁 내내, 저 교회 묘지의 그 애 어머니 무덤 위에 누워, 나도 거기에서 쉬게 될 날을 기대하고 있을 때도 그 못지않게 행복했어. 내가 캐시를 위해서 뭘 해줄 수 있을까? 어떤 식으로 그 애 곁을 떠나야 할까? 린턴이 나를 잃은 캐시의 슬픔을 달래줄 수만 있다면 그 애가 히스클리프의 아들이건, 히스클리프가 내 딸을 내게서 빼앗아가건 아무 상관없어. 하지만 린턴이 정말 보잘것없는 친구이고, 아버지 손아귀에서 놀아나기만 하는 친구라면…… 내 딸을 그런 녀석에게는 줄 수 없어. 차라리 그 애를 하나님께 바치고 내 손으로 땅에 묻는 게 낫지."

드디어 봄이 왔지만 주인님의 건강은 회복되지 않았어요. 주인님은 다시 한 번 린턴 도련님에게 편지를 보내 한번 만나보

제23장

249

고 싶다는 뜻을 전했어요. 린턴 도련님은 아버지가 그레인지 방문을 허락하지 않아서 올 수 없다는 답장을 보내왔어요. 제 생각에는 히스클리프가 그렇게 쓰라고 시켰을 거예요. 편지 내용을 다 말씀드리지는 않겠어요. 다만 그레인지만 아니라면 어디든 만날 수 있다고, 만날 장소를 알려달라는 내용이 들어 있었다는 것만 말씀드릴게요.

에드거 주인님은 밖으로 나가서 린턴을 만나보고 싶은 마음이 굴뚝같았지요. 하지만 그럴 수 없었어요. 집을 나설 기운이 없었으니까요.

주인님은 사정을 잘 알겠다며, 여름이 되면 아마 만날 수 있을 것 같으니 그 전에 가끔 편지를 보내라고 답장을 하셨어요. 주인님 말씀대로 린턴 도련님은 편지를 보냈어요. 린턴 도련님이 제 마음대로 편지를 썼다면 아마 당장 주인님 눈 밖에 났을 거예요. 온통 불평과 한탄만 늘어놓았을 테니까요. 그의 편지는 철저히 아버지의 감독하에 쓴 거였어요. 편지에는 자기 고통과 불행에 대한 이야기는 한 마디도 없었고 그 대신 캐시 아가씨를 만나지 못해 애타는 마음만 적혀 있었어요.

캐시 아가씨도 옆에서 하도 졸라대는 통에 주인님은 결국 항복했어요. 둘이 일주일에 한 번 정도 그레인지 농원 바로 옆 들판에서 만나는 걸 허락한 거지요. 물론 제가 함께 있어야 한다는 조건이었어요.

주인님이 그 만남을 허락한 것은 6월이 되어서도 주인님의 건강이 좋아지지 않았기 때문이에요. 주인님은 캐시 아가씨를 위해 별도로 얼마간의 돈을 저축해놓고 있었어요. 하지만 당신이 돌아가신 후에 어떻게 하면 당신의 딸이 조상 대대로의 땅과 집을 물려받거나 되찾을 수 있을까 궁리하신 거지요.

주인님이 생각한 유일한 방법은 딸 캐시를 이 저택의 상속인과 혼인시키는 것이었어요. 하지만 한 가지 주인님이 생각 못하신 게 있었어요. 당시 린턴 도련님의 몸 상태가 급격히 악화하고 있었고, 아무도 그 소식을 전해주지 않아서 저도 모르고 있었거든요. 게다가 린턴 도련님이 들판에 나가 산책도 하고 승마도 하겠다고 편지에 적는 바람에 주인님은 린턴 도련님의 건강은 전혀 의심하지 않았고 저도 제가 괜한 걱정을 한 게 아닌가 생각하기도 했어요.

나중에 안 일이지만 린턴 도련님이 그렇게 무리를 한 건 순전히 히스클리프의 강압에 의해서였어요. 아버지라는 사람이 죽어가는 아들에게 그런 패악을 부릴 수 있으리라고는 생각도 못 한 거지요. 자식이 이대로 죽어버리면 자신의 모든 계획이

수포로 돌아갈 것 같아서 아들의 죽음이 가까워올수록 더 다급하게 서둘렀던 거랍니다.

캐시 아가씨가 저와 함께 린턴 도련님을 만나기 위해 집을 나선 것은 여름 한고비를 넘겼을 때였어요. 하지만 그날은 여전히 숨이 막히게 무더웠고 구름이 옅게 깔렸었어요. 린턴 도련님은 '폭풍의 언덕'과 가까운 풀밭에 있었어요. 에드거 주인님은 그레인지와 가까운 곳에서 만나라고 하셨지만 심부름꾼 아이가 우리에게 와서 린턴 도련님이 도저히 더 이상 올 수 없다며 그곳에서 기다린다고 전한 거예요.

린턴 도련님은 풀밭에 앉아 우리를 기다리더군요. 우리가 가까이 가서야 겨우 앉은 자리에서 일어나 우리 쪽으로 오는 거예요. 그런데 걸음걸이에 힘이 하나도 없었고 안색도 너무 나빴어요. 아가씨는 그를 보자마자 반가워하기보다는 그의 건강을 걱정하는 말부터 해야 했어요.

린턴 도련님이 몇 걸음 걷는 것도 힘들어해서 우리는 그냥 그 자리에 앉았어요. 린턴 도련님과 몇 마디 이야기를 나눈 아가씨는 린턴 도련님이 뭔가 변한 걸 알아차렸어요. 전에는 심통을 부리긴 해도 누가 비위를 맞춰주면 좋아하곤 했는데 이제는 모든 게 귀찮은 듯 무관심한 태도만 보이는 거예요. 우리와 함께 있는 걸 즐기기보다는 뭔가 억지로 견디고 있는 느낌이 역력했고 저는 물론 캐시 아가씨도 그걸 눈치챘어요. 심지어 린턴 도련님은 이야기 도중에 꾸벅꾸벅 졸기까지 했어요.

그가 졸고 있을 때 캐시 아가씨가 제게 말했어요.

"유모, 쟤가 왜 나를 보자고 했는지 모르겠어. 전에는 아무리 심술을 부려도 지금보다는 좋았어. 그런데 지금은 정말 이상해. 아버지가 무서워서 억지로 여기까지 나와서 나를 만난 것 같아. 아까도 자기 아버지 이름이 나오니까 부들부들 떨면서 아버지를 화나게 하면 안 된다고 말하잖아. 정말 이상해졌어."

캐시 아가씨는 불쾌감과 당혹감과 동정심이 뒤섞인 묘한 감정을 갖고 그 애와 헤어졌어요. 집으로 돌아온 우리에게 주인님은 린턴 도련님과 만난 일에 대해 물으셨어요. 하지만 캐시 아가씨나 저나 모두 우물쭈물하며 시원한 답을 해드릴 수 없었어요. 뭘 말씀드리고 뭘 감춰야 할지도 정확히 알 수 없었기 때문이에요.

그로부터 일주일이 흘렀어요. 에드거 주인님의 병세는 하루가 다르게 악화되었어요. 불과 몇 시간 만에 마치 몇 달 동안과 맞먹을 만큼 빠르게 나빠진 거예요. 캐시 아가씨는 거의 밤샘을 하다시피 하며 아버지를 간호했어요.

목요일이 되자 저와 캐시 아가씨는 다시 린턴 도련님을 만나러 가려고 길을 나섰어요. 주인님은 선선히 응낙하셨어요. 에드거 주인님은 조카의 외모가 당신을 닮았으니 성품도 당신을 닮았으리라고 생각한 것 같아요. 린턴 도련님이 보낸 편지에는 그의 고약한 성격이 전혀 드러나 있지 않았고 저도 굳이 밝히려 애쓰지 않았으니까요.

우리가 집을 나선 것은 오후가 돼서였어요. 편찮으신 에드거 주인님을 혼자 두고 떠난다는 게 저나 캐시 아가씨나 께름칙해서 우물쭈물하다 보니 좀 늦게 출발하게 된 거예요. 린턴 도련님은 전의 그 자리에서 우리를 기다리고 있었어요.

린턴 도련님은 뭔가 겁에 질려 있는 것 같았어요. 그는 앉은 자리에서 일어나지도 않더니 겨우 캐시 아가씨에게 "난, 네 아버지가 많이 편찮으셔서 안 나올 줄 알았어"라고 우물우물하는 거였어요. 그러면서 뭔가 간청하는 것 같기도 하며, 뭔가를 감추고 있는 것 같은 눈빛으로 캐시 아가씨를 바라보기만 했어요. 솔직하고 활달한 성격의 아가씨에게 그런 수수께끼 같은 태도를 참아낼 만한 인내심은 없었어요.

캐시 아가씨가 말했어요.

"도대체 왜 나를 불러낸 거야? 아버지를 간호하느라 정신이 없는 나를! 그리고 도대체 왜 그렇게 벌벌 떨고 있는 거야? 내가 널 때릴까봐?"

그러더니 캐시 아가씨가 저를 보고 말했어요.

"유모, 당장 돌아가요. 나는 저렇게 겁에 질려 징징대는 꼴은 못 봐! 차라리 투정을 부리는 게 낫지!"

린턴 도련님은 눈물을 흘리며 고통스러운 얼굴로 땅바닥에 엎드렸어요. 마치 극심한 공포에 발작이라도 일으킨 것 같았어요. 그리고 캐시 아가씨에게 울부짖듯 말했어요.

"아, 더 이상 못 참겠어! 나는 너를 속이고 있는 거야. 하지만 사실대로 말할 수는 없어. 네가 가버리면 나는 살해당할 거야. 사랑하는 캐서린, 내 목숨은 네게 달렸어. 너도 언젠가 나를 사랑한다고 하지 않았어? 그렇다면 가지 말고 있어줘. 캐서린, 너는 착하고 다정하잖아. 제발 승낙해줘."

린턴 도련님이 너무 괴로워하자 캐시 아가씨는 허리를 굽혀 그를 일으킨 다음 물었어요.

"승낙? 도대체 무슨 승낙? 도대체 횡설수설하니까 못 알아듣겠어. 어디 설명해봐. 그러면 있을게. 말한다고 해서 내가 네게 해를 가하지도 않을 거잖아. 자, 어서 말해봐."

"하지만 아버지가 말하면 안 된다고 협박했어. 나는 아버지가 무서워, 정말 무섭단 말이야! 절대로 말 못 해!"

저는 도대체 린턴 도련님이 말 못 하는 비밀이 뭘까 곰곰이 생각하고 있었어요. 그때 히스 덤불 사이에서 바스락거리는 소리가 나더니 누군가 나타났습니다. 바로 히스클리프였어요. 그는 두 젊은 아이들에게는 눈길도 주지 않은 채 제게 말했어요.

"넬리, 이렇게 우리 집 근처에서 만나다니! 그레인지의 주인은 좀 어때?"

미리 와서 기다리고 있었으면서 시치미를 떼다니! 게다가 주인 나리의 상태를 빤히 알고 있으면서 마치 걱정되는 것처럼 묻다니! 저는 너무 가증스러워서 아무 대답도 않고 있었어요. 그가 이번에는 린턴 도련님을 향해 눈길을 돌리더니 버럭 소리를 질렀어요.

"이놈아, 땅바닥에 코를 처박고 있는 거냐! 어서 벌떡 일어나지 못해!"

린턴 도련님이 몸을 일으키려고 애를 쓰면서 말했어요.

"일어날게요, 아버지. 아버지가 시키는 대로 다 했어요. 정말이에요. 캐서린에게 물어보세요."

그는 일어나려고 용을 쓰면서 캐시 아가씨에게 좀 일으켜달라고 했어요. 그러자 마치 기다리고 있었다는 듯 히스클리프가 캐시 아가씨에게 말했어요.

"이봐, 조카. 이놈이 나를 이렇게 무서워하니, 이놈을 우리 집까지 좀 부축해주겠어? 이놈은 내가 손가락만 대도 벌벌 떤단 말이야."

캐시 아가씨가 린턴 도련님에게 말했어요.

"나는 '폭풍의 언덕'에는 갈 수 없어. 아버지가 가지 말라고 하셨어. 너, 네 아버지가 너를 해치지도 않을 건데 왜 그렇게 무서워하는 거야?"

"나 혼자서는 저 집에 갈 수 없어. 아버지가 너 없이는 다시 들어올 생각을 말래."

히스클리프가 두 눈을 부라리며 아들에게 호통쳤어요.

"이놈, 아가리 닥치지 못해!"

이어서 그는 저보고 린턴을 좀 부축해달라고 했지만 제가 거절하자 린턴 도련님에게 다가가 직접 부축하려 했어요. 그러자 린턴 도련님이 깜짝 놀라 뒤로 물러서며 캐시 아가씨에게 제발 같이 가달라고 애걸했어요. 아가씨는 차마 린턴 도련님을 뿌리치지 못했어요. 저도 엉겁결에 따라가는 수밖에 없었고요.

아아, 그다음에 벌어진 일들을 어떻게 말씀드려야 할까요?

제23장

그때 생각만 하면 지금도 가슴이 떨려 오거든요.

결국 아가씨와 저는 '폭풍의 언덕'으로 들어갈 수밖에 없었어요. 그런데 집 안으로 들어가자마자 히스클리프가 문을 잠가 버리는 게 아니겠어요? 저는 겁이 나서 몸이 떨렸어요. 문을 잠근 후 그가 말했어요.

"차나 좀 마시고 가. 집에 아무도 없어. 헤어턴은 소를 끌고 풀밭으로 갔고 조셉과 질라는 어디 놀러 갔다 오라고 했지. 린턴 양, 그놈 곁에 좀 앉아. 내가 줄 선물이라고는 그놈밖에 없으니 변변치 않더라도 좀 받아줘. 저년, 놀란 눈으로 나를 쳐다보네. 나는 참 이상한 성격이야. 그게 누구든 나를 보고 겁을 내면 더 잔인해진단 말씀이야."

캐시 아가씨가 히스클리프 앞으로 한 걸음 나서며 말했어요. 두 눈은 결의와 분노로 이글거리고 있었지요.

"나는 당신이 무섭지 않아. 열쇠 이리 내놓아요. 굶어 죽을지언정 이 집에서는 아무것도 안 먹고 아무것도 안 마셔!"

그녀의 그런 태도에 히스클리프는 약간 놀란 것 같았어요. 그러고는 그녀의 목소리에서 캐시 아가씨에게 피를 물려준 누군가를 떠올리는 것 같기도 했어요.

그때 캐시 아가씨가 그에게 달려들어 열쇠를 빼앗으려 했어요. 그가 "비키지 못해!"라고 고함을 질러도 아가씨가 막무가내로 달려들자 그는 갑자기 열쇠를 바닥에 던졌어요. 캐시 아가씨가 열쇠를 집으려고 몸을 구부리는 순간, 그가 한 손으로 아가씨의 머리를 눌러 꿇어앉히더니 다른 한 손으로 무섭게 그녀의 머리를 좌우로 내리치기 시작했어요.

이 극악무도한 행동에 저는 미친 듯 그에게 달려들었어요.

"이 천하에 나쁜 놈아!"

하지만 그가 제 가슴께를 한번 밀어버리자 저는 입을 다물 수밖에 없었어요. 워낙 뚱뚱한 몸이었기에 분노로 숨이 막혀왔고 현기증이 밀려왔기 때문이었어요. 저는 비틀비틀 뒤로 물러났어요. 혈관이 터질 것만 같았어요.

소동은 단 2분 만에 끝났어요. 히스클리프의 손아귀에서 벗어나자 캐시 아가씨는 두 손을 귀밑으로 가져갔어요. 두 귀가 아직 붙어 있는지 아닌지 확인하려는 것 같았어요. 아가씨는 가엾게도 몸을 사시나무처럼 떨며 테이블에 간신히 몸을 기대고 있었어요.

히스클리프가 바닥에 떨어진 열쇠를 집으며 말했어요.

"나는 애들을 어떻게 다스려야 하는지 알고 있지. 자, 이제 린턴 곁으로 가서 실컷 울어봐. 나는 내일부터 네 시아버지니까. 며칠 지나면 이 세상에 아버지는 나 하나밖에 없게 되겠지. 저런, 그렇게 눈을 흘기면 되나. 그러면 내게 매일 매를 맞게 될 텐데.”

캐시 아가씨는 린턴 도련님 곁으로 가는 대신 제 옆으로 왔어요. 그녀는 무릎을 꿇은 채 얼얼해진 뺨을 제 무릎에 올려놓고 엉엉 울기 시작했어요. 린턴 도련님은 소파 한구석에 박쥐처럼 몸을 웅크린 채 조용히 앉아 있었어요. 자기 대신 다른 사람이 벌을 받은 걸 다행으로 생각하고 있었겠지요.

히스클리프는 우리 모두가 하나같이 얼이 빠져 있는 것을 보고는 손수 차를 준비했습니다. 그는 우리에게 차를 마시라고 한 후 우리가 타고 온 말이 어디 있는지 찾아오겠다며 밖으로 나갔어요.

제게는 어떻게 해서라도 이 집 밖으로 나가야만 한다는 생각뿐이었지요. 하지만 주방 문도 잠겨 있고 창문은 캐시 아가씨도 나갈 수 없을 만큼 너무 작았어요. 할 수 없이 저는 린턴 도련님에게 말했어요.

“도련님, 악마 같은 아버지 속셈이 무엇인지 빨리 말해요. 안 그러면 캐시 아가씨가 맞은 것보다 더 심하게 내게 맞을 줄 알아요.”

그러자 그가 태연하게 말했어요.

"우선 차부터 줘. 그러면 다 말해줄게."

저는 그놈이 냉정한 것을 보고 화가 났어요. 들판에서는 그렇게 겁에 질려 죽을 것 같더니 '폭풍의 언덕'에 들어오자마자 언제 그랬냐는 듯 멀쩡한 거예요. 우리를 집 안으로 끌어들이지 못하면 받게 될 무시무시한 벌 때문에 그렇게 겁에 질려 있다가 일단 일이 성공하자 천만다행으로 여기고 있는 게 틀림없었어요. 눈앞에 놓인 당장의 무서움이 사라진 거지요.

그가 차를 한 모금 마신 후 말했어요.

"너도 눈치를 챘을 거야. 아버지는 우리 둘을 결혼시키려고 해. 우리 아버지는 네 아버지가 당장 우리 둘을 결혼시키지 않으리라는 걸 알고 계셔. 더 기다리다가는 내가 죽을까봐 걱정이 돼서 너를 집 안으로 데려온 거야. 너는 밤새 여기 있어야 해. 아침에 결혼하기로 되어 있으니까. 그다음 날엔 집으로 돌아갈 수 있고 네가 나를 네 집으로 데려갈 수 있을 거야."

그 소리를 듣고 제가 그를 흔들면서 소리쳤어요. 도련님이고 뭐고 없었어요.

"네놈을 거기 데려가? 이 한심한 바보야! 이렇게 젊고 씩씩하고 아름다운 아가씨가 네놈처럼 빌빌하는 원숭이 같은 놈하고 짝을 맺어? 돌아도 단단히 돌았구나!"

살짝 흔들었을 뿐인데 그는 기침을 하더니 평소처럼 훌쩍거리기 시작했어요.

"캐서린, 나랑 결혼하면 안 돼? 나 좀 살려주면 안 돼? 우리 아버지 말을 안 들으면 나를 죽일 거란 말이야."

"나는 네 말이 아니라 우리 아버지 말을 들을 거야. 벌써 걱정하시고 계실 텐데 이러고 있을 수 없어. 때려 부수든지 불을 지르든지 이 집에서 나갈 거야!"

바로 그때 히스클리프가 들어왔어요.

"말들이 도망가버렸군. 이런 못난 놈! 아직도 찔찔거리고 있는 거냐? 가서 자. 질라는 오늘 들어오지 않을 테니 혼자 옷을 갈아입어."

린턴이 방을 나가고 셋만 남게 되자 히스클리프가 캐시 아가씨에게 말했어요.

"너 내가 안 무섭다고 했지? 어때 지금도 안 무섭니?"

캐시 아가씨가 대답했어요.

"지금은 무서워요. 제가 여기 있으면 아빠가 걱정하실 거예요. 몸도 불편하신데…… 제발 집으로 보내주세요. 린턴과 결혼할게요. 아빠도 좋아하실 거예요. 저도 린턴을 사랑해요. 제가 자진해서 하겠다는 걸 왜 억지로 시키시는 거예요?"

"아버지가 걱정한다? 나로서는 오히려 기분이 좋은 일이지. 아주 좋은 정보야. 그렇다면 더욱 너를 여기 가두어둬야겠네. 린턴과 결혼하겠다고 말했지? 내가 반드시 그 약속을 지키게 해주지. 그 약속을 지키기 전에는 이 집에서 못 나가!"

"그렇다면 유모만이라도 집으로 보내주세요. 제가 무사하다는 걸 아빠에게 알려야 해요."

히스클리프가 대답했어요.

"걱정할 필요 없어. 자기를 간호하는 게 힘들어서 어디로 도망간 줄 알겠지. 암튼 너는 네 아비 명을 어겼어. 여기 자진해서 이곳에 들어왔으니. 너는 네 아비에게 고마운 존재가 아니야. 네가 세상에 태어난 날 네 아비의 행복은 이미 끝난 거야. 내 감히 말하지만 네가 세상에 나왔을 때 네 아비는 너를 저주했을 거다. 적어도 나는 저주했지. 그러니 네 아비가 세상을 떠나면서 또 너를 저주하는 것도 아주 근사하겠는데. 나도 함께 저주해주지."

"당신은 잔인한 사람이긴 하지만 악마는 아니잖아요. 이렇게 무릎 꿇고 빌게요. 그래요, 결혼하겠어요. 하지만 제발 집으로 돌아가게 해주세요. 아빠가 돌아가시는 모습을 못 보면 어떡해

제23장

263

요? 고모부는 평생을 살면서 아무도 사랑해보지 않은 거예요? 단 한 번도?"

그 말을 하면서 캐시 아가씨가 히스클리프의 팔을 잡았어요. 히스클리프가 아가씨를 밀어내면서 고함을 질렀어요.

"그 도마뱀 같은 손 저리 치우지 못해? 어디서 함부로 애교를 떨고 있어! 난 네가 싫어!"

날은 점점 어두워지고 있었어요. 그때 밖에서 웅성거리는 소리가 들렸어요. 히스클리프가 재빨리 밖으로 나가더니 2~3분 후에 돌아왔어요.

"그레인지에서 하인 셋이 너희를 찾으러 왔었어. 내가 잘 말해서 돌려보냈지."

아, 그때 소리만 질렀어도…… 우리는 탈출할 기회를 놓친 거예요.

그날 밤 아가씨와 저는 질라의 방에서 잤어요. 아니, 잠을 잔 게 아니라 그 방에 갇혀 한숨만 쉬고 있었다고 하는 게 옳아요. 아침 7시가 되자 히스클리프가 오더니 캐시 아가씨를 밖으로 끌고 갔어요. 두세 시간 후 발소리가 나더니 문이 열렸어요. 헤어턴 도련님이었어요. 제게 먹을 것을 갖다준 거지요.

그날 저는 하루 종일 그 방에 갇혀 있었어요. 그리고 그날 밤도, 그다음 날 낮도, 또 그다음 날 밤도…… 그렇게 저는 그곳에 나흘 낮, 닷새 밤을 갇혀 있었고 만난 사람이라고는 무뚝뚝한 헤어턴 도련님뿐이었어요. 그는 입 한 번 뻥끗거리지 않고 먹을 것만 놓고 갔으니 정말 모범적인 간수인 셈이었지요.

제24장

　　닷새째 되는 날 점심때가 가까웠을 무렵 헤어턴 도련님의 발소리와는 다른 발소리가 문밖에서 들렸어요. 질라였어요. 외출 차림에 바구니를 팔에 걸친 것이 어디 다녀온 것 같았어요. 그녀가 방으로 들어오자마자 저를 보고 말했어요.

　　"어머나, 딘 부인, 여기 있었네요. 기머턴에서 당신 소문을 들었는데…… 부인과 아가씨가 블랙호스 늪에 빠졌다고들 하던데요. 나리께서 당신들을 구했고 부인이 여기 있다고 해서 오는 거예요. 내게 열쇠를 주면서 당신보고 빨리 그레인지로 가보라고 전하랬어요. 장례식에 늦지 않게 딸도 보내주겠다고 했고요."

저는 정신이 아득해서 외쳤어요.

"오, 질라! 장례식이라니! 우리 에드거 주인님이 돌아가셨단 말이야?"

"아니, 아니에요. 아직 돌아가시지는 않았어요. 오는 길에 케네스 의사 선생님을 만났는데 상태가 영 안 좋대요."

저는 아래층으로 내려왔어요. 아가씨를 찾을까 저 혼자만이라도 빨리 가볼까 망설이고 있는데 벽난로 앞에 앉아 있는 린턴 도련님이 눈에 띄었어요. 막대 사탕을 빨면서 심드렁한 표정으로 앉아 있었어요.

"캐서린 아가씨 어디 있어?"

제가 겁을 주면 사실을 말하리라고 생각하고 사납게 다그쳤어요. 그가 위층에 있다고 대답하자 저는 빨리 그 방으로 안내하지 못하겠냐고 소리질렀어요. 그러나 그는 막무가내였어요.

"아버지가 캐서린에게 호락호락 넘어가면 안 된다고 말했어. 내 아내이면서 내가 죽기를 바란다고 말했어. 내가 죽어야 내 재산을 가질 수 있을 거니까. 그래서 난 캐서린을 집에 안 보낼 거야."

"아버지는 어디 있어?"

"마당에 의사랑 있어. 의사 말이 외삼촌은 곧 죽을 거래. 외삼촌이 죽으면 내가 그레인지 주인이 되는 거잖아. 정말 잘된 거야. 캐서린은 자기를 놔주면 자기 것을 다 내게 주겠다고 나를 꼬이지만 안 그래도 다 내 건데, 뭐. 게다가 캐서린은 내게 너무 쌀쌀맞아. 나를 함부로 대하다가 아버지에게 얼마나 몹시 맞았는데…… 캐서린이 2층 어디 있는지는 나만 알아. 질라도 모르고 헤어턴도 몰라. 아무에게도 안 가르쳐줄 거야."

그러면서 그는 눈을 감아버렸어요.

저는 히스클리프를 피해 한시라도 빨리 농원으로 가서 사람들을 데려오는 게 상책이라고 생각하고 냅다 농원을 향해 달렸어요.

저를 보자 농원의 모든 사람이 기뻐했어요. 저는 그들에게 캐시 아가씨도 무사하다는 말을 전한 후 얼른 에드거 주인님을 만나러 갔어요. 며칠 만에 본 주인님의 모습은 너무도 변해 있었어요. 너무도 초연하게 죽음을 기다리는 모습이기도 했고 너무나 슬픔에 잠긴 모습 같기도 했어요. 그런데 이상하게 너무 젊어 보였어요. 실제 나이는 서른아홉이었는데 서른도 안 돼 보였어요.

주인님은 캐시 아가씨를 생각하고 있었는지 그 이름을 중얼거리더군요. 제가 주인님 귀에 대고 속삭였어요.

"주인님, 캐시 아가씨가 곧 와요. 살아 있고 잘 지내고 있어요. 아마 오늘 밤이면 돌아올 거예요."

주인님은 제 말을 듣자마자 몸을 반쯤 일으켜 주위를 둘러보더니 그대로 정신을 잃고 쓰러졌어요. 주인님이 다시 정신을 차리자 저는 그동안 '폭풍의 언덕'에서 일어났던 일을 소상히 말씀드렸어요.

에드거 주인님은 악당 히스클리프가 전 재산을 가로채려 한다는 사실을 직감했어요. 주인님은 유언장을 새로 작성하기로 마음먹었어요. 재산을 딸에게 직접 물려주지 않은 채 위탁인들이 관리하게 하고 캐시 아가씨가 죽으면 그 자식들에게 물려주는 식으로 고치려고 한 거예요.

하지만 결국 그렇게 하지 못했어요. 히스클리프가 이미 공증인들을 다 매수해서 주인님의 심부름꾼들을 피하게 만들어놓은 거지요.

그래도 딱 한 가지 다행인 것은 돌아가시기 전에 딸을 볼 수 있었다는 거예요. 제가 돌아온 날 새벽 3시에 아가씨가 돌아왔어요. 록우드 씨, 주인님은 행복하게 돌아가셨어요. 돌아가시기 전 주인님은 아가씨 뺨에 입을 맞추고 이렇게 말했어요.

"나는 네 어머니 곁으로 간단다. 사랑하는 내 딸아, 언젠가는 너도 우리 곁으로 올 거야."

장례식은 급히 치러졌고 유해는 고인의 유언대로 캐서린 언
쇼, 아니 캐서린 린턴과 같은 자리에 묻히기로 결정이 났습니
다. 나중에 들은 이야기지만 아가씨가 아버지의 마지막을 지켜
볼 수 있었던 것은 린턴 도련님이 아버지 몰래 아가씨를 방에
서 나갈 수 있게 꾀를 쓴 거라더군요. 나중에 그 때문에 아버지
에게 된통 혼이 난 것은 물론이지요.

장례식 날 저녁, 저와 캐시 아가씨는 서재에 앉아 있었어요.
돌아가신 분을 애도하면서 어두운 앞날을 이래저래 걱정하면
서요. 그때 하인 한 명이 뛰어들어오더니 "히스클리프 악마 놈
이 마당을 걸어오고 있어요. 현관문을 잠글까요?"라고 큰 목소
리로 외쳤어요. 그런데 오히려 그 목소리가 히스클리프를 서재
로 안내한 꼴이 되고 말았지요. 서재로 들어온 그는 하인에게
나가라고 소리친 뒤 문을 잠갔어요.

18년 전 그가 손님으로 들어왔던 바로 그곳이었어요. 그때와
마찬가지로 창문을 통해 밝은 달빛이 들어오고 있었어요. 아직
촛불을 밝히지 않았지만 방 안 전체가 훤히 보였어요. 벽에 걸
린 초상화들도 또렷이 보였지요. 눈부시게 아름다운 린턴 부인

의 얼굴과 그녀 남편의 품위 있는 얼굴이었어요.

히스클리프는 벽난로 쪽으로 다가왔어요. 그를 알아보자마자 캐시 아가씨는 본능적으로 밖으로 뛰쳐나가려는 듯 자리에서 벌떡 일어났어요. 그가 아가씨의 팔을 잡으며 말했어요.

"서지 못해! 또 도망질하려고! 너를 집으로 데려가려고 왔다. 이제 좀 얌전한 며느리가 돼야 할걸. 더 이상 내 아들을 꼬드겨 내가 시키지 않은 짓 하게 만들지 마. 그놈 얼굴을 보면 어떤 대가를 치렀는지 알 수 있을 거야. 네 신랑이 마음에 들건 안 들건 집에 가야 해. 그게 네가 해야 할 당연한 일이니까."

제가 그에게 말했어요.

"캐시 아가씨를 이곳에 그냥 있게 하면 되잖아요. 당신 아들을 이리로 보내고…… 당신이 둘 다 싫어하니 아쉬울 것도 없잖아요."

"이곳 그레인지에 살게 될 세입자를 구하는 중이야. 나도 내 자식을 곁에 두고 싶거든. 게다가 쟤도 이제 제 밥값을 해야 해. 에드거가 죽은 마당에 더 이상 호사를 누리면서 빈둥거리게 둘 수는 없어."

그는 다시 아가씨를 향해 소리를 질렀어요.

"억지로 끌고 가기 전에 어서 준비하지 못해!"

제24장

271

그러자 캐시 아가씨가 당당하게 말했어요.

"갈 테니 걱정 말아요. 이제 이 세상에 내가 사랑할 사람이라 곤 린턴밖에 없으니. 당신이 우리 둘이 서로 미워하게 하려고 아무리 애를 써도 소용없을걸. 내 앞에서 린턴을 괴롭히면 내가 가만히 안 있을 거야!"

"아주 용감하시군! 뭐야? 네년 좋으라고 내가 그놈을 괴롭혀? 그럴 일은 없어. 뭐? 네년이 그놈 미워하게 하려고 애를 써? 웃기지 마. 그놈 성격 때문에 저절로 미워하게 될 거야. 그놈은 지금 네년을 도망가게 해준 다음 내게 당한 것 때문에 단단히 앙심을 품고 있으니 조심해야 할걸."

"나도 그의 성격이 못된 건 잘 알아. 당신 아들이니. 하지만 다행히 나는 그를 용서할 만한 품성을 지녔어. 그가 나를 사랑하는 건 사실이니까 나는 그를 사랑할 수 있어. 하지만 히스클리프 씨! 당신을 사랑해주는 사람은 아무도 없어! 당신은 악마처럼 외로운데다 질투가 많아. 당신이 죽더라도 당신을 위해 울어줄 사람은 아무도 없어!"

캐시 아가씨는 일종의 서글픈 승리감에 도취한 듯 말했어요. 그녀는 이미 새로운 가족의 정신적 분위기를 자기 것으로 삼기로 한 것 같았어요. 말하자면 자기 적들의 슬픔과 고통 속에서 기쁨을 찾으려고 한 거지요.

아가씨는 곧 짐을 챙기려고 서재에서 나갔어요. 저는 히스클리프에게 저도 함께 '폭풍의 언덕'에 가게 해달라고, 이곳은 저 대신 질라가 지키게 해달라고 간청했어요. 그는 딱 잘라 안 된다고 말하더니 린턴 부인의 초상화를 유심히 살펴보기 시작했어요.

"저건 내가 가지고 가겠어."

그는 미소라고 하기에는 뭐한 야릇한 표정을 짓더니 말을 이었어요. 제게 말을 한다기보다는 마치 혼잣말을 하는 것 같았어요.

"내가 어제 뭘 했는지 알아? 에드거의 무덤을 파고 있는 일꾼에게 캐시의 관에 덮여 있는 흙을 치우라고 했어. 그리고 관 뚜껑을 열어봤어. 그녀의 얼굴은 그대로였어. 묘지기가 말하더군. 시체에 공기가 닿으면 쉽게 썩어버린다고. 나는 관 뚜껑을 닫은 다음 한쪽 귀퉁이를 일부러 헐겁게 해놓았어. 그리고 묘지기에게 돈을 주면서 나중에 내가 거기 묻히면 내 관도 그렇게 해달라고 했어. 왜 그랬는지 알아? 나중에 에드거의 관이 썩어 그 영혼이 밖으로 나오더라도 우리 둘을 분간할 수 없게 하려고 그런 거야."

저는 그 소리를 듣고 끔찍해서 소리를 질렀어요.

"아니, 무슨 그런 끔찍한 짓을! 고인의 안식을 어지럽힌 게 부끄럽지도 않아?"

"넬리, 난 그 누구의 안식도 어지럽힌 게 아니야. 단지 내 마음을 조금 편하게 해준 것뿐이야. 지금 기분이 좋아졌을 뿐 아니라 죽은 후에도 얌전히 묻혀 있게 된 거지. 내가 그 애의 안식을 어지럽혔다고? 천만에! 18년 동안 나를 뒤흔들어놓은 건 바로 그 애야. 밤이고 낮이고 끊임없이! 바로 어제까지도! 그리고 이제 나는 편안해졌어. 그 애가 죽은 뒤, 내가 미친 사람처럼 그 애의 영혼을 내게 돌려달라고 간청했던 것, 넬리도 알지? 나는 분명 유령이 있다고 믿어. 유령은 분명히 존재하고 바로 우리 곁에 있다고 확실히 믿고 있어. 그 애가 묻히던 날 눈이 왔지. 그날 저녁 나는 묘지로 갔어. 물론 아무도 없었지. 그 애와 나를 가로막고 있는 건 2미터 두께 정도의 흙뿐이었어. 나는 그녀를 다시 내 품에 안으리라 생각했어. 나는 삽을 가져다 온 힘을 다해 흙을 파기 시작했어. 흙을 거의 다 파내고 관이 보이자 나는 손으로 흙을 헤쳐내기 시작했어. 그때였어. 갑자기 위쪽에서 한숨 소리가 들리는 것 같았어. 나는 캐시가 거기 있음을 확실히 느꼈어. 저 땅속이 아니라 바로 땅 위에 있음을 확실하게 느낄 수 있었어. 나는 갑자기 안도감에 사로잡혔어. 괴로움은 일시에 사라지고 위로를 받은 거야. 정말 말로는 표현할 수 없는 크나큰 위로를! 그 애는 내가 무덤을 다시 덮을 때까지 나와 함께 있었고 나를 집까지 데려다주었어. 웃고 싶으면 웃어. 하지만 그 애는 분명히 거기에 있었고 나는 그 애를 보았고 그 애에게 말까지 걸었어. 나는 '폭풍의 언덕'으로 돌아와 급히 현관으로 달려갔어. 그때 그 망할 놈의 힌들리 언쇼와 내 마누라가 현관문을 잠가놓았던 것을 나는 분명히 기억하고 있어. 나는 그놈을 죽어라 걷어차고 위층으로 뛰어올라가 그 애 방이었던 내 방으로 들어간 후 방 안을 급히 살펴봤어. 나는 그 애가 그곳에 있다는 걸 분명히 느꼈어. 하지만 분명 보일 것 같으면서도 끝내 보이지 않았어. 나는 그리움과 안타까움에 단 한 번만이라도 모습을 보여달라고 애타게 빌었어. 내가 흘리고 있던 건 땀이 아니라 피였어. 하지만 그 애는 내 소원을 들어주지 않았어. 살아 있을 때 그랬듯이 죽어서도 내게 악마와 같은 짓을 한 거야. 그 이후로 나는 줄곧 고통 속에 살아왔어. 더할 때도 있었고 덜할 때도 있었지만 내 신경은 언제나 팽팽하게 줄이 당겨져 있었어. 내 신경 줄이 질기지 못했다면 이미 오래전에 에드거처럼 맥이 풀어져버렸을 거야. 그런데 이제 그 애를

제24장

본 거야. 이제 나는 약간이나마 안심할 수 있게 된 거야. 그 애는 18년 동안 자기를 볼 수 있다는 헛된 희망을 품게 하고서 나를 죽이고 있었던 거야. 그것도 머리카락 한 올만치의 두께만큼씩 아주 천천히, 천천히."

히스클리프는 말을 마치자 땀에 젖은 머리카락이 달라붙어 있는 이마를 닦았어요. 잠시 후 그는 벽에서 초상화를 떼어내더니 소파에 기대어놓고 캐시 아가씨가 오기를 기다렸어요. 이윽고 캐시 아가씨가 오자 그는 내게 초상화를 내일 보내라고 한 후 캐시 아가씨를 데리고 밖으로 나갔어요. 밖으로 나가면서 캐시 아가씨가 제게 입맞춤을 하며 말했어요.

"안녕, 유모. 나를 잊지 말고 꼭 보러 와줘."

그러자 그의 시아버지가 말했어요.

"딘 부인, 그럴 필요 없어. 할 말이 있으면 내가 이리로 올 거니까."

그가 아가씨에게 앞장서라고 손짓을 했고 아씨는 제 가슴이 찢어지게 하는 시선을 제게 보낸 후 그의 말대로 했어요. 저는 창가로 가서 그들이 마당을 가로지르는 것을 지켜보았어요. 히스클리프는 캐시 아가씨의 팔을 자기의 팔에 낀 채 빠른 걸음으로 그녀를 거의 끌다시피 데려갔어요. 얼마 후 그들의 모습은 나무 사이로 사라졌어요.

그렇게 캐시 아가씨가 내 곁을 떠난 후 얼마간 저는 그녀를 다시 보지 못했어요. 가끔 '폭풍의 언덕'에 찾아갔지만 조셉이 문만 살짝 열어 보이고는 안 들여보냈어요. 아가씨 소식은 질라를 통해 가끔 들을 수 있을 뿐이었어요. 이제부터 질라를 통해서 들은 이야기를 간단하게 해드리겠어요.

짐작대로 아가씨는 징징대는 남편을 달래고 돌보느라 정신이 없었어요. 히스클리프는 의사를 불러달라는 아가씨의 청도 냉정하게 거절했고요. 울기도 많이 울었나봐요.

결국 린턴 도련님이 세상을 떠났어요. 린턴 도련님이 죽자 캐시 아가씨는 2주 동안 2층에서 내려오지 않았대요. 그동안 히스클리프는 딱 한 번 위층에 올라갔더랍니다. 캐시 아가씨에게 린턴 도련님의 유언장을 보여주기 위해서였지요. 린턴 도련님은 자기 소유의 모든 재산과 아가씨의 동산까지 모두 아버지인 히스클리프에게 상속했어요. 캐시 아가씨는 그야말로 아무것도 가진 게 없는 처지가 된 거지요.

이후 캐시 아가씨는 점점 모든 사람에게 쌀쌀해졌고 책이나 읽으면서 외로움을 달랬답니다. 아 참, 딱 한 가지 빼놓은 게 있네요. 그 무뚝뚝하던 헤어턴 도련님이 아가씨에게 관심을 갖고

제24장

친절해졌다는 거예요. 그리고 질라에게 이런 부탁을 하더래요.

"질라, 캐시에게 책을 좀 읽어달라고 해요. 심심하기도 하고 저 사람 책 읽는 소리를 듣고 싶어서요. 그렇다고 내가 그런다고 하지 말고 질라가 그냥 읽어달라고 해요."

거실에 함께 앉아 있을 때 질라가 아가씨에게 말했대요.

"마님, 헤어턴 씨가 책을 좀 읽어달랍니다. 그러면 아주 고맙겠다고요."

그러자 즉시 아가씨가 호통을 쳤답니다.

"헤어턴 씨, 그리고 당신들 모두 다 들어! 그렇게 가식적인 친절 사양하겠어. 따뜻한 말 한마디가 정말 그리울 때는 코빼기도 안 비치더니! 저 위에 있자니 추워서 어쩔 수 없이 내려온 거지, 당신들을 즐겁게 해주려고 내려온 게 아니야!"

질라의 이야기를 듣고 당장 캐시 아가씨를 데려오고 싶은 생각이 굴뚝같았어요. 여기 일자리를 그만두고 오두막이라도 장만해서 아가씨와 함께 살고도 싶었고요. 하지만 히스클리프가 허락해줄 리가 없지요. 그러니 캐시 아가씨가 재혼한다면 모를까, 별 뾰족한 수가 없어요. 저 같은 사람이 캐시 아가씨의 혼처를 주선할 능력도 없고요.

딘 부인의 이야기는 여기서 끝났다. 의사의 예측과는 달리 나는 하루가 다르게 회복되고 있었다. 나는 내일이나 모레쯤 '폭풍의 언덕'에 한번 가보기로 마음먹었다. 히스클리프 씨를 만날 일이 있었다. 내가 런던에서 6개월 정도 지내게 되었다고 집주인에게 알려주기 위해서였다. 그리고 계약이 만료되는 10월 이후에 새로운 세입자를 구해보라고 말할 참이었다. 세상 그 무엇을 준다 해도 이곳에서 또다시 겨울을 보낸다는 건 생각하기도 싫었기 때문이다.

제24장

제25장

다음 날 나는 히스클리프 씨를 만나 할 말을 모두 전하고 런던을 향해 떠났다. 영영 그곳을 떠난 것이다. 런던에서 나는 '폭풍의 언덕'에 대해서는 더 이상 생각하지 않고 지냈다. 차라리 기억에서 지워버리고 싶은 곳의 일을 굳이 떠올릴 필요는 없지 않은가?

1802년.

그곳을 떠난 이듬해 9월에 나는 북쪽 지방에 사는 친구로부터 사냥 초대를 받았다. 친구의 집으로 가는 길에 나는 우연히 기머턴과 20여 킬로미터밖에 떨어지지 않은 곳을 지나게 되었다. 기머턴이라는 지명을 듣는 순간, 이미 꿈결처럼 희미해졌던 일들이 되살아났다. 나는 갑자기 스러시크로스 그레인지에 한 번 가보고 싶다는 충동에 사로잡혔다.

나는 아침 일찍 길을 나서서 해가 지기 전에 스러시크로스 그레인지 농원에 도착했다. 하지만 그곳은 처음 보는 노파가 지키고 있을 뿐 딘 부인은 없었다. 노파의 말로는 딘 부인은 '폭풍의 언덕'에 살고 있다고 했다. 나는 즉시 '폭풍의 언덕'으로 향했다.

'폭풍의 언덕'에 도착하니 전과 달라진 게 있었다. 문을 두드릴 필요도 없이 살짝 여니까 대문이 미끄러지듯 열렸다. 안으로 들어가니 문과 창이 모두 열려 있었고 보기 좋게 타오르는 큰 방의 벽난로 불빛이 훤하게 보였다.

나는 창가로 갔다. 엿보려고 그런 것은 아니었다. 창 가까이 앉아 있는 사람들의 모습이 보이고 목소리가 들려서 나도 모르게 발길이 그리로 향한 것이었다.

"컨-트러리."

마치 은방울처럼 맑고 감미로운 목소리가 들려왔다.

"이런 바보! 벌써 세 번째잖아! 마지막으로 가르쳐주는 거야. 또 잊어버리면 머리카락을 잡아당길 거야."

"컨트러리. 잘 읽잖아."

제25장

281

부드러우면서도 깊은 울림을 주는 목소리였다.

"자, 잘 읽었으니 어서 키스 좀 해줘."

그러자 여자가 대답했다.

"안 돼. 다시 한 마디도 틀리지 말고 똑바로 읽어봐. 그 전에는 싫어."

남자가 글을 읽기 시작했다. 안을 살짝 들여다보니 점잖은 차림에 잘생긴 얼굴의 젊은이였다. 얼굴에는 기쁨의 빛이 가득했으며 책을 읽으면서도 눈길은 연방 자신의 어깨 위에 놓인 아름다운 손을 향했다. 그럴 때마다 그 귀여운 손의 주인이 그의 뺨을 가볍게 때렸고 그의 눈은 다시 책으로 향하곤 했다.

그 손의 주인은 청년 뒤에 서 있었다. 넋을 잃게 할 정도로 아름다운 얼굴이었다. 나는 한동안 멍하니 그 얼굴을 바라보았다. 그러다가 정신이 번쩍 들어 나는 얼른 발길을 돌렸다. 잠시 후, 그들이 산책하러 나가는지 등 뒤로 발소리가 들렸다.

주방 쪽으로 가서 문을 밀어보니 그 문도 역시 열려 있었다. 주방에서는 내 친구 넬리 딘이 바느질을 하며 노래를 부르고 있었다.

그녀는 반갑게 나를 맞았다. 내가 그레인지를 떠난 지 얼마 안 되어 질라가 그만두었기에 히스클리프 씨가 자기를 이곳으로 불러와 함께 지내게 되었다는 것이었다. 그런데 나는 그녀에게 놀라운 소식을 들었다. 그가 석 달 전에 세상을 떠났다는 것이었다. 그런데 그 죽음이 평범한 죽음이 아니었다. 이제부터 그녀가 들려준 그 이상한 죽음에 관한 이야기를 그녀의 입을 통해 들려주겠다.

시간이 흐를수록 히스클리프는 점점 사람을 피해서 혼자 있게 되었어요. 심지어는 헤어턴 언쇼가 곁에 있는 것조차 싫어했어요. 물론 캐시 아가씨에게 모질게 군 건 마찬가지였어요. 하지만 캐시 아가씨는 히스클리프에게 불만이나 반감을 표시하지 않았어요. 아가씨가 착한 마음씨를 지녔다는 건 록우드 씨도 잘 아시잖아요.

그런데 어느 날부터인가 히스클리프가 진짜로 변하기 시작했어요. 그러더니 저를 붙잡고 이런 이야기를 하는 거예요.

"넬리, 정말 웃기는 결말이야. 그렇게 죽기 살기로 애를 썼는데…… 두 집안을 망가뜨리려고 온갖 연장 다 구하고 헤라클레스처럼 힘을 길러왔는데 막상 준비도 다 끝나고 힘도 생기니까, 모든 의욕이 사라져버렸어. 두 집안을 부수기는커녕 기왓장 한 장 들어 올릴 기분도 나지 않아. 이제 그 집 자손들에게 얼마든지 복수할 수 있는데…… 나를 막는 건 아무것도 없는데…… 하지만 그래 봤자 무슨 소용이야? 이제 복수할 마음이 없어. 손가락 하나 까딱하기 싫어. 아량 따위를 이야기하는 게 아니야. 쟤들을 파멸시키는 게 즐겁지 않다는 이야기야. 나는 즐겁지도 않은 일을 할 만큼 부지런한 사람이 아니야. 넬리, 내게 정말 이상한 변화가 시작됐어. 저 두 아이의 모습은 나를 너무나 큰 고통에 빠지게 해. 캐시, 저 애는 차라리 내게 안 보였으면 좋겠어. 저 애 모습을 보면 나를 미치게 하는 그 무언가가 내 속에서 깨어나는 것 같아. 그리고 헤어턴은 다른 방식으로 나를 괴롭게 해. 하지만 그 애도 내 눈앞에서 사라지기를 바라는 건 마찬가지야. 그 애는 내 젊은 날을 내게 일깨워. 그놈을 보고 있으면 너무 여러 가지 감정이 일어서 조리 있게 말할 수도 없을 정도야. 우선 저놈은 무서울 정도로 캐서린을 닮았어. 무서울 정도로 그녀를 떠올리게 해. 그놈을 보면 그 모습은 마치 내 불멸의 사랑의 유령 같아. 내 권리를 지키려는 내 온갖 노력의 화신, 추락한 내 모습의 화신, 내 자존심과 내 행복과 내 번뇌의 화신! 그래서 저놈이 제 사촌과 어울리든 말든 신경을 안 쓰는 거야. 난 더 이상 저 둘에게는 관심을 쏟지 않겠어."

히스클리프의 말 중에 궁금한 게 있으시지요? 둘이 어울린다는 이야기 말씀이요. 그 이야기는 나중에 해드릴게요. 그의 말이 끝나자 제가 물었어요. 전에는 한동안 그에게 반말을 했지만 이제는 말을 높이고 있었어요.

"그런데 히스클리프 씨, 당신에게 변화가 시작되었다고 했지요? 도대체 그게 무슨 말이에요?"

"정작 변화가 와봐야 알겠지. 지금은 나도 절반 정도밖에 모르겠어. 난 단 한 가지 생각에만 몰두해 있을 뿐이야. 내게는 단 한 가지 소원밖에 없어. 내 전 존재와 내 전 능력이 그 소원만을 향해 있어. 내가 그토록 오랫동안 줄기차게 원해왔으니까 틀림없이 그 소원이 이루어질 거야. 그 소원이 내 존재 전체를 집어삼켜버렸어. 아, 넬리에게 속을 털어놔도 마음이 가벼워지지 않네. 아아, 정말 오랫동안 싸워왔어. 이제 그만 끝났으면 좋겠어."

이후 히스클리프의 은둔 비슷한 생활은 그 도가 더 심해졌어요. 식사도 하루에 한 끼 정도로 그쳤고 그나마 식사 시간에 우리와 마주치지도 않았어요.

어느 날 밤 모두 잠자리에 든 후에 그가 층계를 내려가 앞문으로 나가는 소리가 들렸어요. 아침에 보니 아직 들어오지 않았더군요. 때는 4월이었어요.

제25장

그는 아침 식사 시간이 한참 지나서야 집으로 들어왔어요. 이상하게도 밝고 즐거운 표정이었어요. 정확히 말하면 들뜬 표정이라고 말해야 옳을지도 몰라요. 제가 식사를 차려주었지만 전혀 손을 대지 않았어요.

한두 시간 후 저 혼자 큰 방에 있을 때 그가 방으로 들어왔어요. 여전히 흥분 상태였지만 얼굴이 창백했어요. 그리고 가끔씩 이를 드러내며 미소를 지었고 온몸을 떨었어요. 추워서 떠는 게 아니라 마치 팽팽하게 당겨진 줄이 부르르 떠는 것만 같았어요. 저는 그에게 물었어요.

"히스클리프 씨, 무슨 좋은 일이라도 있으세요? 평소와 달리 기운이 넘치는 것 같아요."

"내게 어디 좋은 소식이 올 데가 있나? 넬리, 내 마지막 부탁인데 헤어턴이건 누구건 내 옆에 얼씬도 못 하게 해줘요. 나 혼자 이 방에 있고 싶어."

제가 궁금해서 물었어요.

"알았어요. 시키는 대로 할게요. 하지만 왜 그러는지 말해줘요. 괜히 궁금해서 그러는 게 아니에요."

그러자 그가 웃으며 대답했어요.

"뭐 궁금해서 묻는 거면서…… 대답해줄게. 어젯밤 나는 지옥에 갔다 왔어. 오늘은 천국을 보고 있는 거고. 바로 세 발자국 정도 거리야. 자, 이제 나가보도록 해."

그날 그는 밖으로 나가지도 않은 채 혼자 있었어요. 8시쯤 되자 저는 그에게 저녁 식사를 갖다주려고 그의 방으로 갔어요. 그는 창문을 열어놓은 채 창턱에 팔을 기대고 있더군요. 방은 어두웠어요. 제가 들고 간 촛불에 그의 얼굴이 비치는 순간 저는 깜짝 놀라고 말았어요. 시커먼 눈은 움푹하게 꺼져 있었고, 송장처럼 시퍼런 낯빛에 그 웃음! 마치 무덤에서 나온 귀신이나 흡혈귀 같았어요. 저는 무서워서 뒤로 물러서다가 그만 촛불을 꺼뜨리고 말았답니다. 그러자 그가 아무것도 먹고 싶지 않다며 그만 나가보라고 했어요.

다음 날 히스클리프는 아래로 내려왔지만 여전히 아무것도 먹지 않았어요. 흥분한 표정은 전날보다 더 심했고요. 식탁에 앉아서도 무언가 먹으라는 제 말은 무시하고 또렷이 한곳을 응시하고만 있었어요. 무언가 극도의 쾌감과 고통을 동시에 느끼는 것 같은 표정이었지만 제대로 표현은 못 하겠어요.

잠시 후 그는 밖으로 나가 정원을 어슬렁거리더니 문밖으로 나갔어요. 그러더니 자정쯤 돌아왔어요. 그는 자기 방으로 가지 않고 큰 방에 홀로 있었어요. 한참을 잠을 이루지 못하던 저는 아래층으로 내려갔어요. 아마 새벽 4시쯤 됐을 거예요. 그는 왔다갔다 하면서 뭔가 중얼거리고 있었어요. 캐서린이라는 말을 알아들을 수 있었고 그 뒤에 사모하는 말, 번뇌하는 말이 뒤따른 것 같았어요.

그날 그가 제게 해준 이야기는 이런 거였어요.

"넬리, 넬리는 내가 살아오면서 한 짓들을 뉘우치라고 하겠지. 하지만 나는 잘못한 게 없으니 뉘우칠 것도 없어. 나는 정말 행복하지만 이걸로 만족이 안 돼. 내 육체를 아무리 파괴하더라도 내 영혼이 만족하려들지 않아. 넬리, 내가 죽으면 내 시체는 교회 묘지로 보내. 넬리랑 헤어턴은 따라와도 괜찮아. 그리고 묘지기가 내 지시대로 관 두 개를 처리하는지 꼭 봐줘. 목사를 부를 필요도 없고 조사(弔辭)도 필요 없어. 나만의 천국은 따로 있어. 남들이 가 있는 천국, 나는 거긴 관심도 없고 거긴 가고 싶지도 않아."

그게 마지막이었어요. 다음 날 제가 잠긴 그의 방문을 열고 들어가보니 아무도 없었어요. 저는 상자 모양 침대로 달려가 미닫이 문짝을 열고 안을 들여다보았어요. 록우드 씨가 이 집에 온 날 들어가 누웠던 바로 그 침대 말이에요. 그가 거기 누워 있었어요. 저를 쳐다보는 눈초리가 사나워서 움찔했는데 다시 보니 미소를 짓고 있었어요. 그는 뻣뻣하게 굳은 채 죽어 있었던 거예요.

케네스 의사 선생님이 와보고는 몹시 당황했어요. 도대체 무슨 병으로 죽은 건지 진단을 내릴 수가 없었던 거지요. 저는 히스클리프가 제게 생전에 부탁했던 대로 묻어주었어요. 그를 묻을 때 헤어턴을 제외하고는 아무도 울지 않았어요. 지금 그 무덤은 옆에 있는 두 무덤과 마찬가지로 깨끗하고, 파릇파릇하게 잔디가 나 있어요. 저는 그 안에 묻힌 사람도 옆의 두 사람과 마찬가지로 편안히 잠자고 있으리라고 믿어요.

하지만 이곳 사람들은 모두 히스클리프의 영혼이 무덤 밖을 떠돌고 있다고 믿어요. 믿는 정도가 아니라 성경에 손을 얹고 맹세를 해요. 교회 부근에서 그의 영혼을 보았다는 사람도 있고 들판에서 보았다는 사람, 심지어 이 집 안에서 보았다는 사람도 있어요. 저, 늙은 조셉 있잖아요? 조셉은 히스크리프가 죽은 뒤 비 오는 밤이면 그 방 창으로 밖을 내다보는 두 사람 모습을 봤다고 막 우겨요. 저는 정말로 안 믿었지만요.

그런데 한 달 전쯤인가, 제게도 이상한 일이 일어났어요. 저는 혼자 스러시크로스 그레인지 농원으로 가고 있었어요. 폭풍우가 몰아칠 것 같이 사방이 어두컴컴한 저녁이었어요. 길을

제25장

가다가 저는 울고 있는 어린 목동을 만났어요. 그 애 옆에 어미 양 한 마리와 새끼 양 두 마리가 있었지요. 저는 새끼 양들이 말을 안 들어서 그러나 보다 하고 "착한 애가 왜 이렇게 우시나?"라며 그 애를 달래주었지요.

그러자 그 애가 말했어요.

"저기 모퉁이에 히스클리프가 어떤 여자랑 있어요. 무서워서 못 지나가겠어요."

여전히 울먹이는 목소리였어요. 아마 유령 이야기를 부모나 친구들에게 듣고 저 혼자 유령 모습을 그려낸 거겠지요. 하지만 이제는 저도 어두워지면 밖에 나가고 싶지가 않아요. 이 음침한 집에 혼자 남아 있고 싶지도 않고요. 다행히 저 두 사람이 결혼하면 우리 모두 그레인지 농원으로 옮겨가게 될 거예요.

나는 그녀 이야기를 듣고 속으로는 짐작하면서도 물었다.

"두 사람이라니? 누구와 누가 결혼한다는 거요?"

"헤어턴 언쇼 도련님과 캐서린 린턴 아가씨요. 헤어턴 도련님이 배운 게 없어서 장애가 되긴 했어요. 그가 하루아침에 교양인이 될 수 있었던 것도 아니고 아가씨가 인내심이 엄청난 현자도 아니었으니까요. 하지만 둘 다 사랑하는 마음으로 인정해주고 인정받고자 했으니 그런 것들은 문제가 아니었지요. 둘 다 바탕은 더없이 고결하고 착하잖아요. 둘은 정월 초하루에 결혼하게 될 거예요."

나는 궁금해서 물었다.

"그럼 여기엔 누가 살게 되는 거요?"

"조셉이 관리할 거예요. 같이 지낼 애를 하나 구해서 둘이 주방에서 지내게 할 거예요. 나머지는 모두 닫아버리고요."

"그럼 유령들이 마음껏 들어와 살겠군."

그러자 넬리가 고개를 저으며 말했다.

"그런 말 마세요, 록우드 씨. 고인들은 지금 모두 평화롭게 잠들어 있어요. 죽은 사람을 두고 그런 식으로 농담하시면 안 돼요."

그 순간 문이 열리면서 산책하러 나갔던 두 젊은이가 들어오는 게 보였다. 그들을 보고 나는 중얼거렸다.

"저들은 무서울 게 아무것도 없을 거야. 둘이 함께한다면 사탄이 대군을 몰고 와도 물리칠 수 있을 거야."

나는 왠지 그들과 마주치고 싶지 않아 슬며시 그곳을 빠져나왔다. 나는 일부러 교회 쪽으로 귀갓길을 잡았다. 교회는 눈에 띄게 황폐해져 있었다. 나는 들판 옆 비탈에서 세 개의 묘석

제25장

291

을 쉽게 발견할 수 있었다. 한가운데 묘석은 회색이었고 반쯤은 히스 숲에 묻혀 있었다. 그 옆의 에드거 린턴의 비석은 잔디와 잘 어울린 가운데 밑동에 이끼가 끼어 있었다. 히스클리프의 비석은 아직 아무것도 묻지 않고 벌거벗은 채였다.

부드러운 미풍이 풀잎을 어루만지는 것을 바라보며 나는 조용히 중얼거렸다.

"이 고요한 땅에서 잠자고 있는 사람들이 어찌 편한 잠을 이루지 못하리라고 상상할 수 있으리오."

『폭풍의 언덕』을 찾아서

여러분은 고딕이라는 말을 들어보았을 것이다. 컴퓨터 자판을 많이 두드려본 사람은 고딕체 글자를 떠올릴 것이고, 고딕 성당이라는 말을 떠올린 사람도 있을 것이다. 그런데 고딕소설이라는 말은 들어보았는가? 『프랑켄슈타인(*Frankenstein*)』『드라큘라(*Dracula*)』『지킬 박사와 하이드 씨(*Dr Jekyll and Mr Hyde*)』같은 작품들을 우리는 고딕소설이라고 일컫는다. 한마디로 으스스한 소설이다. 왜 으스스한가? 비합리적이고 초자연적인 존재들이 등장하는 소설이기 때문이다. 그리고 우리가 읽은 『폭풍의 언덕(*Wuthering Heights*)』도 대표적인 영국 고딕소설로 꼽힌다. 배경이 '워더링 하이츠: 폭풍의 언덕'이라는 음산한 곳이고 히스클리프라는 광기에 사로잡힌 주인공이 등장하기 때문이다.

배경도 상식을 뛰어넘고 주인공도 정상이 아니다.

하지만 고딕이라는 말이 애당초 그렇게 기괴하고 비상식적인 것을 의미하지는 않았다. 저 유명한 파리의 노트르담대성당, 샤르트르대성당 등은 대표적인 고딕 성당이지만 으스스하기는커녕 아름답고 화려하다.

고딕 양식이란 13~15세기에 북프랑스를 중심으로 유럽에 퍼진 미술 양식을 일컫는다. 그 양식의 특징이 어떠한 것인가는 역시 고딕 성당에 잘 나타나 있다. 우선 고딕 성당은 뾰족한 첨탑이 특징이다. 이전의 로마네스크 양식의 성당 지붕이 둥근 돔 형식이었던 것과 또렷이 대비된다. 또한 고딕 성당의 기둥을 좀 자세히 살펴보면 우리는 각각의 기둥들이 나무 모양으로 되어 있음을 알 수 있고 안팎 조각에는 식물이나 인간, 신의 자연스러운 형상이 표현되고 있음을 볼 수 있다. 한마디로 고딕 성당은 자연이 성당 건물로 옮겨 앉은 것이라고 볼 수 있다. 달리 말하면 기독교 신앙이 자연과 결합한 것이 바로 고딕 양식이다.

고딕 예술이란 자연에도 성령이 깃들어 있다는 믿음이 예술로 나타난 것이다. 성령은 저 높은 곳에 군림하고 있는 게 아니라 이 세상 만물 속에 자리 잡고 있다는 믿음이 낳은 것이 바로 고딕 예술이다. 그래서 고딕 성당에는 세속적 아름다움, 화려한 자연의 빛, 색, 형태가 화려하게 표현된다. 그 이전의 엄숙한 수도회인 시토회에서는 엄격하게 금지되었던 세속의 아름다움이 종교에 도입된 것이다.

그렇다면 왜 비합리적이고 초자연적인 존재들이 등장하는 소설을 고딕소설이라고 부르게 되었는가? 유럽은 17세기 고전주의 시대, 18세기 계몽주의 시대를 거쳐 19세기에는 실증주의 시대에 이르게 된다. 간단하게 말한다면 인간의 이성이 승리를 구가하는 발걸음을 해온 것이다. 인간이 이성의 힘으로 이 세상 모든 진실을 다 밝힐 수 있으며 인간 이성의 힘으로 지상에 낙원을 건설할 수도 있다는 믿음을 드러낸 것이 바로 실증주의다. 인간의 이성이 그렇게 큰 힘을 발휘하게 되면서 이른바 비이성적인 것, 신비스러운 것, 초자연적인 것들은 설 자리를 잃게 된다. 그 설 자리를 잃은 것들을 소설 속에서 살려내서 표현한 것이 바로 고딕소설이라고 보면 된다. 고딕소설은 빛의 이면에 숨어 있는 그림자와 어둠을 보여주는 소설이다. 그 이면에 숨어 있는 신비스러움을 보여주는 소설이다. 그러니 당연히 으스스하다. 중세 고딕 양식에서는 화려하게 꽃을 피웠던 신비스러운 힘이 19세기에 이르러서는 어두운 곳에 숨어 있는 음

습한 존재가 된다. 좀 더 쉽게 이야기하면 문명 뒤에 숨어 있는 야만, 세련된 교양 뒤에 숨어 있는 야성 이런 것들이 특징적으로 나타나는 게 고딕소설이다.

『폭풍의 언덕』은 그 고딕적인 분위기가 사랑과 결부된 소설이다. 가장 아름답다고 말해야 할 사랑이 바로 그 어두운 악마성과 결합한 소설이다. 소설 속에서 인간적으로 그리고 사회적으로 우리가 지켜야 할 가치라고 생각하고 있던 것들이 난도질을 당한다. 소설 속 주인공은 사랑의 이름으로 잔인한 복수를 서슴없이 저지르고 살육을 저지른다.

우리는 그것도 사랑이라고 말할 수 있는가? 사랑이 무엇이기에 사랑의 이름으로 그런 잔인한 짓을 저지를 수 있단 말인가? 그런 사랑을 한 히스클리프는 도대체 사람인가, 악마인가?

사실 사랑에도 종류가 많다. 인간적이고 육체적인 사랑을 뜻하는 에로스적인 사랑, 종교적이고 이타적인 사랑을 의미하는 아가페적인 사랑, 순전히 정신적인 순수한 사랑을 의미하는 플라톤적인 사랑이 아마 우리가 흔히 알고 있는 대표적인 사랑의 종류일 것이다. 하지만 우리는 그런 분류로 만족하지 못하고 사랑이라는 단어 앞에 여러 가지 다른 수식어들을 붙인다.

이루어질 수 없는 사랑, 눈먼 사랑, 행복한 사랑, 불행한 사랑, 헌신적 사랑, 풋내기 사랑 등 사랑 앞에 붙일 수 있는 수식어는 아주 많다. 그 모두 사랑이라면 다 해볼 만한 사랑이다.

그런데 그 모든 것을 압도하는 또 하나의 사랑이 있다. 바로 미친 사랑이다. 『폭풍의 언덕』의 히스클리프와 캐서린은 바로 그런 미친 사랑을 한 연인이다.

미친다는 건 무엇을 뜻하는가? 상식 밖의 생각과 행동을 한다는 걸 뜻한다. 오로지 자신이 소중히 여기는 것밖에는 중요한 것이 아무것도 없고 눈에 들어오지 않는다는 것을 뜻한다. 미친 사랑을 한다는 것은 그 사랑에 방해되는 모든 윤리와 규율과 상식이 눈에 보이지 않는다는 뜻이다. 눈에 보이지 않을 정도가 아니라 모든 것이 그 사랑의 방해물로 여겨진다는 뜻이다. 그 미친 사랑을 불가능하게 만드는 모든 것들에 대한 증오와 복수심을 이글거리게 하는 사랑이다.

그 사랑은 모든 한계를 뛰어넘는 사랑이다. 심지어 삶과 죽음도 뛰어넘고 천국과 지옥도 뛰어넘는다. 죽어서도 그 사랑은 사라지지 않고 영원하다. 『폭풍의 언덕』에서 캐서린이 유령이 되어 나타나는 것은 그 때문이며 히스클리프가 죽어서도 그녀와 함께하겠다고 계획하고 그 계획을 실행하는 것도 그 때문이다. 그 둘은 죽어서도 다시 사랑하리라고 독자들에게 믿게 만드는 그런 사랑이다. 우리는 그 둘이 유령이 되어 다시 만나 사랑을 하리라고 믿는다. 그 둘은 죽은 다음 천국에도 가지 않고 지옥에도 가지 않는다. 그 둘은 그 둘만의 사랑을 가능하게 하는 미지의 장소에서 사랑을 나눈다. 정말 지독한 사랑이고 특별한 사랑이다.

그러나 바로 그렇기에 그 사랑은 현실적으로는 불가능한 사랑이기도 하다. 우리는 그런 사랑을 할 수 없다. 그런 사랑은 치명적이기 때문이다. 그 사랑은 파멸로 우리를 이끌 것이기 때문이다. 현실적인 파멸을 그대로 받아들이고 그 길을 기꺼이 가는 사람은 없다. 기꺼이 미친 사람의 길을 가는 사람은 없다.

그 사랑은 우리를 유혹하기도 하고 우리를 두렵게 하기도 한다. 왜 그런가? 그런 미친 사랑의 욕망이 우리 속에 숨어 있기 때문이다. 당신은 이 미친 사랑의 이야기를 보고 어떻게 느꼈는가? 거기서 아름다움을 발견했는가? 강렬한 유혹을 느꼈는가? 대리 만족을 느꼈는가? 그렇다면 당신 속에는 아직 야성이 살아 있다는 증거이다.

당신은 혹시 이 소설을 보고 역겨움을 느꼈는가? 이 이야기를 전하는 넬리 딘의 시선대로 히스클리프의 악마성에 전율하고 그를 혐오했는가? 그렇다면 당신은 건전한 상식을 지닌 사람이다. 그 모든 가능성을 열어놓고 읽는 이를 언제나 잊고 있던 새로운 세상, 낯선 세상으로 초대하는 것이 바로『폭풍의 언덕』이며 바로 그것이 이 소설을 문학사의 걸작으로 남게 만드는 이유이기도 하다.

발표와 동시에 모든 사람들에게 충격을 준 이 작품을 발표한 작가 에밀리 브론테(Emily Brontë, 1818~1848)의 삶은 작품과 달리 그렇게 격정적이지 않다. 그녀는 1818년 영국 잉글랜드 북부 요크셔의 손턴에서 목사인 패트릭 브론테와 마리아 브랜웰 사이에서 여섯 남매 중 다섯째로 태어났다. 그중 셋째 딸이『제인 에어(Jane Eyre)』로 영국 문학사에 길이 남은 작품을 쓴 샬럿 브론테(Charlotte Brontë, 1816~1855)다. 아버지는 목사였지만 문학에 조예가 깊었고 아버지의 영향을 받은 남매들은 10대 초반부터 산문과 시로 습작을 한다. 1838년 에밀리는 동생 앤과 함께 북태평양의 곤달이라는 가상의 섬을 무대로 전쟁, 살인, 복수가 꼬리를 물고 이어지는『곤달 시집(Gondal Poems)』을 출간하는데 문학 연구가들은 이 시집을『폭풍의 언덕』의 원형으로 간주하기도 한다.

에밀리는 1847년 엘리스 벨이라는 남성의 가명으로『폭풍의 언덕』을 출간한다. 목사의 딸로서 교사 생활을 잠깐 한 것이 전부인 그녀, 겉보기에 평범하기 그지없어 보이는 그녀가 모든 사람에게 강렬한 충격을 주는 작품, 마치 사람들의 목을 집요하게 물고 늘어지는 사나운 짐승 같은 작품을 내놓은 것이다.

물론 『폭풍의 언덕』이 출간 당시부터 사람들의 관심을 끈 것은 아니다. 사람들의 주목을 끈 것은 같은 해 『폭풍의 언덕』보다 조금 앞서 출간된 언니 샬럿의 『제인 에어』였다. 같은 해에 영국 문학사에 길이 남을 걸작을 자매가 잇따라 발표했다는 것도 놀라운 일이 아닐 수 없다. 어쨌든 『폭풍의 언덕』은 출간 당시 작품 내용이 지나치게 야만적이고 잔인하며 비윤리적이라는 비판을 많이 받았다. 게다가 등장인물들 또한 정상적이라고 볼 수 없다는 점에서 혹평의 대상이 되었다. 하지만 다른 작품에서는 찾아볼 수 없는 독특한 캐릭터와 구성, 모순으로 가득 찬 인간 본성에 대한 깊은 탐구가 돋보이는 작품으로서 이제는 영국 문학을 대표하는 최고의 소설 중 하나라는 평가를 받고 있다.

『폭풍의 언덕』 단 한 권의 작품으로 문학사에 길이 남은 작가가 된 에밀리의 개인적 성격이나 사생활에 대해서는 별로 알려진 바가 없다. 그녀가 그만큼 비사교적이었기 때문이다. 그녀는 부끄러움을 많이 타는 성격이었으며 사람들보다는 자연, 개들과 친하게 지냈다는 것이 알려져 있지만 그런 단편적인 정보들도 그녀의 언니 샬럿을 통해 알려진 것이지 그녀가 직접 세상에 모습을 드러내서 알게 된 것이 아니다.

그토록 비사교적이며 수줍은 성격의 에밀리로 하여금 그토록 격정적으로 휘몰아치는 『폭풍의 언덕』의 폭풍을 사람들에게 날려 보내게 만든 것은 무엇이었을까? 에밀리는 마치 자신이 직접 그 폭풍을 맞은 듯, 작품을 발표한 이듬해인 1848년 폐결핵에 걸려 30세의 짧은 생을 마감한다.

『폭풍의 언덕』은 지금까지 10여 편이 넘는 영화로 제작되었다. 그중 1939년 윌리엄 와일러 감독이 연출한 영화가 원작을 충실히 재현한 수작으로 호평을 받고 있으며, 1992년 영국의 피터 코스민스키가 감독한 영화도 볼만하다는 평가를 받는다. 『폭풍의 언덕』은 영화 이외에도 오페라와 발레로 각색되어 상연되기도 했고 많은 나라에서 만화로 각색되어 출판되는 등 많은 예술 작품에 영감을 주었다.

『폭풍의 언덕』 바칼로레아

1 사랑은 아름답기만 한 것이 아니라 파괴적인 측면도 있다. 이 세상에서 사랑만이 가장 소중하고 다른 모든 것은 하찮게 여겨지며, 그 사랑의 방해물로 여겨지기 때문이다. 『폭풍의 언덕』의 히스클리프와 캐서린의 사랑이 바로 그런 사랑이다. 그런 사랑도 아름다운 사랑이라고 할 수 있는가?

2 여러분은 히스클리프와 캐서린이 지옥도 아니고 천국도 아닌 그들만의 장소에서 만나 사랑을 하리라고 믿는가? 죽음을 뛰어넘는 그런 사랑이 가능하다고 믿는가?

폭풍의 언덕

생각하는 힘: 진형준 교수의 세계문학컬렉션 37

펴낸날	초판 1쇄 2019년 4월 24일

지은이	에밀리 브론테
옮긴이	진형준
펴낸이	심만수
펴낸곳	(주)살림출판사
출판등록	1989년 11월 1일 제9-210호

주소	경기도 파주시 광인사길 30
전화	031-955-1350 팩스 031-624-1356
홈페이지	http://www.sallimbooks.com
이메일	book@sallimbooks.com

ISBN	978-89-522-3980-8 04800
	978-89-522-3986-0 04800 (세트)

책임편집 정명순 교정교열 조경현